아이가
말했다

잘 왔다
아프리카

가 족 힐 링 　 여 행 기

아이가
말했다
잘 왔다
아프리카

양 희

왜, 아프리카야?

만나는 사람마다 물었지요. 왜, 왜 아프리카냐고.

얼룩말을 보고 싶어서요. 전 그렇게 답했답니다.

대부분의 사람들은 웃으며 고개를 끄덕였지요.

그러면서 애들이 좋아했지요? 하고 또 물었어요.

그럼요. 좋아했지요.

토요일 아침이면 얼룩말이 뛰노는 곳에서 자전거 타고 아프리카 아이들과 축구도 하고 덜컹거리는 기차를 열다섯 시간이나 타고 가서 인도양에서 수영도 했는걸요.

참말로 좋았지요.

"아, 나도 그렇게 살고 싶은데……. 그렇게 한번 해보고 싶은데……. 그게 내 꿈인데……."

그런 답을 들으면 전 침을 꼴깍 삼키며 사람들을 부추겼어요.

그렇담 가세요. 가보세요. 못 갈 이유가 뭐 있나요?

길고 긴 인생에서 단 일 년, 아니 육 개월만이라도 뚝 잘라내서 아프리카에 가는 거예요. 그 시간을 그렇게 써도 세상은 하나도 달라지지 않아요. 내가 갔다와보니 그래요. 가세요.

그러면 사람들은 좀더 진지한 눈빛으로 갈까? 갈 수 있을까요? 하고 묻습니다.

제게 묻는 게 아니라 자신에게 묻는 거죠.

저는 말하죠. 확신에 찬 목소리로. "갈 수 있어요. 가세요."

그러면 무섭진 않나요?, 돈이 많이 필요하진 않나요?, 영어가 통해요? 구체적인 것들을 물으며 의자를 바싹 당겨 앉습니다.

그러면 긴 이야기는 시작됩니다. 몇 시간으로도 부족하지요.

어떤 날은 해가 지고 밤이 돼도 끝나지 않을 때가 있고 어떤 때는 밤을 지새우기도 했답니다. 하지만 아쉽게도 이 이야기로는 진짜 아프리카를 다 보여주지는 못합니다. 그저 제 팔이 닿는 곳, 저와 아이들의 발길과 눈길이 닿았던 곳의 이야기니까요. 주로 케냐 나이로비, 저와 아이들이 살았던 곳의 이야기입니다. 그러니 저와 아이들은 목마른 땅 저 깊숙이 들어가 아픔도 굶주림도 어느 것 하나 제대로 나눈 것이 없습니다.

아프리카에 도착해서 일 년간의 생활을 마치고 돌아올 때까지도 끝내 주변인이었고 바라보는 사람일 뿐이었습니다. 솔직히 어떤 날은 아프리카라는 공간에 있는 것 자체만으로도 마음이 불편했고, 가슴에 통증이 올 만큼 아팠고, 너무 편하게 살아왔다는 것만으로 미안한 적도 있었습니다. 물론 무기력한 자신에게 화가 난 적도 많았지요. 그들의 삶에 어떠한 영향도, 어떠한 도움도 되지 못한다는 불편한 진실 앞에서 여러 번 눈물을 흘려야 했습니다.

하지만 어느 순간이 지나면서 조금씩 달라졌습니다. 빈민가의 아이들과 풍선을 가지고 놀면서, 에이즈로 부모를 잃은 아기들의 하루짜리 엄마가 되어주면서, 빈민가의 학생들에게 다큐멘터리를 가르쳐주면서, 커피 농장에서 일하는 아낙들과 친구가 되면서 저는 몇 번이나 깨달았습니다.

'나는 여기에 왔어야만 했던 거였구나.'

살다보면 여러 모퉁이에서 운명을 만나고 또 헤어집니다. 그것은 사람일 수도 있고 장소일 수도 있습니다. 돌이켜보면 만나고 헤어진 사람들조차 반드시 만나야만 하는 사람들이었고, 사랑하다 헤어진 사람들도 꼭 그만큼 사랑했어야 하는 사람들이었습니다. 여행으로 어떤 장소에 머물 때도 마찬가지였습니다. 그냥, 어쩌다가, 일없이 만나고 헤어지는 것은 없는 것 같습니다.

아프리카도 그중 하나입니다. 누군가 아프리카에 가보라고 했을 때, 또 아프리카가 마음속에 들어왔을 때 여러 번 웃으며 무시했고 믿지 않았지만, 저와 아이들은 그곳에 꼭 한 번은 속해야 하는 사람들이었습니다. 아프리카에 사는 동안 그걸 깨달은 겁니다.

우리는 지치도록 뛰어놀고 또 하염없이 심심해하면서 일 년을 보냈답니다. 수많은 친구들을 사귀었고 바람과 비를 온몸으로 맞았지요. 천천히 걷는 법과 아프리카의 새들과 꽃들의 이름을 알아가면서 우리는 아프리카와 친해졌습니다. 그리고 또 우리는 소중한 인연의 한끝을 그곳, 케냐에 매어두고 왔습니다.

이제 그 만남에 대한 이야기를 들려줄게요. 어떻게 해서 아프리카에 가게 됐는지, 무얼 먹고 살았는지. 누구를 만나고 또 어떤 사랑을 꿈꾸게 되었는지, 두 아이가 얼마큼 성장했는지, 처음부터 다 말해줄게요. 이야기가 조금 길지도 몰라요. 일 년 동안의 일이니까요.

하지만 지루하지 않을 거예요. 내 얘기가 끝나기 전에 당신은 짐을 싸고 싶을지도 몰라요. 그래도 꾹 참고 끝까지 들어줘요.

열두 살과 일곱 살짜리 두 아들과 마흔이 된 엄마.

그렇게 셋이서 아프리카의 케냐로 가게 됐답니다.

어느 날 갑자기.

PART 3 아프리카 친구들이 생겼어요 – 아이들의 학교 적응기

PART 6 **잘 왔다, 아프리카!** – 아이들과 엄마의 성장일기

아프리카에 간다고?

출 국 준 비 하 기

얼룩말이 가슴으로
뛰어들었다

몇 년 전 어느 시인이 내게 그랬다.

"아프리카에 한번 가보지 그래? 아이들과 잠시 살아봐도 참 좋겠던데……."

그 말을 듣고 난 웃었다. 아프리카라니. 말만 들어도 머리가 뜨거워지고 목이 말라왔다. 그러고는 속으로 중얼거렸다.

'미쳤어. 내가 아무리 발탄강아지라도 그렇지. 애들을 데리고 아프리카에? 아메리카가 아니라 아.프.리.카?'

새해가 되자, 나는 초등학교 5학년이 되는 아들과 일곱 살이 되는 아들을 위해 무엇을 해야 하나 생각해보았다. 누구는 논술을 시작해야 한다고 했고 누군가는 영어몰입교육을 해야 한다고 했다. 또 누군가는 솔직히 무엇이든 시작하기엔 너무 늦었다고도 했다. 하지만 우리 부부의 생각은 달랐다. 모두가 바라보는 한곳을 보며 아이들을 키우고 싶진 않았다. 그 목표에 도달하는 것이 '전부' 혹은 '최고'라는 데 동의할 수 없었던 것이다. 특정한 대학을 가기 위해 그 귀한 시간을 전쟁처럼 살게 할 순 없었다.

살아보니 그랬다. 무엇보다 소중한 것은 자신이 귀하다는 것을 깨닫는 것이었고 이 세상에서 어떤 사람으로 살아갈 것인가를 찾는 것이었다. 자신을 진정으로 사랑할 줄 아는 것이 높은 성적을 받는 것보다 중요했다. 더구나 미래를 위해 현재를 희생하라는 것에 나와 남편은 동의할 수 없었다. 그러므로 다른 엄마들의 사례는 우리가 원하는 답이 아니었다.

그렇다면 무엇을 해야 하지? 우리는 더 깊은 고민을 해야 했고 더 큰

그림을 그려야 했다. 큰아이가 중학교에 가기 전에, 더 자라기 전에 무엇을 해주면 좋을까? 지금 하지 않으면 안 되는 것이 무엇일까? 고민 끝에 우리는 결론을 내렸다.

"아프리카! 아프리카에 가서 얼룩말과 뛰어놀고 아프리카 친구들을 사귀는 거야."

"거대한 자연 속에서 흥분하며 뛰어놀 수 있는 나이는 바로 지금이겠지? 더 늦으면 아마 사춘기가 와서 재미없다고 할지 몰라. 같이 안 간다고 할지도 몰라."

"그렇겠네. 그러면 진짜 아프리카네."

마흔이 되는 나에게도 잠시 삶을 돌아볼 시간이 필요하기도 했다. 늘 반복되는 생활은 사방연속무늬 벽지처럼 늘 그렇고 그랬다. 단순하다못해 싱겁고 물렁거렸다. 긴장 없는 삶, 생기 없는 하루가 싫었다. 어제가 오늘 같고 내일은 또 오늘 같을 것이고……. 일 년쯤 뚝 잘라내자 결심했다.

'세상이 내가 없으면 멈춰버릴 것 같아도 절대 그럴 리는 없지. 세상에 의리 지키느라 이렇게 살지 말고 가자!'

남편만 한국을 지켜준다면 큰 무리는 없어 보였다. 그쪽 물가가 낮으니 생활비도 지금과 별 차이가 나지 않을 것이고, 남편에겐 방학이 있으니 그때 와서 머물다 가면 된다. 일단 결심이 서니 거침없이 계획이 세워졌다. 가장 큰 문제는 부모님이었다. 남편은 3대, 큰아이는 4대 독자였다. 다행히 큰아이가 여섯 살이 되던 해 둘째가 태어나 '독자의 시대'는 끝이 났지만 손자라면 세상의 그 어떤 보물보다 아끼시는 부모님께서 아프리카로 보내주실지 그게 제일 걱정이었다.

준비를 거의 마쳐가던 5월, 우리는 어버이날을 맞아 부모님을 찾아뵈었다. 저녁을 먹고 술을 한잔하며 분위기를 부드럽게 만든 후 이야기를 시작했다.

"요즘 아이들은 참 딱해요. 종일 학원에서 학원으로 옮겨다니느라 친구도 없고 뛰어놀지도 못하니 말이에요. 초등학교 때만큼은 신나게 뛰어놀고 자연 속에서 사는 게 좋을 텐데요."

"당연하지. 그게 애들이지. 요즘 애들은 너무 애들 같지 않아. 컴퓨터 게임도 많이 하고. 그런데 그게 쉽니? 다들 학원 보내고 영어공부시키며 애들을 막 몰아가는 분위기니……."

"그죠?"

화제는 자연스럽게 아프리카로 넘어갔다. 아프리카 중에서도 케냐는 생각만큼 위험하지 않은데다가 나이로비는 의외로 쾌적해서 기후가 좋기로 유명하고 유엔 산하기구가 있으며 외국인이 살기 좋은 곳이라는 사실도 말씀드렸다. 국제학교를 다니며 영어를 배울 수 있다는 말도 슬쩍 흘렸다. 어른들께 허락을 받아내는 데 가장 설득력 있는 부분이었다. 다행히 '아프리카는 더럽고 가난하고 위험하다'는 일반적인 이야기는 나오지 않았다. 오히려 이야기가 진행될수록 부모님은 아프리카에 호감을 갖기 시작했다. 드디어 어머님이 우리가 원하는 말씀을 하셨다.

"얼룩말과 기린이 뛰어노는 곳에서 아이들이 일 년만이라도 살면 얼마나 좋을까? 꿈같지만."

"좋지. 그럴 수만 있으면 더 좋은 게 없지. 애들을 위해서."

나와 남편은 타이밍을 놓치지 않기 위해 심호흡을 크게 했다.

"그래서 말인데요. 일 년만 아프리카에 가 있으려고요. 애들 데리고 애 엄마가……."

일순간 모두 표정이 굳었다. 나와 남편은 부모님의 반응을 기다리느라 얼어붙었고 부모님은 이상과 현실을 구분하시느라 잠시 생각에 잠기셨다. 아프리카로 보내면 좋을 거라는 꿈같은 이상이 현실이 된다고? 내 손자들이 아빠도 없이 엄마랑 아프리카에 간다고? 쉽지 않은 결정이었다.

얼마나 지났을까? 오랜 생각 끝에 아버님이 결심하신 듯 말씀하셨다.

"아프리카가 미국이나 캐나다보다 낫겠는데. 좋은 경험도 되고. 근데, 너, 할 수 있겠니?"

떠나는 준비를 하면서 가끔씩 속으로 생각했다.

'모두들 내가 아프리카에 간다고 하길 기다린 걸까? 어쩌면 이렇게 아무도 가면 안 된다고 말하는 사람이 없을까? 어떻게 부럽다는 사람들만 있을까?'

사람들의 가슴 한구석엔 아프리카가 있었던 모양이다. 한 번쯤은 아프리카의 초원을 달리며 자연 속에서 살아보고 싶었던 것이다. 하지만 주변에 실행에 옮기는 사람이 없었으니 불가능한 일이라고 포기했을지도 모른다. 하지만 나는 떠나보려 한다. 그 야성의 공간, 생명의 공간, 뜨거움의 공간으로. 어쩌면 나는 아프리카를 꿈꾸던 많은 이들의 증거가 될 수 있을지 모른다. 나는 떠난다. 어느 날 갑자기 뛰어든 얼룩말을 따라서. 아프리카, 그곳으로.

엄마들의
응원

이런 얘기해도 될까? 누가 이해해줄까?

고민이 많았던 이야기가 있었다. 아이들 교육에 대한 문제였다. 한국을 만 오 년간 떠났다가 다시 돌아온 적이 있다. 그때가 1999년 말이었다. IMF라는 우울한 시대가 시작된 지 일 년쯤 지났을 때였다. 다시 돌아온 것은 2005년. 세상이 뒤집어진 듯 바뀐 게 많았지만 그중 최고는 사교육이었다. 듣도 보도 못한 영어유치원부터 시작해서 선행학습까지.

중고등학생뿐 아니라 유치원생, 초등학생들까지도 방과후에 여러 학원을 다닌다는 거였다. 그제야 우리가 한국으로 돌아온다고 했을 때, 우리가 '미쳤거나 바보 둘 중에 하나'라고 한 친구들의 말이 실감났다. 돌아와서 일 년쯤 지날 때까지만 해도 우리의 가치관이 확고하다면 별 문제 없을 거라고 순진하게 생각했었다. 하지만 아이가 초등학교에 들어가고 점점 학년이 높아지자 우리는 두려워졌다. 논술그룹을 만들자는 제안을 거절할 때 그랬고 영어 원어민그룹에 들어가지 않겠다고 할 때도 그랬다. 점점 아이의 친구가 줄었다. 방학이면 미술특강을 함께해야 했고 독서모임과 수학 선행학습을 같이 해야 친구관계가 유지됐다. 하지만 사교육을 같이 받지 않으니 친구들과 같이 놀 시간도, 만날 시간도 자꾸 줄어갔다. 다행히 몇몇 친구들과 농구를 하거나 동네에서 만나 놀 수 있었지만 친구들이 학원에 가지 않는 시간을 찾기가 쉽지 않았다. 그래서였을까? 나와 남편은 때로는 독립군처럼 외로웠고 낙오자 같아 두려웠다. 대안학교든 홈스쿨링이든 우리와 뜻을 함께하는 이들을 찾아야 할 것 같아 고민도 많았다. 하지만 우리는 제도권 교육 내에서 희망을 찾아보기로 했다.

우리가 고민해서 찾아낸 방법들은 여러 가지였다. 먼저 학교를 다니는 학기 중에는 주말에 캠핑을 가거나 등산을 했다. 자연 속에서 자고 깨는 것을 아이들은 참으로 즐거워했다. 세상의 문명에서 떨어져 온전히 가족만의 시간을 가질 수 있다는 것이 가장 매력적이었다. 그러다 2008년 큰아이가 열 살, 작은아이가 다섯 살이 되던 해 지리산 둘레길을 걸어보고 우리는 자신을 얻었다. 아직 여물지 않은 것 같은 작은 다리로 둘째는 씩씩하게 잘 걸었다. 그 여름엔 터키와 시리아로 한 달간 배낭여행을 떠났다. 아이들은 열세 시간씩 걸리는 버스 여행도 즐겁게 견뎌냈고 선물처럼 나타나는 새로운 도시와 사람들을 만나면서 자신들의 세상을 조금씩 넓혀갔다. 그다음 해엔 아빠와 두 아이들만 캄보디아로 공정 여행을 떠났다. 두 아이들은 세뱃돈을 아껴 현지에서 만날 친구들을 위해 선물을 준비했다. 전기도 들어 오지 않고 수도도 없는 오지 마을의 초등학교에 머무르며 며칠을 보내고 돌아왔다. 아이들은 자신과 다르게 사는 친구를 사귄 것을 즐거워했다. 무엇인가를 함께 나누고 왔다는 기쁨도 큰 것 같았다.

아이들이 조금씩 성장해가는 걸 보면서 나는 우리의 여행이 단순히 새로운 곳을 경험하고 쉬기 위한 시간이 아니라는 걸 알았다. 아이들은 여행을 통해 세상을 배웠다. 자신의 소중함을 알았고 어렴풋이나마 여행길에서 만나는 친구들이 소중하다는 것도 깨달아갔다. 여행과 함께 시작한 것이 또하나 있었는데 그것은 가족봉사였다. 매월 둘째 주마다 가족 모두 양로원으로 가서 세 시간씩 봉사를 했다. 시작할 땐 아이들의 나이가 열 살과 다섯 살이라 할 수 있는 일이 적었다. 하지만 어르신들을 모시고 산책을 하거나 발 마사지를 할 때 옆에서 거들기만 해도 어르신들은 즐거워하셨다. 아이들은 그 속에서 자신이 얼마나 필요하고 도움을 줄 수 있는 존재인가를 깨달았다. 아이들이 자라면서 나와 남편도 성장해가는 걸 느꼈다. 인생의 여행길에서 우리는 아이들의 보호자이기도 했지만 가장 가까운 친구였고 고민 해결을 위해 머리를 맞대고 의논해야 할 소중한 상대였다. 그렇게 한 걸음 한 걸음씩 아이들과 성장해나가면서 나와 남편은 조금 더 먼 곳을 생각하게 되었다. 그때 어렴풋이 떠오른 곳이 아프리카였다.

사실 아프리카로 마음을 굳히게 된 데는 '엄마들의 응원' 덕이 컸다. 내가 살고 있는 지역에는 '동백엄마들의 모임'이라는 엄마들의 온라인 카페 모임이 있다. 케냐로 떠나던 해 4월쯤 나는 거기에 이런 글을 올렸었다.

아이들 '교육'에 관심이 많은 선배 한 분이 오후에 문득 전화를 하셨다.

상위 1% 카페에 회원이 14만이라느니.

요즘은 특목고 진학을 위해 초등 2학년부터 준비해야 한다느니.

5학년부터 독서량도 늘리고 논술도 해야 한다느니.

한국은 정말 미쳤다면서도 요즘 엄마들의 트렌드를 알라며,

이런저런 정보를 주셨다.

집에 있는 엄마들보다 일하는 엄마들이 정보가 느린 법이라고.

선배가 물었다. 요즘 아이가 뭐 하느냐고.

"피아노 치고요. 토요일엔 농구하고요. 한 달에 한 번씩 가족끼리 양로원에 가고요. 아, 참. 일주일에 두 번씩 학교에서 장구도 쳐요."

말하고 나니, 너무 바쁜가 싶었다.

하지만 대답이 '허접했는지' 한동안 말이 없던 선배는 내게 되물었다.

"무슨 배짱으로 한국에서 애를 그렇게 키워?"

나도 속없이 물었다

"지금 나이엔 잘 놀아야 행복하지 않을까요?"

(사실은 특목고 가면 행복하냐고 묻고 싶었지만.)

"……"

전화를 끊으며 나는 '아프리카'를 생각했다.

아이가 더 크기 전에 꼭 가야 할 곳이 있다면,

초등 5학년 때 꼭 해야 할 일 중 하나를 꼽으라면,

바로 그곳에 가는 것이 아닐까?

"와우" 하고 감탄하며 자연 속에서 가슴 뭉클해할 아이들을 떠올리니

할 수 있다면, 해줄 수 있다면 그곳에 함께 가주고 싶었다.

그럴 수 있지 않을까?

(아이들 다 다닌다는 그 학원들 대신? 비행기값을 모아서?)

이 짧은 글에 엄마들의 격려가 이어졌다.

- 학원비 모아 케냐행 비행기 표를~! 공감 백배! 아프리카, 울 아이
  도 가보고 싶다고 몇 번을 그랬는데, 못 보내주는 부모 맘. 아직 비
  행기 한번 못 타본 아이거든요. ㅋㅋ 구구절절 맞는 말씀이네요.
  _소원간절님
- 저도 전적으로 동감이에요. 특목고…… 우리 아이 실력으로는 안
  되겠다 싶지만, '거기 나오면 정말 행복할까?'라는 생각이 먼저 드
  니……. 저도 요즘 엄마는 아닌 것 같아요. **_햇살마미님**
- 아~ 제 꿈인데……. 온 가족이 케냐 가서 아이들에게 자연의 광활
  함을 배우게 하고 싶은…… 아…… 프…… 리…… 카……. 하지만
  텔레비전에서 〈동물의 왕국〉만 열심히 보고 있어요. ㅠㅠ **_소영맘님**
- 무조건 동감이에요! 얼룩말, 너~무 이뻐요. 눈을 뗄 수가 없네요.
  _헤피에고님

나는 결국 응원을 보내준 수많은 엄마들의 격려와 바람을 안고 아프
리카로 떠날 결심을 하게 되었다. 내가 아이들과 잘 다녀오면 누군가는
또 나를 보고 용기를 얻어 떠날 수 있을 거란 생각이 들었다. 물론 꼭
아프리카나 다른 나라로 떠나야만 사교육에 반대하는 엄마, 아이를 잘
키우는 엄마가 되는 것은 아니다. 나와 나를 바라보는 엄마들에게 '아
프리카'는 하나의 상징이었다. 사교육과 학원이라는 밀림 그 반대편의
세상. 철저한 계획과 준비와 사교육과 선행학습으로 이어진 아이들의
세상에 숨통을 터주자는 하나의 몸부림이었다. 그것이 바로, 아프리카
였다.

떠날 준비를 한다는 소문을 들은 선배 엄마들의 고백도 많았다. 이미

아이들을 고등학교까지 보낸 엄마들의 '뒤늦은 후회' 같은 거였다. 유치원부터 고등학교까지 정해진 틀과 계획 속에서 아이를 키워본 엄마들도 모두 행복하진 않다고 했다. 후회가 많다고 했다. 특히 아이들과 충분히 놀아주지 못한 것, 아이들에게 충분히 놀 수 있는 시간을 주지 못한 것, 아이들이 제 세상을 찾아가도록 놓아주지 못한 것이 가장 후회된다고 했다. 그러면서 내 등을 토닥여줬다. 다른 길이 있다면 한번 찾아가보라는 것이었다.

사실 떠나고 떠나지 않는 것은 그리 중요한 '수단'이 아니다. 다만 수많은 엄마들에겐 자신의 뜻과 가치관대로 아이를 키울 수 있는 용기와 연대감이 필요했던 것이다. 많은 엄마들이 사교육이라는 급류에 휘말려가고 싶어하지 않았지만 그들은 방법을 몰랐다. 불안했기 때문이었다. 하지만 뿔뿔이 흩어져 존재감을 드러내지 못하고 있던 독립군 같은 엄마들이 여기저기서 햇살 같은 응원을 보내주었다. 그것은 누군가 먼저 깃발을 휘날려주기만을 기다리던 하나의 소망 같은 거였다. 그 작은 불빛들을 안고 나는 아프리카로 가는 계획을 하나하나 세우기 시작했다. 모든 엄마들을 위해서라도 나는 참, 잘 다녀와야 했다. 그곳 아프리카에.

용감한 엄마를 위한
나이로비

아이를 둔 엄마들 앞에 세계지도를 펴놓고 아이와 함께 가고 싶은 곳을 고르라고 한다면 어떤 나라를 가장 먼저 짚을까? 아마도 가고 싶은 곳보다는 갈 수 있는 곳을 먼저 생각할 것이다. 혹시 아이들이 먼저 아프리카에 가고 싶다고 말한다면 "농담하지 마." 한마디로 일축할지도 모

른다. 각종 질병과 환경이 염려스러운 아프리카는 피하고 싶은 나라일 테니까. 처음엔 나도 그랬다.

'치안 상태는 안전한가?'

'전염병이나 풍토병이 많지 않나?'

'마실 물은 충분하며 안전한가?'

'무엇보다 아이들과 일 년을 보내기에 안전한 나라인가?'

남편도 없이, 타국에서, 아이들과, 일 년 동안 사는 것이다. 그렇다보니 자꾸 부정적인 상황만 상상하게 되었다. 밤이 되면 검은 얼굴의 도둑이 불쑥 들이닥칠 것 같고, 집을 비운 사이 얼마 되지 않지만 우리에겐 전부인 살림을 몽땅 털어갈 것도 같았다. 게다가 몇 년 전 나이로비에는 큰 폭동도 있었다. 수천 명의 사람들이 죽었다는 뉴스도 불현듯 떠올랐다. 이 많은 걱정에 대한 답이 나오지 않으면 아무리 아프리카가 매력적이라 할지라도 갈 수가 없었다. 답을 찾기 위해 케냐로 여행을 다녀온 사람이나 케냐에 사는 사람들을 수소문했다. 인터넷도 뒤지고 책을 보기도 하며 공부했다. 일단 마음속에 있는 걱정부터 해결해야 했다. 그리고 답을 얻었다.

나이로비는 동아프리카의 수도라 불린다. 사실 나이로비는 이름만 아프리카지 유럽이나 다름없다. 꽤 오래전부터 국제적인 도시가 되어서 세계적인 기업들이 아프리카에 지사를 두고 있을 뿐 아니라 국제구호단체들도 많다. UNEP(유엔 환경계획, United Nations Environment Program) 본부를 포함한 유엔 산하기구의 사무소도 많고 그 직원과 가족만도 약 1만 명에 달한다고 한다. 오랫동안 유럽인이 나이로비의 안전성을 증명해줬으니 그만하면 충분했다.

고지대라서 연평균 기온은 15~20도이고 아침저녁으로는 쌀쌀할 정도여서 말라리아 모기도 없단다. 2008년 폭동 이후 사회 전반이 안정되었

고 특히 치안도 강화되고 있어 외국인이 살기에 더없이 좋은 곳이라고
도 했다. 무엇보다 그곳은 내가 좋아하는 커피 '케냐AA'가 자라는 곳이
다. 어쩌면 집 가까운 커피 농장에서 커피꽃이 피는 것과 커피체리 따는
것을 볼 수 있을지도 모른다. 여기서 나는 손을 놨다. 됐다. 가는 거다.
뭘 망설이나? 이렇게 사랑스럽고 행복한 도시가 아프리카에 있다는데.
그래, 조금 용감한 엄마에게 딱 맞는 곳, 그곳이 바로 케냐였다.

아프리카에서
학교를 다닐 거야

케냐로 목적지를 정한 후 가장 먼저 아이들의 학교를 알아봤다. 입학
허가를 받아놓아야 9월에 바로 입학할 수 있기 때문에 출국하기 사 개
월 전부터 준비를 했다. 그때 큰아이 윤이는 초등학교 5학년, 작은아이
준이는 일곱 살로 유치원생이었다. 아프리카에 실컷 뛰어놀기 위해 가
는 것이긴 해도 마냥 집에서 놀릴 수는 없었다. 친구도 사귀어야 하고
케냐의 문화나 풍습, 언어를 배우려면 학교에 가야 했다.

대부분의 국제학교는 4월경부터 새 학년 학생들을 받기 시작한다. 공
립학교는 단기 여행자를 받지 않기 때문에 사립학교를 보낼 수밖에 없
다. 다행히 나이로비에는 국제학교가 많으며 수업은 영어로 진행된다.
일반적으로 교민들이 많이 보내는 학교로는 웨스트 나이로비West
Nairobi, ISK, 로슬린Rosslyn 등이 있고 일 년 학비는 일인당 700만 원에서
2,000만 원까지 차이가 난다. 사교육이라는 게 없으니 학교 수업료 외
에 돈 들 일은 없지만 그래도 부담이 크다. 영어로 수업을 하는 국제학
교도 시스템에 따라 미국식 학교와 영국식 학교로 나뉜다. 영국식이냐

미국식이냐에 따라 교복의 유무, 수업 내용, 학년 구분 등이 조금씩 다르다. 공립학교 외에는 별다른 선택의 기회가 없는 한국과 비교하면 그래도 모처럼 학교를 원하는 조건에 따라 고를 수 있다는 장점도 있다.

학교를 고를 때는 나만의 원칙이 몇 가지 있었다. 첫째, 학생 수가 적을 것. 이것은 아이들의 '적응'에 필요한 조건이었다. 학생 수가 적어야 빠른 시간 내에 친구를 사귈 수 있고 선생님들이 관심을 쏟을 수 있는 여력이 많으므로 아이들이 학교에 적응하는 시간을 줄일 수 있을 것 같았다. 둘째, 수업료가 저렴할 것. 한국에서도 사교육비는 가능한 적게 쓰자는 원칙이었다. 피아노, 농구, 드럼처럼 어쩔 수 없는 경우를 제외하곤 방과후 수업을 적극 이용했었기 때문에 케냐에서도 교육비를 과다하게 지출하고 싶지 않았다. 셋째, 가능한 영국식 교육일 것. 아이들이 개인적인 이유로 미국에 대한 경험을 해봤기 때문에 영국식 학제와 커리큘럼을 경험하는 것도 좋겠다고 생각했다. 영화 〈해리 포터〉 시리즈의 영향인지 교복을 입고 전통을 따르는 학교에 보내보고도 싶었다. 영국식 학교는 운동을 많이 하고 특히 학기마다 학교 대항 리그전이 있어서 결과적으로 아이들이 아주 즐거워했다.

내가 선택한 학교는 '스쿨 오브 네이션스School of the Nations'라는 영국식 국제학교로 개교한 지 오 년 된 작은 학교였다. 내가 원하던 조건 중 전통적인 부분이 많이 부족하지만 마침 교장 선생님이 한국인이었다. 케냐에서 삼십여 년간 몬테소리 유치원을 운영하면서 많은 아이들을 교육하셨단다. 그 유치원을 다니던 아이들이 자라면서 같은 교육철학과 환경을 가진 상급학교가 필요했고 오랜 준비 기간을 거쳐 마침내 2005년 단 네 명의 학생들을 데리고 학교를 열었다고 했다. 2010년에는 학생 수가 육십여 명으로 늘었고, 우리 아이들이 재학했던 2011학년도엔 팔십여 명이었다. 일 년 학비는 수업료와 급식비, 스쿨버스비를 포함해 일인당 600만 원 정도였는데 내가 알아본 국제학교 중 가장 저렴했다. 입학 지원서는 이메일로 보냈고 2주 만에 입학 허가를 받았다.

끝내 버리지 못했던
5킬로그램

케냐로 가져갈 수 있는 짐은 일인당 25킬로그램이었다. 일 년 동안 다른 곳에서 살기 위해 집을 떠나는 사람에게 그 무게는 턱없이 모자랐다. 하지만 짐을 줄이는 것 외엔 방법이 없었다. 나는 버리고 또 버려야 했다. 아이들 책처럼 꼭 필요한 것, 전기밥솥처럼 없으면 안 되는 것만 남기고 나머지는 다 덜어냈다. 갖고 싶은 것을 남기는 것이 아니라 필요한 것만 남기는 것. 그것은 아프리카로 가기 위한 첫번째 관문이었다. 그러나 10킬로그램도 더 초과된 짐, 나는 가방을 열어 다시 수많은 것들을 빼고 또 뺐다. 없으면 안 될 것 같은, 내가 아끼는 것들을 안타까운 마음으로 내려놓았다. 하지만 마지막까지도 줄지 않는 짐의 무게, 그것은 딱 5킬로그램이었다. 몇 번을 들여다봐도 줄일 수가 없었다. 더이상은 뺄 것이 없었다.

떠나기 전날 밤까지도 나는 짐에 대한 미련을 버리지 못했다. 하지만 떠날 시간은 다가오고 나는 포기해야 했다. 이른 새벽마다 커피를 담아 마시던 나만의 컵을 내려놓았고 아무때나 수시로 들여다보며 소리내어 읽어보던 시집 몇 권을 또 내려놨다. 플라스틱이라 무게가 꽤 나가는 아이들의 장난감도 거의 대부분 내려놓아야 했다. 아이들은 아쉬운 마음에 몇 번이나 장난감들을 쓰다듬다 결국 가장 아끼는 한 가지씩만 남겼다. 몇 가지의 옷과 신발, 또 아이들의 책도 몇 권. 그러다보니 절대로 줄일 수 없었던 5킬로그램이 기적처럼 줄어들었다. 그제야 나는 공항을 향해 떠날 수 있었다. 아프리카가 허락한 호사는 아무것도 없었다. 입은 옷을 제외하고 아이들 몫으론 바지와 티셔츠 각각 두 장, 카디건 하나, 점퍼 하나였고 내 것으론 외출복 두 벌과 평상복 두 벌 그리고 점퍼 하나가 추가됐다. 결혼반지를 제외하곤 장신구는 하나도 넣을 수 없었다.

귀하디귀한 한국에서의 마지막 밤. 짐을 빼고 다시 무게를 재고 또 빼고……. 결국 마지막 밤을 하얗게 보내고 말았다. 그러니 그 5킬로그램은 단순한 짐이 아니라 나의 '미련'이었다. 가진 물건에 대한 미련, 편리함에 대한 미련, 과시에 대한 미련. 하지만 아프리카는 그런 것을 허락하지 않았고, 살다보니 그것이 허락되지 않은 것이 얼마나 다행인가 싶었다. 특히 물건에 대해서는 그랬다. 몇 번이나 수없이 많은 순간마다, 나는 그동안 살면서 너무 많은 것을 가졌었다는 생각에 부끄럽고 미안한 마음이 들었다. 생각 없이, 고민 없이, 배려 없이 너무 많은 것을 가졌다. 그리고 그게 당연하다고 생각하며 살았다. 하지만 아프리카를 보고 나면 그것도 죄라는 생각이 든다. 절대적인 것들을 가지지 못해 병들고 굶고 죽어가는 이들이 같은 세상에 있는데도 나는 너무 많은 것을 가지고 떳떳하게 살았던 것이다.

그러니 한국을 떠나며 내가 끝내 버리지 못했던 5킬로그램은 욕심의 무게였던 것이다. 어쩌면 아프리카는 나와 아이들에게 출발부터 달라지길 원했던 것인지 모른다. 조금 더 버리길, 조금 더 내려놓길, 그래서 조금 더 아프리카에 가까워지길. 케냐로 가는 비행기를 타기도 전에 나와 아이들은 어렴풋이 조금 달라지고 있었다. 훗날 그것은 우리가 성장하는데 좋은 출발이었다는 것을 알게 되었다.

**한국에서
케냐 학교 정하기**

1_ 먼저 나이로비에 있는 국제학교를 알아봅니다. 누구에게 묻냐고요? 한국 교민들이 있잖아요. 인터넷으로 교민들의 모임을 찾아요. 전화나 이메일로 문의하면 돼요. 모르는 사이인데 어떻게 그러냐고요? 외국 여행길에서 한국말이 들리면 고개가 휙 돌아가죠? 인사도 나누고 안부도 묻고. 마찬가지예요. 같은 언어를 쓰는 한국 사람이라는 이유만으로도 잘 도와주신답니다.

2_ 학교 홈페이지를 방문해봅니다. 학사일정, 수업료, 학교의 전통과 규칙뿐 아니라 스쿨버스 노선, 점심식단, 교복, 학교준비물까지 자세히 나와 있답니다.

3_ 입학 담당자에게 편지를 보냅니다. 이메일 체크가 늦어질 수도 있으니 여유 있게 보내세요. 자신을 소개하고 입학에 필요한 서류나 절차를 묻습니다. 사전시험이 필요할 수도 있고 본학년에 들어가기 전에 어학교육 프로그램인 ESL 과정부터 들어야 할 수도 있습니다. 학교에 따라 그리고 아이의 실력에 따라 달라요.

KENYA SCHOOL

4_ 입학에 필요한 서류를 보내고 입학 허가를 받습니다.

5_ 한국에서 학교를 다니고 있었다면 영어로 된 성적표, 생활기록부, 재학증명서를 준비합니다. 보건소나 병원에 가서 영어로 된 예방접종증명서도 받아둡니다.

**출국 전
꼭 해야 할 일**

1_ 출국 한 달 전, 보건소나 소아과에 가서 추가 접종할 것이 있는지 확인해서 모든 접종을 마치고 가세요.

2_ 적어도 출국 열흘 전, 황열주사를 반드시 맞아야 해요. 사람마다 차이가 있지만 몸살감기 같은 후유증이 있으니 꼭 미리 맞고 안정을 취한 후 떠나세요.

3_ 증명사진도 미리 찍어서 준비하세요. 학교에 입학하면 사진이 필요한 경우가 많아요. 현지에서는 시간도 오래 걸리고 마땅한 곳을 찾기도 어렵거든요.

아프리카에서도 상처를 받아.
하지만 사람에게 받은 상처는
언제나 자연이 치유해주지.
구름을 몰고 지나가는 바람.
단단한 청자 같이 푸른 하늘을 바라보면
상처는 어느새 가라앉아.
아프리카의 흙을 보고 있으면
'괜찮다, 다 괜찮다' 소리가 들려.
그게 아프리카야.

Healing post card

반갑다, 아프리카!

아프리카의 첫인상

상상불가!
예측불허!

———

완전무결하게 상상이 불가능한 그런 곳에 가본 적이 있는지. 비행기 티켓을 받아들고도 도착할 그곳이 도무지 상상이 가지 않아서 '내가 정말 가긴 가는 걸까?' 낮게 물어본 적이 있는지. 아프리카에 갈 때 그랬다. 아무리 상상력을 발휘해도 케냐의 집들이 그려지지 않았다. 케냐의 마을도 상상이 안 됐다. 도대체 어떻게 생긴 곳에서 어떻게 살게 될 것인지 아무런 풍경도 떠오르지 않았다. 솔직히 그래서 더 설레기도 했다. 한 번도 만난 적 없는 사람을 만나러 가는데, 마치 영화처럼 그 사람과 사랑에 빠지게 될 것 같은 이상한 예감이 드는 거였다. 갓 연애를 시작한 듯 아프리카로 떠나는 내 마음은 그렇게 설렜다.

아프리카에 가기 전 내가 알고 있는 정보라고는, 앙상한 팔다리와 불룩 나온 배의 굶주린 아이들, 옷을 걸치지 않는 원시부족, 야생에서 뛰어노는 사자와 기린이 전부였다. 아프리카는 동물의 왕국, 그 이상도 그 이하도 아니었다. 내가 이러니 아이들도 아프리카에 대해 다른 것을 떠올릴 수 없기는 마찬가지였다.

나는 황열주사를 맞은 후 찾아온 몸살감기 기운으로 열에 달뜬 채 비행기에 올랐다. 바로 지금 아프리카로 떠난다는 설렘이 더 열을 올리는 듯했다. 자정이 넘어 떠나는 비행기 안에서 나와 아이들은 노곤한 잠에 빠져들었고 상상하지 못한 세계로 다가가고 있었다.

케냐 시간으로 정오. 한국을 떠난 지 열여섯 시간 만에 나이로비의 조모 케냐타 공항Jomo Kenyatta international airport에 도착했다. 요란하지는 않아도 있을 건 다 있는 아담한 공항이었다. 비행기 문을 나서는데 심장이 세차게 뛰기 시작했다. 꿈이 현실이 되는 순간이었다.

억울해,
이렇게 간단하다니!

"어떤 비자로 가야 하지?"

단기 관광객이 아니므로 일 년 동안 체류하며 아이들도 학교에 다닐 수 있는 비자가 필요할 것이라 생각했다. 하지만 아이들의 학교를 알아보면서 궁금증은 금세 풀렸다. 케냐는 열여섯 살 이하의 아이들은 비자 없이 입국할 수 있다. 열일곱 살 이상인 사람은 출국 전이나 입국 당일에 나이로비 공항에서 삼 개월짜리 단수 관광비자를 받으면 된다. 단수 관광비자는 1회 연장이 가능하니 최대 육 개월 동안 머무를 수 있다. 우리는 일 년 계획이었으므로 육 개월을 더 연장하려면 가까운 외국에 나갔다가 들어오면서 새 비자를 받아야 했다. 덕분에 어쩔 수 없이(?) 외국 여행을 한 번 더 하게 되는 즐거움도 있다.

나는 케냐에 도착해서 입국심사대에서 비자를 신청하고 받았다. 일 년 후 한국으로 돌아갈 항공권을 보여주고 비자 수수료를 내면 이것저것 따지지 않고 바로 비자 도장을 찍어준다. 아이들은 비자를 받지 않아도 되니 바로 입국심사대에서 환영인사만 받으면 끝.

"Welcome to Kenya!"

간단하게 입국심사가 끝났다. 너무 쉬웠다. 이렇게 쉽게 올 수 있는 곳인데 엄두도 못 내고 두려워했다는 것이 억울하기까지 했다.

공항 문이 열리자 더운 공기에 숨이 턱 막힌다. 바람에 훅 몰려오는 외국인의 냄새, 더운 기운 그리고 비릿한 흙냄새. 전혀 알아들을 수 없는 스와힐리어까지. 낯선 것과 새로운 것투성이였다. 나이로비 시내로 들어가면서 책에서만 보았던 앙상한 우산나무 위에 앉은 커다란 아프리카대머리황새를 보았다. 독수리만큼 커다란 새가 나무 위에 앉아 있는

것도 신기하고 차도와 인도 구분 없이 사람들이 지나다니는 것도 신기하다. 분명히 표지판에 고속도로라고 쓰여 있는 도로를 사람들이 휙휙 건너다니는 것도, 알록달록한 천을 옷처럼 두른 이들의 검은 피부도, 나무 그늘 아래서 낮잠을 자는 이들이 많은 것도, 시커먼 매연을 뿜어대는 외제차들도, 모든 것이 낯설고 흥미롭다. 그림에서나 보던 이국의 과일이 가득한 노점도 우리의 시선을 잡았다. 아이들과 나는 피곤을 잊고 차창에 매달려 '신기한 것들'을 구경했다. 모든 게 다 처음이다. 거리의 사람들 역시 우리를 신기하게 본다. 교통정체로 차가 잠깐 멈추면 그들은 손을 흔들거나 웃는다. "니하오!"라고 인사하는 사람도 있다. 서로 새롭고 신기하니 됐다. 신기한 것들이 익숙해질 때까지 살아보는 거다. 이제 우리 집은 아프리카다.

케냐의 국립박물관은 다르다

낯선 곳에서의 하루는 이상하리만치 길다. 아이들은 깨우지 않았는데도 여섯시가 되자 벌떡 일어나 동이 트는 하늘을 감상했다. 여섯 시간의 시차, 낯선 잠자리, 새벽에 몰려오는 추위, 모두 만만치 않았다. 아직 해가 뜨지 않은 시간의 아프리카는 몹시도 추웠다. 숙소에서 아침을 먹고 나서 일찌감치 살 집을 구하러 다녔다. 그런데 사흘 동안 아무런 진전이 없었다. 조금씩 '아프리카식 집 구하기'에 지치기 시작했다. 아까운 시간이 의미 없이 흘러갔다. 밖에 나가자니 무섭고, 할 일도 마땅히 없어 숙소에만 있으니 도무지 아프리카에 온 느낌이 나지 않았다. 벌써 도착한 지 사흘이나 지났는데 어떻게든 케냐와 인사를 해야 할 것 같았다. 그래, 신고식! 그래서 아이들과 정한 첫 목적지는 케냐 국립박물관이었다.

박물관은 한국의 중소도시에 있는 시립박물관 정도의 크기였고 박물 관다운 멋스러움이나 웅장함 따위는 없었다. 돌로 지은 단층 건물, 넓은 정원, 카페 그리고 소박한 기념품 가게까지 모두 평범해 보였다. 하지만 박물관에 들어서자 아이들은 탄성을 질렀고 나는 잠깐 멈춰섰다. 우선 상황 판단을 해야 했다. 나는 가늘게 실눈을 뜨고 지금 우리가 보고 있는 것이 무엇인지 파악했다.

'박물관 중앙을 가득 메우고 있는 저 덩치는 뭐지?'

놀랍게도 우리 앞에 서 있는 것들은 동물이었다. 코끼리와 기린의 박제 였던 것이다. 박물관의 주요 전시품은 수천 마리의 새, 마운틴고릴라, 얼 룩말, 임팔라 등 케냐에 서식하는 동물들의 박제였다. 그리고 한쪽엔 케 냐 북부에서 발견된 인류의 조상이라는 투르카나 소년(Turkana boy, 호모 에렉투스)에 대한 자료와 사진이 전시되어 있었다. 아이들은 점점 더 흥분 하며 전시물을 관찰하기 시작했다. 하지만 나는 그 동물들이 박제라는 것을 확인한 후 '이게 뭐지?' 싶었다. 국립박물관이라고 하기엔 확실히 뭔 가 허전했다. 신통찮아하며 아이들 뒤를 따르다가 문득 깨달았다. 아마 도 난 아프리카의 국립박물관에서 우리나라 박물관에 있는 도자기나 금 관, 왕들의 장신구나 미술품, 이런 걸 기대했던 것 같다. 국립박물관이란 본래 그런 곳이니까. 하지만 케냐의 국립박물관은 완전히 달랐다. 당황스 러워하는 나와 달리 아이들은 너무 신나게 박물관 탐험을 시작했다.

"엄마, 마운틴고릴라는 세계적인 멸종위기 동물이에요."

백과사전과 동물을 좋아하는 둘째의 말이다.

"와우. 저기 임팔라도 있고 매너티도 있네. 매너티는 위기에 처하면 가족이나 친척, 친구들이 다 모여서 같이 죽는대요."

"엄마, 저기 흰머리독수리 좀 봐요."

나는 생전 처음 보는 동물인데, 아이들의 입에선 동물의 이름이 술술 나온다. 언제나 내 손을 꼭 붙잡고 다니던 작은아이까지 슬쩍 손을 빼고 동물박제에 시선을 고정하고 서 있다.

"국립공원에 가면 저 동물들을 진짜로 볼 수 있겠죠? 나쿠루Nakuru 호수에는 플라밍고가 많다는데……."

아이들의 호기심 가득한 눈이 오래도록 반짝거렸다. 그동안 아이들과 세계 여러 나라의 박물관에 가봤지만 그 어느 곳에서보다 아이들은 진지했고 두 눈은 호기심으로 빛났다. 아이들을 따라다니자니 다리가 아팠다. 하지만 엄마의 다리 형편을 고려하지 않는 두 소년들은 1층부터 '다시 보기'를 시작하겠다고 한다. 나는 항복을 선언하고 전시장 한쪽의 작은 창가에 앉아 하늘을 바라보았다. 달력에나 나옴직한 멋진 구름이 적도의 태양 아래 하얗게 반짝이고 있었다. 내가 하늘을 보는 동안 아이들은 이리저리 다니며 전시품을 보고 또 보았다. 그런데 어느 순간 이상하게도 박물관에 앉아 있는 내게 평화가 찾아왔다. 다른 박물관과 달리 아이들이 보이지 않을까 걱정할 필요도 없었고, 냉방을 너무 심하게 해서 추울 정도도 아니었고, 너무 넓어서 다리가 아플까 걱정하지 않아도 되었고, 무엇보다 감시하는 듯한 눈빛이 없었다. 신나게 박물관을 둘러보는 동양인 아이들이 귀여웠는지 직원은 가끔 아이들을 바라보며 미소를 지었다.

"엄마, 다음에는 스케치북을 가지고 가면 좋겠어요."

"그렇게 많은 새는 진짜 처음 봤어. 그치, 형아? 난 입이 넓적한 그 새가 제일 좋더라."

"멸종되어서 볼 수는 없다잖아. 진짜 웃기게 생긴 새였는데……."

잠자리에 들기 전 아이들이 낮에 본 박물관의 동물들을 하나하나 다시 불러냈다. 그때의 흥분이 되살아나자 잠은 멀찌감치 달아났다. 케냐에 와서 처음으로 아홉시를 넘기고 아이들은 스르르 잠에 빠져들었다. 다음날 이른 아침, 창가에 새소리가 시끄러웠다. 아이들은 자동 스프링처럼 몸을 일으켰다.

"형아, 새소리 들었지?"

"응. 들었어. 근데 무슨 새였을까?"

아이들은 창가에 매달려 눈으로 새를 좇고 있었다. 한참이나 새를 좇던 아이들은 그 새의 이름이 기억나지 않는다며 다시 박물관에 가야겠다고 했다. 아무래도 아프리카 동물에 대한 백과사전이 당장 필요한 것 같았다. 그다음 날부터 우리의 기상시간은 새들의 기상시간과 같아졌다. 새들이 지저귀면 아이들은 잠자리에서 일어났다. 그렇게 아프리카의 새들은 우리에게 아주 낭만적인 자명종 시계가 되어주었다.

뭐든지 걸리는 시간은 오백 년

첫눈에 반한 사람과 사귀기 시작했을 때 그랬다. 처음엔 다 좋은 것 같더니 시간이 조금 지나면 밉고 싫은 게 하나둘 보이기 시작했다. 이상하게도 좋았던 이유가, 그 사람이어야만 했던 이유가 어느 순간이 되면 밉고 싫어지는 '바로 그 이유'로 변하고 말았다.

아프리카와도 마찬가지였다. 사실 아프리카를 좋아하게 된 건 여유와 느림이었다. 무엇에도 얽매이지 않게 하는 신비한 마법 같은 느림. 그런데 실제 아프리카에 살기 시작하자 그 느림이 미움의 대상이 되었다. 아이러니하게도 가장 좋았던 것이 참을 수 없는 것이 돼버린 것이다. 사람만 느린 게 아니었다. 일이 진행되는 것도 느렸고 은행업무도 느렸고 심지어 길가를 걷는 염소도 느렸다. 카페에서 커피나 식사를 주문하면 기다리다 눈이 빠지거나 배가 고파서 더이상 참을 수 없을 때쯤 비로소 음식이 나왔다.

느리고 느린 것이 한 가지 더 있었다. 바로 인터넷이다. 나이로비에서는 인터넷이 되는 카페가 제법 있었는데 속도가 정말 느리고도 느렸다. 물론 아프리카에서 인터넷이 된다는 것만으로도 감사할 일이긴 하지만 인터넷을 하다보면 속 터지는 일이 한두 번이 아니었다. 한국의 포털 사이트를 여는 데만 몇 분이 걸렸다. 페이지를 여느라 버거워하는 윈도우를 보자니 복장이 터졌는데, 더군다나 대부분은 끝내 열리지도 않았다. 사진은커녕 이메일을 하나 확인하려 해도 오백 년이 걸렸다. 한국의 인터넷 속도를 포기하지 않으면 아무래도 케냐와의 관계가 점점 악화될 것 같았다.

그런데 아이들은 상황이 달랐다.

"빨리 학원에 가렴."

"빨리 숙제 해야지."

"빨리 말해봐."

"빨리빨리 움직여."

케냐에서는 그렇게 말하는 사람이 아무도 없었다. 누구도 재촉하지 않고 모두 느리게 행동하는 것이 아이들은 무척 좋다고 했다. 특히 엄마가 컴퓨터 앞에 앉아 있지 않으니 그보다 더 좋은 일이 없다며 즐거워했다. 아이들 말을 듣고 보니 '아프리카까지 와서 이메일을 볼 일이 뭘까?' 싶었다. 누가 나를 급히 찾는다고 성화를 부렸을까? 설령 급히 찾은들 어쩔 건가? 나는 마음을 고쳐먹었다.

그러고 나니 금단현상이 왔다. 인터넷이 안 되는 것이 그렇게 사람을 외롭게 하는 것인지 처음 알았다. 아무리 먼 곳에 떨어져 있어도 홈페이

지나 블로그, 카페에 가면 친구들이나 가족들의 사진을 보고 글을 읽으며 마음을 나눌 수 있고 바로 대화도 가능했다. 온라인상의 일촌이나 이웃이 실제 벽을 맞대고 사는 이웃보다 가까웠다. 그런데 인터넷이 안 되다니. 정말 지구 끝 어딘가에 고립된 것 같은 느낌이었다. 물리적인 거리보다 더 멀고 멀었다. 그런 인터넷 금단현상을 극복하는 데 한 달 이상 걸렸다. 완전히 자유로워지는 데는 석 달쯤 걸린 것 같다. 하지만 느린 속도에 맞추는 것은 빠른 속도를 따라가는 것보다 확실히 편했다.

케냐도 내가 머무는 일 년 동안 하루가 다르게 IT 환경이 변했다. 인터넷 속도도 점차 나아졌다. 이미 기대치가 바닥을 친 상태에서 속도가 조금 빨라지니 체감속도는 더 빠르게 느껴졌다. 2011년 3월쯤엔 무선랜 가격도 많이 내려갔다. 케냐 물가에 비하면 어마어마하게 비쌌지만 한국 돈으로 한 달에 3만 원 정도 들이면 일주일에 두세 번 블로그에 들어가 사진이나 글 하나 정도를 올릴 수 있었다.

무선인터넷이 가능한 카페도 늘어 그곳은 노트북을 끼고 있는 외국인으로 우글거렸다. 인터넷 속도도 쓸 만했다. 뭐든지 느린 아프리카에서 그 정도면 '임팔라 급'이다. 사실 아프리카의 인터넷 속도가 가장 인간적인 속도이지 않나, 하는 생각도 든다. 한국에선 느려터졌다고 구박했던 나의 넷북도 전혀 느리게 느껴지지 않았다. 역시 속도는 상대적인 것이었다.

아프리카 집이
생겼어요

타지에서 여행자의 신분을 벗어나느냐 못 벗어나느냐는 머무는 곳에 달린 것 같다. 케냐로 오면서 '집'이 없어진 아이들은 어딘가 불안해 보였다.

한국에 있을 때보다 쉽게 허기져했고 밥도 더 많이 먹었다. 그리고 한국 집의 소파 옆 귀퉁이나 베란다의 창가, 심지어는 화장실까지 그리워했다. 어서 집이 있어야겠다는 생각이 들었다. 머물고 있던 동네에서 집을 구하러 다니기 시작했다. 나이로비 내에서도 외국인이 살기 좋은 동네는 정해져 있다. 큰길에서 가깝고 쇼핑이 편리하며 외국인 수가 많은 곳들이 그렇다. 아이들 학교, 성당, 한국 교민들이 많이 사는 곳 등을 따지다보니 선택지가 좁혀졌다. 마침내 우리가 살 동네는 킬레레슈와Kileleshwa로 정했다.

집을 구하는 방법은 간단하다. 동네를 정한 후 'TO LET'이란 푯말이 붙은 아파트에 찾아가 매니저를 찾으면 된다. 물론 아파트라 해도 규모는 한국의 빌라 정도다. 매니저가 집을 보여주는 곳도 있고 주인이 나서는 곳도 있다. 집 크기는 면적이 아니라 방과 화장실의 개수로 따지며 그에 따라 가격이 매겨진다. 또한 큰길과의 인접성, 건립년도, 내부구조 등에 따라 렌트비가 조금씩 달라진다.

아파트를 구하면서 이곳이 한국이 아님을, 아니 한국과 완전히 다름을 실감한 부분이 있다. 바로 시간과 약속에 대한 개념이다. 아파트를 보기 위해 먼저 집주인과 약속을 잡는다. 그런데 그들은 약속시간을 오후 한시나 두시로 정확하게 정해주지 않고 대충 '오후'라고만 말한다. 나는 점심을 먹고 아파트에 가본다. 오후니까. 하지만 집주인은 오지 않는다. 혹시 근처 아파트에 빈집이 있는지 알아보러 갔다 돌아와도 집주인은 여전히 오지 않은 상태. 오후가 훌쩍 지나 저녁이 다 되어간다. 몇 번 허탕을 치고 매니저에게 화를 내니 마지못해 집주인에게 전화를 걸어준다. 그런데 집주인 말이 가관이다.

"가고 있어요. 가는 중이랍니다. 하지만 언제 도착할지 정확한 시간은 몰라요. 길의 형편에 따라 달라지니까요."

그 집주인이 이상한 사람이라서가 아니다. 케냐에서는 운전기사도 그렇게 말하고 은행에서도 그렇게 말한다. 오히려 재촉하는 나를 '조급증 환자' 취급한다. 느려도 너무 느리다. 시간 좀 지켜달라고, 예상시간이라도 알려달라고 하면 그들은 다만 이렇게 답한다.

"폴레 폴레 pole pole!"

천천히, 천천히! 아무래도 초장부터 나를 길들이기로 작정한 것 같다. 성질 급한 나는 몇 번이나 아파트를 들락거리며 허탕치고 기다리기를 반복했다. 그러다가 맘에 드는 집을 구하기까지 일주일이 걸렸다. 사실 처음부터 집 구하는 데 그 정도 시간이 걸릴 거라고 예상하긴 했었다. 한국에서도 그 정도의 시간은 필요하니까 말이다. 더구나 이곳은 아프리카. 어쩌면 내가 애태우고 재촉해도 일주일, 아프리카인들처럼 태평하게 해도 일주일. 걸리는 시간은 같았을 거란 생각이 들었다.

집주인은 우리가 살 집을 준비하는 데 시간이 필요하다고 했다. 케냐는 대개 집을 월세로 내놓기 때문에 집주인은 집을 호텔처럼 완벽하게 청소하고 페인트를 다시 칠하고 고장난 것을 손본 다음 임대한다. 물론 세입자는 나갈 때 처음 상태로 복원해놔야 한다. 첫 달에 보통 두 달치 월세를 보증금으로 맡기는데, 나중에 집을 다시 청소하고 페인트칠하고 수리하는 데 쓰고 남은 돈을 돌려받는다. 보통 한 달치 월세는 청소비용으로 빠진다고 보면 된다.

집주인은 이틀 동안 시간을 달라고 했다. 비어 있는 상태였으므로 준비가 거의 다 됐다고 했다. 하지만 약속은 지켜지지 않았다. 나중에 알게 된 사실이지만 아프리카에서는 모든 일들이 그런 식이었다. 서류에 사인을 하지 않은 한 약속은 잘 지켜지지 않았다. 우리는 다시 일주일을 기다렸다.

이사를 한 후, 나는 시계를 가방 깊숙한 곳에 처박아버렸다. 아프리카에서 편히 살려면 '폴레 폴레' 살아야 한다는 걸 눈치챈 것이다.

'그래, 그러자고.'

나는 마음속으로 중얼거렸다. 느릿느릿 살아보자. 내가 천천히 살아도 지구는 돈다.

애송이에게 던지는 진한 농담

이사한 지 일주일쯤 됐을 때 아파트 매니저 조엘이 뭔가 부탁할 게 있다며 나를 찾았다.

"마담, 나한테 조카가 하나 있는데 어제 죽었어요. 고향에 가려면 차비가 필요한데 돈 좀 줘요."

당황스러웠다. 처음엔 조카의 죽음에 대해 어떻게 위로해야 할지 몰라서였고, 다음은 느닷없이 돈을 빌려달라고 한 것 때문이었다.

'동료 사무엘도 있고 아파트 주인 조이도 있는데 왜 나에게 돈을 달라고 하지? 알게 된 지 얼마나 됐다고 돈 빌려달라는 말이 나오지? 아니, 그냥 돈을 달라는 거였나?'

머릿속에 별별 생각이 다 들었다. 그가 달라는 돈은 우리 돈으로 3만 원. 한국에선 큰돈이 아니지만 케냐에선 결코 적지 않은 액수였다.

나는 그에게 잠시 생각할 시간을 달라고 했다. 그리고 집으로 올라와 전화를 걸어 몇 군데 물어보았다. 대답은 한결같았다. 애송이 외국인에게 흔히 하는 진한 농담이란다. 흔하디흔한 수법이라는 거다. 한번 돈을 주면 다음에는 아이가 아프다, 집에 도둑이 들었다, 장모님이 다쳤다, 사돈의 팔촌이 병원에 입원했다면서 갖가지 이유로 돈을 달라고 한단다. 전화를 받은 상대방은 절대 돈을 줘서는 안 된다고 당부했다.

"그래도 조카가 죽었다는데요? 미안한 마음도 들고."

하지만 그것도 진짜가 아닐 거라고 했다. 정말인지 거짓말을 하는 것인지 알 수가 없었다. 나는 고민 끝에 돈을 빌려주지 못하겠다고 그에게 어렵게 말을 꺼냈다.

"오케이."

지나치게 쿨한 그의 반응 때문에 아프리카식 낙천성인지 그냥 한번 해본 소리라 상관없다는 것인지 도무지 감을 잡을 수 없었다. 이후 그는 나를 볼 때마다 한국에 대해 물었다. 삼성이나 LG가 진짜 한국 거냐고 물었다. 그렇게 잘산다면 한국에 갈 때 자기 좀 데려가달라고도 했다. 장을 잔뜩 봐오는 날이면 자기한테 줄 게 없느냐고도 물었고 배가 고프다는 말도 자주했다.

처음엔 나도 경계를 늦출 수 없었다. 우리 집의 모든 열쇠는 처음 그의 손에서 나왔다. 이사 오던 날 내게 집 열쇠 뭉치를 준 건 바로 조엘이었다. 마음만 먹었다면 열쇠를 복사해두었을 수도 있었다. 그런 생각을 하면 밤에 잠이 오지 않았다. 낮에도 그가 불쑥 우리 집에 들어올 수 있을지도 모른다는 걱정이 많이 들었다. 하지만 그런 일은 단 한 번도 일어나지 않았다. 그는 그저 아프리카에 태어난 것이 불편하고 조금 억울하다는 생각을 하는 케냐인일 뿐이었다. 외국인은 언제나 케냐인보다 부자라는 생각에 불공평하다고도 느끼는 것 같았다. 그저 '외국인이 우리에게 인심을 좀 쓰면 좋을 텐데……' 하고 생각하는 사람 중 하나였다.

그 생각을 눈치챈 것은 한국 기념품을 그에게 주면서부터였다. 처음엔 다섯 살짜리 딸에게 갖다주라고 크레파스를 선물했고 연필이나 풍선을 주기도 했다. 작은 선물이 오가자 그는 참으로 싹싹한 사람이 됐다. 내가 장을 보고 돌아오면 잽싸게 달려와 짐을 들어줬다. 너무 더운 날,

콜라를 한 병 사주면 윤이와 준이에게 아파트 마당에 있는 아보카도를 따서 주기도 했다.

그러니까 그냥 그런 거였다. 줄 수 있는 것을 서로 주면서 살자는 것. 농담이든 진담이든 줄 수 있으면 주고 없으면 말고. 어렵게 생각하지 말고 그냥 그렇게. 아이들과 내가 마을을 산책하다보면 저 멀리서 걸어오는 그가 보였다. 그는 우리를 알아보고 힘차게 손을 흔들어줬다. 아는 사람 하나 없는 아프리카의 한 마을에 우리 가족을 반갑게 맞아주는 이가 있는 걸로 족했다. 조금 든든했다. 아프리카식 진한 농담을 알아들으니 편했다.

딱 안 맞으면 어때

다른 나라의 경우와 마찬가지로 케냐의 아파트도 크게 두 종류로 나뉜다. 기본적인 가구, 냉장고, 텔레비전 등이 완비된 아파트와 그렇지 않은 아파트. 물론 살림이 갖추어진 곳은 두 배 정도 비싸다. 일 년만 살 것이니 비품이 완전히 갖춰진 곳에 사는 것도 나쁘지 않을 것 같았다. 하지만 너무 비쌌고 마음에도 들지 않았다. 일 년이지만 내 취향대로 살고 싶어서 결국 가구를 맞추기로 했다. 나이로비 곳곳엔 가구 거리가 많다. 가구를 만드는 공장이 줄지어 있고 그 공장 앞 인도에 가구가 전시돼 있다. 마호가니 나무로 만든 변기부터 로즈우드로 된 침대까지 없는 게 없다. 맘에 드는 가구를 보고 사이즈와 수량, 가격을 맞춰본 다음에 정하면 된다.

나는 카렌(Karen, 이 지역은 『아웃 오브 아프리카』의 작가 카렌 블릭센의

이름을 그대로 따서 지정되었다) 지역 바로 전에 있는 길인 은공 로드^{Ngong} Rd.의 가구 거리로 갔다. 가구를 맞추기 위해 차에서 내리자 벌써 서너 명의 업자들이 따라붙었다. 어리숙한 외국인이 왔다고 다들 반기는 것처럼 보였다. 게다가 여자라니. 아침부터 횡재가 아닌가. 그들의 눈빛은 대충 그러했다. 그 기세에 눌려 흥정이고 주문이고 아무것도 할 수 없을 것 같았다. 결국 나는 아무 말도 못하고 다시 차에 탔다. 그리고 차를 돌려 가장 한가한 가게로 갔다. 기사에게 먼저 내려 분위기를 파악하라고 했다. 기사는 어슬렁거리며 손님이 없는 가게 몇 군데를 골라냈다. 손님을 상대하는 점원조차 두지 못한 작은 가게였다.

"실례합니다. 아무도 없나요?"

내가 소리치자 땀범벅이 된 채 나무의자를 만들던 한 남자가 느리게 답했다.

"뭐 필요한 거 있어요?"

내가 필요한 것은 높이가 좀 높은 침대프레임 두 개, 2미터짜리 긴 테이블 한 개, 타원형 식탁테이블 한 개와 식탁의자 네 개. 베이지색 데님 쿠션을 넣은 카우치 한 개였다. 침대 사이즈, 책상으로 쓸 긴 테이블의 폭과 크기, 식탁의 모양 등을 그려주었다. 모리스라는 이름의 가구장이는 사흘이면 다 준비할 수 있다고 했다. 가격은 운반비를 포함해 모두 3만 실링(45만 원)이었다. 가격은 만족스러웠다. 문제는 시간이었다. 기대도 하지 않았지만 역시나 그가 장담했던 '사흘'은 어림도 없는 날짜였다.

"내일 갖다줄게요."

"미안해요. 내일 오후에……."

이상하게도 전화를 할 때마다 완성일은 하루씩 미뤄졌다. 일주일을 기다려도 가구가 오지 않자 결국 작업장에 다시 찾아갔다. 아뿔싸, 내가 주문한 '베이지색 데님 쿠션 카우치'는 아직 만들어지지도 않은 상태였다.

"일주일이나 지났는데 왜 아직 못 만들었어요?"

내가 묻자 그는 미안한 듯 작게 말했다.

"재료비가 없어서요. 데님은 비싸서 외상을 주지 않네요."

이런, 답답한 사람. 융통성이 없는 건지 거짓말을 하는 건지……. 처음에 지불할 금액의 절반을 선금으로 주었는데도 재료비가 없다니. 어쩔 수 없이 나는 천 가게로 가서 천값을 먼저 지불했다. 그러고도 이틀이 더 지나서야 마침내 가구들이 도착했다.

카우치의 위치를 잡고 식탁을 조립하고 의자를 놓았다. 그런데 가구들은 하나같이 '백 미터 미인'들이었다. 멀리서 보면 나름 괜찮은데 가까이서 보면 마감은 울퉁불퉁했고 좌우 길이도 조금씩 달랐다. 식탁에는 몇 군데 흠집도 있었다. 하지만 괜찮았다. 그런 것이 더 아프리카다워 보였다. 다 참을 수 있었고 이해할 수 있었다. 단 하나만 빼고.

침대프레임은 문제가 심각했다. 미리 쓰고 있던 매트리스를 새 침대프레임에 올렸는데 매트리스 하나가 맞지 않았다. 아무리 눌러도 들어가지 않았다. 결국 모리스는 건장함을 과시하며 힘으로 매트리스를 프레임 안에 구겨넣더니 "봐요. 문제없죠?"라고 했다. 하지만 억지로 들어간 매트리스는 가운데 부분이 점점 활처럼 휘어져버렸다. 질책하는 눈으로 쳐다보자 그는 매트리스 사이즈가 틀린 거라고, 매트리스가 불량이라고 말했다. 나는 줄자를 찾아내 프레임 길이를 쟀다. 그가 만들어온 두 개의 침대프레임은 정확히 3센티미터가 차이 났다. 모리스는 잠시 궁리하더니 말했다.

"둘의 크기를 맞추려면 하나를 잘라야겠는걸요."

이런! 그는 침대프레임 크기가 다르다는 것이 무엇을 뜻하는지 제대로 이해하지 못하고 있었다. 3센티미터가 차이 나는 게 문제면 큰 쪽을 잘라내면 된다는 식이다.

"두 개가 똑같아지면 되는 거 아닌가요?"

그는 간단하고 쉽게 답했다. 말이 통하지 않았다. 그러더니 한번 만든 침대프레임은 어쩔 수 없다며 버텼다. 침대를 자르거나 그냥 두거나 둘 중 하나였다. 결국 침대 하나는 매트리스 끝 부분이 살짝 공중에 뜬채로 둘 수밖에 없었다.

그래도 우리 집을 방문하는 많은 사람들이 가장 맘에 들어한 가구가 바로 침대였다. 키코이Kikoi 스카프를 걸어둔 창가에 두 침대를 나란히 놓으니 그렇게 안락하고 평화로워 보일 수가 없었다.

'그래, 딱 안 맞으면 어때. 발을 좀 들고 자면 되지.'

나는 후딱 마음을 고쳐먹었다. 다행히 가구를 들여놓으니 썰렁했던 집이 비로소 우리 집 같았다. 일생을 두고 잊을 수 없는 나의 아프리카 집은 그렇게 모양을 갖춰나갔다.

용감하게
대문 밖으로

케냐에 오면 주중엔 아이들을 학교에 보내고 내 시간을 갖고 주말엔 어디든 함께 여행을 떠나리라 다짐했다. 그런데 케냐 교민들 모두가 그건 안 되는 일이라고 했다. 위험하기 때문이었다. 절대 하면 안 되는 일이, 엄마가 아이들만 데리고 여행을 가는 것이라고. 아파트 정문 앞에서 강도를 당한 이야기부터 시작해 대낮에 길을 가다가 갖고 있는 모든 것을 털린 이야기, 차가 정체돼 있는 틈을 타 운전기사를 밀어내고 차를 훔쳐갔다는 이야기, 속옷까지 벗어 보여주며 가진 것을 모두 강도에게 준 어느 교민의 이야기까지. 겁을 먹을 만한 이야기는 너무나 많았다.

아스카리(askari, 경비원)가 지키는 아파트 정문 밖으로는 한 걸음도 나가지 말라는 경고가 빗발쳤다. 처음엔 아이들을 학교에 데려다주고 집에 돌아와 감옥에 갇힌 듯 집 안에서만 지냈다. 아이들도 학교에 가면 학교 안에서만 놀았다. 그러다가 주말이 되었다.

화창하고 아름다운 토요일. 일찍 일어나는 습관 때문에 아침 여섯시에 잠이 깬 우리 셋은 너무나 심심했다. 화투, 우노 카드게임, 블록 놀이……. 하루종일 뒹굴거린 것 같았는데 겨우 열시. 발코니에서 바라보니 사람들은 너무나 자유롭고 즐겁게 붉은 흙길을 걸어다니고 있었다. 무서운 일은 하나도 일어나지 않을 것 같았다. 솔직히 모두들 착해 보였다.

우리는 침묵 속에 동의했다. 산책을 나가기로. 운동화를 신고 대문으로 나가니 아스카리가 문을 열어주며 어디 가느냐고 물었다. 산책을 간다 하니 이 동네는 경치 좋은 곳이 많으니 천천히 돌아보란다.

집을 나서니 길이 왼쪽과 오른쪽으로 나뉜다. 5층 우리 집에서 내려다보이던 왼쪽 길로 걸어갔다. 차로만 다니던 길을 처음 걷는 것이었다. 가끔 인사를 하는 사람도 있었고 우리를 중국 사람으로 알고 "니하오" 하며 인사하는 사람도 있었다.

처음엔 조금 긴장되더니 곧 동네 산책모드로 발걸음이 가벼워졌다. 길가에 꽃이 많이 피어서 아이들은 보는 꽃마다 하나씩 따서 주머니에 넣기도 하고 커다란 잎을 따서 바구니로 만들기도 했다. 골목길을 빠져나가니 작은 삼거리가 나오고 현지인이 사는 아파트 주변에 작은 아케이드가 눈에 띈다. 약국 옆엔 과자나 빵 같은 걸 파는 아줌마, 그 앞엔 양배추, 옥수수, 당근 몇 개를 놓고 파는 노점 아저씨, 작은 재봉틀을 앞에 두고 바느질을 해주는 아기 엄마 그리고 작은 공터에 모여 노는 아이들이 보였다. 우리 셋은 그곳을 그냥 지나치고 싶지 않았다.

나는 잠시 그 풍경 속에 앉아 있고 싶었고 아마도 아이들은 나무를 타고 노는 아이들과 친구가 되고 싶었던 것 같다. 우리는 주머니에서 동전을 찾아 환타 두 병을 사서 빨대를 꽂고 나누어 마셨다. 파인애플맛과 레몬맛! 한국에서는 마시지 못하게 했던 소다를 마실 수 있다는 즐거움에 아이들의 입이 함박만큼 커졌다. 병값을 따로 지불하지 않으려면 되돌려주고 가야 했기 때문에 우리는 아케이드 벤치에 앉아 소다를 마셨다. 가게에 냉장고가 없어 미지근했지만 그 어떤 소다보다 시원하고 맛있었다.

우산나무 아래엔 까맣고 마른 아이들이 잔뜩 모여 나무 매달리기를 하고 있었다. 깔깔거리는 소리가 어찌나 큰지 백 명은 모여 노는 것 같았다. 윤이와 준이는 그 아이들과 함께 놀고 싶었다. 그래서 그 주위를 빙빙 돌며 아이들에게 말을 걸어보려 했지만 케냐의 아이들은 외국인을 보자 쑥스러운 듯 웃으며 흩어졌다. 결국 친구를 사귀는 데는 실패했다. 첫 산책이었으므로 무리하지 말고 다음에 다시 나오기로 약속하고 집으로 발길을 돌렸다.

"엄마, 매일 산책해요. 그리고 다음엔 오렌지맛으로 먹어봐요."

산책보다 소다에 더 마음을 뺏긴 둘째가 본심을 드러냈다.

"야, 어떻게 맨날 소다를 마셔. 엄마, 두 번에 한 번씩만 사주세요, 네?"

나름 꾀를 낸 첫째의 말이다.

그후로 우리는 그 길을 사랑하게 되었고 한국에서 가족이나 손님이 올 때마다 손을 잡고 그곳으로 이끌었다. 아이들은 마치 보물을 꺼내어 보여주듯 자랑스러운 마음으로 산책길을 안내했다. 우리는 누구나 한번 걸어보면 절대 잊을 수 없는 그런 산책길을 갖고 있었다.

왼쪽 길로 달리는
자동차

케냐는 약 43년간 영국에 식민지배를 받다가 1963년에 독립했다. 따라서 생활양식이나 국가 시스템이 대부분 영국식이다. 공용어는 영어와 스와힐리어. 회사뿐 아니라 학교에서도 오전과 오후, 두 번 티타임을 갖는데 이것 역시 영국의 영향이다. 자동차 운전석도 영국처럼 오른쪽에 있다. 한국과는 반대다. 미국에서 면허를 따고 한국에서 운전을 해온 나에겐 여간 곤란한 문제가 아니었다.

사실 아프리카와 자동차는 궁합이 맞지 않아 보였다. 그들에게 '자동차'라는 물건은 아직 익숙하지 않다. 자동차들끼리는 어떤 규칙을 따라야 하는 건지, 운전자는 다른 차나 걷는 사람을 어떻게 배려해야 하는지, 자동차가 얼마나 위험할 수 있는지 잘 알지 못하는 것처럼 보인다. 자동차가 오고 있는데도 사람들은 그냥 길을 건넌다. '알아서 피하겠지'라고 생각하는지 좌우도 살피지 않고 길을 건너는가 하면 운전을 할 때도 그냥 자동차 머리부터 들이밀고본다. 교통법규나 신호보다는 머리를 누가 먼저 들이미는가에 따라 순서가 정해진다. 어쩌면 자동차를 염소나 당나귀쯤으로 생각하는 건지도 모르겠다.

그럼에도 불구하고 외국인에게 자동차는 필수조건이다. 대중교통이 잘 발달되지 않은데다 치안 면에서도 안전하지 않다. 케냐에서 외국인이 위험한 일이나 사고를 당하는 공간은 대부분 마타투(Matatu, 케냐의 주요 교통수단인 승합차)나 고속버스 안이다. 다행히 나이로비에는 중고차 거래점이 많아 차를 구하는 건 어렵지 않았다.

케냐에서 중고차를 살 때도 우리나라처럼 연식과 주행거리 그리고 사고 여부를 살펴보면 된다. 물론 그런 건 혼자 힘으로 알아보기에 간단한 일이 아니다. 케냐에서 몇 년이라도 살아본 경험자가 도와줘야 순조롭다. 운 좋게도 나는 한국인 주재원이 다른 곳으로 이주하면서 팔게 된 2002년식 닛산 서니를 구입했다. 한국의 아반떼와 비슷한데 가격은 5,000달러였다. 차를 사고 나면 자동차보험 역시 들어야 하는데 그건 한국과 비슷한 가격이었다. 내 차의 경우 일 년에 삼십만 원 정도 냈던 것 같다.

재밌는 것은 차의 곳곳에 새겨진 자동차 번호다. 사이드미러, 선바이저, 유리창, 앞뒤 라이트에도 자동차 번호가 새겨져 있다. 이유는 도난당하기 쉬운 부품들이기 때문이다. 교통정체로 잠깐 서 있는 순간에도 사이드미러나 선바이저를 뜯어가버린다는데, 더 재밌는 사실은 중고부품 시장에 가면 그걸 다시 살 수 있다는 것이다. 휘발유 가격은 리터당 약 100실링(약 1,500원)이었는데 케냐의 국민소득을 생각하면 말할 수 없이 비싼 가격이다. 그만큼 차를 소유하는 사람은 일부 상류층이라는 사실을 알 수 있다. 이십 년 된 고물 자동차라도, 그걸 몰고 다닐 수 있다는 것만으로도 말이다.

나는 흠 없는 차를 적당한 가격에 잘 샀으니 행운아였다. 그런데 문제는 운전석이 오른쪽에 있다는 것이다. 차를 가지고 온 첫날 나는 십 년 운전경력을 믿고 기세 좋게 운전석에 앉았다. 하지만 출발도 하기 전 좌측 깜빡이 대신 와이퍼를 켜고는 바로 내려왔다. 운전은 불가능할 듯했다. 좌우가 뒤바뀌어 있고 기어의 위치도 다르다. 괜히 만만하게 봤다가 위험을 자초할 수도 있다. 방법은 하나밖에 없었다. 운전기사. 한국에서는 꿈에도 생각하지 못했던 일이다.

나의
첫 운전기사

운전기사를 고용하기 위해 간단한 인터뷰를 했다. 래니는 면접을 위해 양복을 차려입었는데 낡았지만 정장을 갖춰 입고 면접에 임한 태도가 마음에 들었다. 키쿠유족인 그는 두 아들이 있고 곧 셋째아이가 태어날 예정이라고 했다. 이미 아이를 둘이나 둔 가장인데다가 택시운전까지 해보았다고 하니 믿음이 갔다. 동서남북도 구분하지 못하는 내게 정말 필요한 사람 같았다. 남편 없이 두 아이들과 있다보니 든든한 보디가드 역할도 해줄 수 있을 것 같았다. 그렇게 래니는 나의 첫 운전기사가 되었다.

래니와 외출하게 된 첫날, 나는 어디에 앉을지 몰라 잠깐 고민했다. 조수석에 앉아야 할지 아이들과 함께 뒤에 앉아야 할지 갈등이 됐다. 그때 작은아이가 말했다.

"엄마, 케냐에선 운전 안 해도 되니까 내 옆에 앉아요."

"그럴까? 윤이 준이 가운데에 엄마가 앉아야지."

두 아이들의 입이 함박만큼 벌어졌다. 생각해보니 아이들과 뒷자리에 앉는 것은 처음이었다. 늘 내가 운전했고 남편이 운전을 할 때도 앞에만 앉았었다. 아이들과 나란히 앉아 창밖을 보는 것이 좋았다. 하지만 모든 게 다 좋지는 않았다. 나는 주차비가 얼마인지, 휘발유값이 얼마인지도 몰랐고 식료품점이 어디인지도 몰랐다. 래니가 데려다주는 대로 가고, 달라는 대로 주어야 하는 형편이었다. 문제는 바로 그것이었다. 내가 아무것도 모르는 여자라는 것! 속여먹기 딱 좋은 사람! 남편도 같이 살지 않으니 이보다 더 만만할 수가 없었던 거다.

첫날부터 래니는 세차를 한다며 800실링(약 1만 원)을 달라고 했으며

사흘째 되던 날은 타이어에 구멍이 난 것 같다며 때우거나 새 타이어로 바꿔야 한다고 했다. 나는 차에 대해서 아무것도 모른다. 그저 휘발유를 넣고 시동을 걸면 차가 가고 브레이크를 밟으면 선다는 것 외에는. 그러니 기사가 새 타이어가 필요하다면 그런가보다, 타이어 구멍을 때워야 한다면 그런가보다 하고 받아들였다. 아무튼 나는 그가 달라는 대로 돈을 줬다. 문제는 그런 눈속임이 차의 기술적인 부분에만 그치지 않았다는 것이었다. 쇼핑하거나 카페에서 책을 읽느라 오랫동안 한곳에 머무를 때면 나는 기사에게 시간이 얼마나 걸릴지 미리 알려줬다. 그런데 어느 날 볼일을 마치고 아이들을 데리러 가야 할 시간이 되어 기사에게 전화를 걸었다.

"래니, 아까 나를 내려준 곳으로 다시 와줘. 학교에 가야지."

"오케이. 마담."

하지만 그는 재깍 오지 않았다. 주차장에서 건물 입구까지는 백 미터 남짓인데도 건물 입구에 차가 막힌다며 십 분, 십오 분이 걸렸다. 일주일 정도 같은 일이 반복되자 나는 그제야 눈치를 챘다. 내가 볼일을 보는 동안 래니도 내 차를 몰고 볼일을 보고 다녔던 것이다. 그는 내 차를 마치 자기 차처럼 쓰고 있었다.

"마담. 아이 약을 사야 해서 타운에 가야 하는데 차를 가지고 갔다 올게요."

"마담, 운전면허증을 갱신하러 가야 하는데 차 좀……."

기사를 처음 고용해본 나는 그 정도는 허락해야 하는 줄 알았다. 2주쯤 지나 주변 사람들에게 물어보니, 절대 있을 수 없는 일이란다.

기사가 온 후 두번째 일요일이었다. 성당에 갈 시간이 다 됐는데 아무리 전화해도 받지 않았다. 토요일에 쉬고 일요일에 출근하기로 한 기사가 오지 않았던 것이다. 잠시 후, 전화기가 꺼져 있다는 안내음이 들렸다. 주차장에 나와 기사를 기다리던 아이들이 묻는다.

"엄마, 오늘은 성당에 못 가겠죠?"

"수녀님이랑 친구들 만나야 하는데……."

한국 사람을 만나는 유일한 날이라 아이들의 얼굴에 실망이 가득하다.

"미안, 아직 엄마는 운전을 못해. 어떻게 가는지 길도 모르고."

우리의 눈은 온통 대문에 가 있다. 누가 들어오는 소리만 나면 아이들은 딴짓을 하다가도 고개를 휙 돌렸다. 실망과 기대와 또 실망이 몇 번이나 반복되고 속이 타들어갈 대로 타들어간 상태에서 래니가 나타났다. 지난밤 집에 도둑이 들어 전화기도 빼앗기고 돈이 없어서 걸어왔다고 한다. 그 말을 들으니 사정도 모르고 원망한 것이 미안해졌다. 하지만 나중에 안 일이지만 그 말도 사실이 아니었다. 그것은 사건의 시작에 불과했다. 그는 '나쁜 기사'가 할 수 있는 거의 모든 일을 보여줬다.

길 찾기
함정

친구들은 나에게 길눈이 밝다고 한다. 한 번 가본 곳은 잘 찾아가고 모르는 길도 지도만 보고 잘 찾아간다고. 나는 새로운 도시에 가면 가장 빠른 시간 내에 큰길과 골목길을 익혔다. 복잡하다는 도쿄에서도 내가 찾는 길은 언제나 짐작한 곳에 있었다. 함께 간 이들은 언제나 감탄했다. 길 찾기 고수라고! 하지만 그 비밀은 부단한 노력에 있다.

처음 가는 길을 갈 땐 돌아갈 때를 생각해서 큰 건물과 길 이름을 읽어둔다. 가능하면 표지판에 쓰인 길 이름을 외운다. 그래야 되돌아갈 때 방향이 바뀌어도 길을 헤매지 않는다. 지도를 보고 찾아야 할 때도

방향을 파악하고 표지판에 적힌 길 이름을 확인하며 간다. 동물적 본능으로 길을 찾아가는 것이 아니라 부단한 학습과 노력에 의해 길을 찾는 편이다. 길을 헤매는 일은 없지만 대신 긴장 때문에 피곤하다.

케냐에서는 달랐다. 길도 엉망진창인데다 좌우도 바뀌었지, 더구나 기사가 있으니 길을 자세히 살피지 않았다. 길 대신 길가에 있는 사람들과 염소들만 자세히 봤다. 이럴 때라도 길 찾기 긴장에서 벗어나자는 마음에 아주 편안하게 다녔다. 가고 싶은 곳을 기사에게 말해주면 어디든지 데려다주니 애써 길을 외울 필요가 없었다. 그런데 그것이 바로 함정이고 약점이 되었다.

어느 월요일 아침, 기사가 나타나지 않았다. 아이들이 학교에 늦지 않으려면 일곱시까지는 와야 하는데 일곱시 삼십분이 되어도 오지 않았다. 전화도 받지 않았다. 애가 타서 발을 동동 구르는 엄마를 보고 아이들이 나에게 운전을 하라고 한다. 운전 잘하지 않느냐고. 아이들의 말을 듣고 보니 맞는 말이다. 아이들을 데리고 주차장에 들어가 한번 해보자는 마음으로 운전석에 앉았다. 그런데 머릿속이 하얘진다. 길을 모른다. 차가 있으면 뭐하나, 운전을 할 줄 알면 뭐하나, 길을 모르는데……. 학교까지 가는 길이 전혀 떠오르지 않았다. 일주일 동안 학교를 오갈 때마다 나는 아이들과 함께 뒷자리에 앉아서 처음 보는 건물, 옥수수 파는 아줌마, 종이 먹는 염소들을 구경하느라 길은 뒷전이었다. 이런 날이 올 거라곤 꿈에도 생각 못했다.

그제야 후회가 됐다. 무슨 일이 생기면 운전을 할 수 있도록 준비했어야 했다. 학교 가는 길쯤은 익혔어야 했다. 아이들을 지켜야 하는 엄마로서 너무 무책임했단 생각이 들었다. 하는 수 없이 학교에 연락을 하고 스쿨버스가 올 수 있도록 양해를 구했지만, 이미 우리가 사는 동네를 지나간 후였다. 사정사정 끝에 스쿨버스가 집 근처로 다시 와주기로 했다.

가방을 들고 부랴부랴 스쿨버스와 만나기로 한 곳으로 걸어갔다. 하지만 온다던 스쿨버스도 빨리 오지 않았다. 그냥 지나간 것은 아닐까? 만나기로 한 장소가 여기가 아닌 건 아닐까? 몇 번의 전화 끝에 겨우 스쿨버스를 만났다. 아이들까지 덩달아 정신없이 스쿨버스를 탔다.

버스에 태우고 나니 그제야 아이들의 얼굴이 보였다.

'이렇게 엄마를 두고 가도 되는 걸까?'

되레 아이들이 날 걱정하는 표정이었다. 허둥대는 엄마를 보면서 아이들이 불안했겠다는 생각이 들었다. 미안했다. 엄마는 언제나 완벽해야 했는데, 이런 일쯤 별것 아니라며 척척 해결했어야 했는데……. 미안했다. 그래서 한 가지 작은 결심을 했다.

거리를
베끼다

케냐에 온 지 3주, 그사이 기사가 문제를 일으킨 것이 벌써 세번째다. 나는 정신을 차려야겠다고 생각했다. 그냥 기사가 실어다주는 대로 다녀서는 안 된다. 비상사태에 대비해서 학교 가는 길과 식료품 사러 가는 길 정도는 알아둬야 한다. 나는 운전석 뒤에 앉아 도로 표지판을 적기 시작했다.

LENANA RD., KILELESHWA ST., RIVERSIDE RD.…….

길이 나뉘고 합해지는 곳의 표지판을 찾아 쓰고 그리고 내 손으로 작은 지도를 계속 그렸다. 오가는 모든 길들이 내 눈에 익을 수 있도록 갈때와 올 때 양방향으로 약도를 그려나갔다. 여전히 내게는 낯선 동네인 나이로비의 길들은 언제나 새로웠다. 다 비슷비슷해 보였다.

그래서 나는 주요 건물의 모양도 그려보았고 가게 이름도 하나씩 적었다. 일주일쯤 지나니 학교 가는 길과 집으로 오는 길, 식료품을 사러 가는 길이 머릿속에 정리가 되었다. 잠자리에 누워서도 길을 그려나갈 수 있게 되었다.

하지만 문제는 오른쪽 핸들 그리고 눈치껏 가야 하는 라운드어바웃 roundabout, 즉 로터리였다. 여기에서는 차들이 신호등을 따라가고 서는 것이 아니라 순서대로 교차로를 지나야 한다. 질서의식이 있는 곳이라면 차례를 지키겠지만 케냐에서는 머리를 들이미는 차가 먼저 가는 식이다. 앞차가 가면 뒤차들이 줄줄이 따라간다. 그것을 적당히 끊고 자신의 차례를 만들어야 하는데 그것만은 절대 못할 것 같았다. 차선이 없는 것도 적응할 수 있고, 불쑥 튀어나오는 보행자도 피할 수 있을 것 같은데, 라운드어바웃은 정말 자신이 없었다. 종일 서 있을지도 몰랐다. 이러지도 저러지도 못하는데 어서 가라고 뒤차들이 빵빵거리고. 생각만 해도 손에 땀이 났다. 거리를 베끼고 길을 외웠지만 여전히 운전은 어렵다. 그냥 기사를 모시고 있는 수밖에.

운전기사의
근무수칙

케냐에서 아침마다 기사에게 복창하도록 하는 말이 두 가지 있다.

"첫째, 절대로 과속과 신호 위반을 하지 않는다."

약속시간이나 학교에 늦어도 된다. 세상에 급한 일은 아무것도 없으니 과속, 신호 위반, 교통법규 위반은 절대로 하지 말라고 했다. 그런데도 래니는 택시 운전을 하던 버릇 때문인지 길이 조금만 막혀도 인도로 올라가거나 역주행을 시도했다. 주의를 주지 않으면 금세 나의 당부를 잊었다. 그래서 나는 고장난 카세트처럼 늘 같은 말을 반복해야 했다. 그런 이유 때문에 아이들만 차에 태워 학교에 보낼 수가 없었다. 래니뿐 아니라 케냐인 대부분이 위험하게 운전했기 때문이다.

그들은 매사에 말할 수 없이 느리면서도 운전만은 난폭하고 조급했다. 사람보다 차가 먼저다. 그래서 사고도 많다. 케냐의 열악한 도로 사정을 보고 난 후 나의 가장 큰 목표와 바람은 사고 없이 안전하게 있다가 한국에 돌아가는 것이 되었다. 그중 가장 두려운 것이 교통사고였으니, 그 어떤 상황에서도 교통법규 위반은 금물이었다. 두번째 금기사항은 래니가 저지른 일 때문에 생겼다.

사연은 이렇다. 그날은 우리가 처음으로 기린을 보러 간 날이었다. 래니와 함께 기린을 보고 차로 돌아온 시간은 오후 네시. 주말을 맞아 나이로비를 떠났던 사람들이 돌아오느라 도로가 막히기 시작할 시간이었다. 도로사정이 좋지 않은 나이로비의 교통체증은 서울 못지않다. 기린이 있는 카렌에서 집으로 돌아가는 길은 외길이다. 왕복 2차선 도로에서는 시커먼 매연을 내뿜는 오래된 자동차, 길가의 염소, 무단횡단하는 사람 그리고 갓길 주행과 역주행을 일삼는 마타투까지 합세해 대혼란이 벌어지고 있었다. 햇살은 여전히 뜨거웠고. 래니는 그동안의 불충과 불신을 씻으려는 듯 제안을 했다.

"마담, 이 시간에 집에 가려면 두 시간은 걸려요. 그러니 지름길로 가는 게 어때요?

"지름길? 그게 어디에 있는데?"

내가 관심을 가지자 래니는 신이 나서 말했다.

"저기 산으로 가는 거죠. 비포장길이 잠깐 나오긴 하는데 짧아요."

비포장길이라는 말이 마음에 걸렸다. 어느 쪽으로 가는 게 좋을지 판

단이 안 섰다.

"지름길로 가면 시간이 얼마나 걸릴까? 비포장길은 몇 킬로미터 정도야?"

래니는 손가락을 꼽아보더니 비포장길은 2킬로미터 정도라고 했다.

지름길로 가면 집까지 삼십 분쯤 걸릴 거라고 했다. 그래? 그럼 가자.

산동네도 볼 겸 나는 아이들과 뒷자리에 앉았다. 차는 금세 비포장길로 접어들었고 깎아지른 듯한 언덕을 내려가니 졸졸졸 흐르는 개울물에 빨래를 빠는 아낙들이 보인다. 자동차가 지나갈 길이 아니라 그런지 모두들 빨래를 하다 말고 우리를 바라본다. 래니는 차문을 잠갔다.

"마담, 여긴 위험한 애들이 있을지 모르니 창문은 내리지 마세요."

길이 너무 울퉁불퉁해 차가 거의 기어가다시피 가니 동네아이들이 차로 모여들었다. 아이들이 "니하오?" 혹은 "헬로" 하며 손을 흔든다. "음중구(Mzungu, 백인이라는 뜻이지만 외국인을 통칭하는 말이다)!"라고 소리치는 아이도 있다. 까만 맨발에 궁둥이가 보이는 바지를 입은 아이, 동생을 업고 나온 여자아이, 노랑 물통을 흔드는 아이까지. 아이들의 순박한 모습을 보면서도 낯선 곳에서 겪는 예상치 못한 상황에 마음이 편치 않았다. 기다란 막대기를 어깨에 걸고 걸어오는 사내 두 명을 봤을 때는 납작 엎드려 숨어야 하는 건 아닌가 하는 생각도 했다. 태평히 걸어가던 그들이 갑자기 폭도로 변하는 건 아닌지 걱정이 되었다. 하지만 무엇보다도 큰 문제는 2킬로미터라던 비포장길을 한 시간째 달리고 있다는 것이었다.

아프리카인 대부분은 거리와 시간에 대한 개념이 전혀 없다는 것을 나중에야 알았다. 한국 사람들처럼 어림잡아 거리와 시간을 계산할 수 없다. "오 분쯤 걸려요"라는 말은 그냥 거의 다 왔다는 것이지 꼭 오 분이 걸린다는 말은 아니다. 비포장길이 끝없이 이어지자 래니는 "이제 거의 다 왔어요"라는 말도 하지 않았다. 속으로 '이 길이 이렇게 길었나?' 이러면서 운전을 하는 것 같았다. 얼마나 흔들리며 달렸을까? 길고 긴 비포장길이 끝나고 저멀리 큰길이 보였다. 고생이 끝나간다는 생각에 아이들 얼굴도 밝아졌다. 그런데 이게 웬일인가? 길 한가운데 커다란 웅덩이가 나타난 것이다. 케냐의 비포장길은 진흙길이다. 비가 오면 작은 웅덩이가 만들어진다. 엊그제 온 소나기로 생긴 웅덩이가 제법 깊고 커 보였다. 래니는 차에서 내리더니 막대기를 찾아 웅덩이의 깊이를 쟀다. 그리고 천천히 차로 돌아왔다.

"마담, 웅덩이가 깊어요. 못 건너가겠어요."

뭐. 라. 고? 한 시간 넘게 진땀을 흘리며 구불구불 달려온 비포장길을 다시 가야 한다는 뜻이다. 아이들은 이미 더위와 목마름에 지쳤고 작은 아이는 덜컹거리는 차를 오래 타서 멀미를 시작했다. 화가 나서 말도 하고 싶지 않았다. 하지만 길은 하나. 왔던 길로 다시 돌아갈 수밖에 없었다. 나는 래니에게 말했다.

"조심해서 돌아가자. 그리고 앞으로 다시는, 절대로 지름길로 가지 마!"

집으로 돌아오는 데 삼십 분이면 될 거라더니 결국 세 시간이 걸렸다. 꼬불꼬불한 비포장길에 너무 지쳐서 아이들과 나는 집에 돌아오자마자 쓰러졌다. 그뒤로 그 어떤 경우에도 우리는 지름길을 택하지 않았다. 아이들도 지름길이라는 말만 나와도 손사래를 쳤다. 적어도 우리에게 케냐의 지름길은 '지옥길'이었다.

아프리카에서 찾은
아이들과의 시간

———————

며칠째 비가 오지 않는다. 이른 아침에 살짝 내려 아침 공기를 맑게 해주던 비, 햇빛이 쨍쨍하다가도 오후 다섯시만 되면 후드득 떨어지던 시원한 비. 그 비가 며칠째 오지 않는다. 아마 본격적인 건기가 시작되려는가보다. 해가 지고 나면 여전히 춥다. 추위를 잊기 위해 아이들과 함께 일찍 잠자리에 든다. 케냐에 온 후로 아이들의 취침시간이 빨라졌다. 나이로비가 고산지대인데다가 하루종일 뛰어놀기 때문이다. 물론 집에 텔레비전이 없어서 저녁때 할 일이 없기 때문이기도 하다. 작은아이는 품안으로 쏙 안겨들어와 잠을 청한다. 볼을 만지고 팔을 만지던 아이의 손이 어느새 스르르 떨어진다. 큰아이는 베개가 머리에 닿는 순간 잠이 든다. 아이들과 이보다 더 살갑게 지낸 적이 있었던가 싶다.

"엄마, 오늘도 바빠요?"

"같이 놀아줄 수 없어요?"

한국에 있을 때 지난 오 년 동안 아이들이 가장 많이 한 말이다. 직업상 나는 방송 날짜가 닥치면 집에서도 일만 했다. 그때는 아이들이 불러도 고개조차 돌릴 시간이 없었다.

"그럼, 재워줄 수 있어요?"

"미안, 먼저 자. 엄마는 지금 같이 못 자."

"어휴. 아빠도 아직 안 오고."

그럴 때면 둘째는 한숨을 포옥 내쉬었다. 아빠라도 있으면 어떻게 잠을 자볼 텐데 하필 엄마가 바쁜 날은 아빠도 늦었다. 그러면 아이는 컴퓨터를 들여다보고 있는 내 책상 옆에 누워 다리라도 만지면서 자겠다고 했다. 그렇게 강아지처럼 잠든 아이를 바라보면 너무 마음이 아팠다.

더이상 아이에게 미안해하고 싶지 않았다. 그래서 일 년만이라도 뚝 잘라내어 아이랑 종일 옆에 있고, 자고 싶다고 할 때 같이 자고, 함께 일어나 아침밥을 먹고 산책을 하고 싶었다. 아이를 시계 삼아 살고 싶었다.

아프리카에 온 지 한 달. 일단 그 계획만은 지키고 있다. 남자아이들과 어떻게 놀아야 할지 몰라 그저 카드게임이나 상대해주고 있지만 어쨌든 종일 함께한다. 아침 일찍 아이들을 학교에 데려다주고 또 데리러 가고. 돌아오는 길에 우리는 학교에서 있었던 일에 대해서 이야기한다.

한국에 있는 아빠와 통화를 하는 주말 저녁. 아빠가 작은아이에게 물었다.

"케냐에 가니 뭐가 제일 좋으니?"

아이는 망설이지 않고 대답했다.

엄마랑 하루종일 함께 있는 거란다. 잠들 때 엄마가 같이 곁에 있어주는 거란다. 학교에서 돌아올 때 엄마가 기다려주는 거란다. 한국에서 내가 해주지 못했던 것. 당연히 해줘야 할 것인데 해주지 못했던 것. 아이가 필요했던 것은 그뿐이었다. 종일 같이 있어주는 것. 그것이 최고의 선물이었다.

'아빠 금단현상'이 시작되다

케냐에 도착하고 나서 나는 암사자가 된 기분이었다. 어린 두 아이들의 안전과 생존이 모두 내 몫이었다. '가장'이라는 크고 단단한 울타리 없이 아프리카에 뚝 떨어진 느낌이라니. 예상했던 것보다 더 두렵고 막막해서 나는 비장해질 수밖에 없었다. 씩씩해야 했다. 일 년 동안 무사히, 안전하게 지내다 돌아가야 했기 때문이었다. 외로움도 그리움도 느낄 틈도 없이 하루하루를 보내는 동안 아이들에겐 '아빠 금단현상'이 나타나기 시작했다. 무슨 일에든 '아빠가 있었으면 좋았을 텐데……'라는 말이 붙었다. 산책을 나가기 두려워 집 안에만 있을 때도, 심심해서 체스를 둘 때도, 맛있는 것을 먹을 때도, 기린을 볼 때도, 박물관을 갈 때도, 심지어는 밤하늘의 달을 볼 때도 아이들은 아빠가 있었으면 더 좋았겠다고 했다.

사실 아이들과 아빠는 보통의 관계가 아니었다. 세 남자는 친구였고 동지였다. 엄마인 내가 끼어들 수 없는 그 무엇이 세 남자에게는 있었다. 내가 방송으로 바빠 함께하지 못할 때면 '쌀이 떨어지면 돌아올게'라는 쪽지만 남기고 캠핑을 떠나기도 했고 하루종일 머리를 맞대고 건담을 조립하며 시간을 보내거나 거실 한가득 미니 자동차를 늘어놓고 거대한 왕국을 꾸미기도 했다. 내가 보기엔 하나도 재밌지 않은 일을 가지고 세 남자는 킥킥거렸고 무엇인가 작당을 하기도 했다. 또 슬그머니 나가 내가 그토록 먹지 못하게 하는 길거리 음식을 몰래 먹고 들어오는 날도 있었다. 그런 날이면 세 남자는 나름 껌도 씹고 음료수도 사먹으며 시치미를 떼려고 하지만 옷에 묻은 벌건 떡볶이 국물만은 어쩌지 못해 늘 내게 들키곤 했다. 그래도 그들의 눈빛엔 내게 아직 들키지 않은 무엇인가가 있어 즐거운 듯했다.

저녁이면 축구공을 들고 나가 셋이서 축구를 하고 농구공을 던지다 아이스크림을 물고 들어왔고 우당탕거리며 샤워장으로 뛰어갔다. 아이들에게 엄마가 포근한 사람, 먹을 것을 주는 사람, 잘 때 책을 읽어주는 사람이라면, 아빠는 매일매일 새로운 것을 찾아내고 함께하고 즐기는 친구였다. 케냐로 떠나는 결정을 하면서 아이들이 가장 망설였던 이유는 아빠와 함께 가지 못하기 때문이었다. 아빠가 겨울방학에 케냐에 와서 그동안 놀지 못한 것을 실컷 놀아주겠다고 약속하지 않았더라면 아

빠를 두고 갈 수 없었을 것이다.

떠나기 전까지, 케냐에서 살아보기 전까지, 아이들과 나는 또 한국에 남는 아빠는 그 몇 달간의 이별이 어떤 의미인지 잘 모르면서 '동의'했고 실천했다. 솔직히 나와 남편은 잠시 떨어져 있으면 홀가분할 것 같다는 막연한 느낌도 있었다. 14년을 같이 살았으니 한 번쯤 떨어져 지내보는 것도 좋다는 주변의 의견도 많았다. 남편도 그동안 우리 때문에 하지 못 했던 영화촬영이나 연구 등 할 일이 많았다. 온전히 자기 자신만의 시 간을 가질 수 있으니 좋은 점도 있으리라 생각했다. 하지만 케냐에 도착 하고 한 달쯤 지나면서 우리는 예상이 틀렸다는 것을 알았다. 가족이란 함께 있어야 기운이 되고 활력이 되는 존재였다.

아이들이 아빠를 그리워하는 동안, 남편도 힘든 시간을 보냈다고 했 다. 처음엔 잔소리하는 아내도, 빨리 와서 놀자는 아이들도 없으니 친 구들과 늦게까지 술도 마시고 즐거웠지만 그것도 한두 번, 한 달쯤 지나니 오히려 시시해지더란다. 집에 들어올 때마다 아이들이 달려올 것 같았고 달려올 아이들이 함께하지 않는다는 것을 깨닫는 순간 집은 예전의 집이 아니었다고 했다. 그러는 사이 이상하게도 남편은 살이 쪘고 소파에서 자는 날이 많아졌다. 혼자서 아이들 사진을 바라보다 '이 녀석들 만나기만 해봐라' 하면서 눈물을 글썽이기도 했고 아이들과 놀던 미니 자동차를 흘겨보기도 했다. 그래도 매월 둘째 주, 가족봉사는 빠지지 않았다. 일 년 후 다시 넷이서 봉사를 갈 때까지 남편은 혼자 가족봉사를 가서 어르신들을 만났다. 우리 넷이서 그랬던 것처럼 말이다.

아이들은 달력에 빗금을 그으며 방학이 되어 아빠가 오기만을 기다렸고 그 바람으로 외로운 시간을 견디어나갔다. 일요일마다 우리는 여섯 시간 빠른 한국에 있는 아빠와 전화를 했다. 우리가 점심을 먹고 나서 전화를 하면 아빠는 저녁이었다. 처음엔 울먹이며 전화를 하던 둘째도 차츰 씩씩하게 전화를 받았고 윤이는 일주일 동안 있었던 일을 아빠에게 들려줬다. 그리고 전화를 끊을 때면 늘 같은 말로 마지막 인사를 했다.

"아빠, 사랑해. 너무너무 보고 싶어."

엄마, 매일매일 기뻐야 해

하루는 저녁을 먹던 중 준이가 내게 한 말.

"엄마, 엄마는 이제부터 매일매일 기뻐야 해. 내가 엄마를 기쁘게 해 줄 거야. 알겠지?"

저녁밥을 넘기다 목이 멜 만큼 울컥해져서 잠시 대답을 머뭇거렸다.

"왜 그런 생각을 했어?"

대답 대신 아이가 나를 오래 바라본다. 이 아이는 언제나 무엇이든 오래 바라보았다. 아주 어릴 때부터 그랬다. 아이는 말문이 아주 늦게 트인 대신 글을 빨리 읽었다. 사물이든 사람이든 오래 바라보고 눈이 마주치면 살며시 웃어주었다. 생각이 정리된 걸까, 아님 내게 준비할 시간을 준 것일까? 아이가 천천히 말을 한다.

"음, 내가 생각해보니까…… 엄마는…… 언제나 우리를 기쁘게 해주잖아. 맛있는 밥도 해주고…… 놀아주고…… 여행도 데리고 가고……. 요즘은…… 엄마가 좋아하는 일도 안 하고……. 그러니까 나도 엄마를 기쁘게 해줘야지. 엄마, 슬프면 안 돼. 알았지?"

말은 느렸고 얼굴엔 미소가 가득했다. 그게 아이의 말하는 방법이었다. 말이 느렸으므로 나는 들으면서 아이의 감정을 느꼈다. 그래서 고개를 끄덕였다.

"그래그래. 고맙다."

아이는 나를 늘 바쁜 엄마로 기억했었는지 모른다. 언제나 갈증나게 하는 엄마. 더 오랫동안 보고, 더 오래 만지고, 더 오래 책을 읽어달라고 하고 싶은데 엄마는 언제나 바빴다. 엄마의 얼굴에 자주 피곤이 겹치고 무엇엔가 쫓기듯 일을 한다. 잠이 오는 늦은 밤에도 엄마는 뭔가 일을 하고 있다. 혼자 잠들지 못하는 아이는 언제나 재워달라고, 엄마가 없으면 잠이 오지 않는다고 투정을 부렸다. 그렇게 투정을 부려서라도 떼를 써서라도 이십 분, 삼십 분 엄마를 온전히 소유하고 싶었던 아이. 그런데 아프리카에 온 이후, 엄마는 늘 제 옆에 있다. 자자고 하면 자고 놀자고 하면 논다. 모든 게 제가 원하던 대로 이뤄졌으니 이제 엄마가 걱정인가보다.

'엄마가 진짜 저래도 되는 걸까? 저렇게 바쁘지 않아도 엄마는 행복한 걸까?'

나는 아이에게 속삭인다. 그래, 나도 즐겁다. 무지하게 기쁘다. 하루하루 가슴이 벅찰 만큼 행복하다. 훗날, 무슨 수를 써서 이 시간을 돌릴 것인가? 아이들이 엄마를 필요로 하는 시간, 내 품에서 온전히 내 안에 서 있는 시간. 이 시절은 길지 않으리. 그러니 나는 아프리카에서 얻은 이 시간이 고맙고 또 고맙다. 행복하다. 하루종일 너희들과 뒹굴며 놀아서 엄마는 기쁘다.

무섭지 않다니까요

"엄마, 며칠 남았어요? 사흘인가?"

준이가 물었다. 알면서도 묻는 거였다. 산타할아버지를 기다리듯 아이들은 할아버지, 할머니를 기다리고 있었다. 벌써 한 달 전부터 달력에 동그라미 표시를 해두었고 일주일 전에는 공부방으로 쓰던 방을 침실로 꾸미기 시작했다. 준이는 학교에서 그린 그림을 벽에 붙였고 윤이는 나무와 벽돌을 가져다 작은 책꽂이를 만들었다. 커다란 매트리스를 빌려 오고 창가에 커튼도 달았다. 그리고 드디어 두 분이 케냐에 도착하는 12월 29일이 되었다.

공항에서 집으로 돌아오면서부터 아이들은 케냐를 소개하느라 바빴다.

"저 큰 새는 아프리카대머리황새인데 여기서는 마라부 스톡이라고 하고요."

"여기는 케냐의 다운타운이에요."

"우리 동네 이름은 킬레레슈와예요."

"우리 집은 5층인데 엘리베이터가 없어요."

"아파트에 들어갈 땐 아스카리가 문을 열어줘야 들어갈 수 있고요."

"집에는 도우미 아줌마인 마거릿이 있어요."

아이들은 쉬지 않고 말을 이어갔다. 집에 도착해서는 산타할아버지의 가방이 열렸다. 아이들은 입을 다물지 못했다. 가방 안에는 그토록 먹고 싶었던 한국 과자가 들어 있었고, 아빠의 선물이 있었고, 읽고 싶은 책이 있었다. 그리고 기다리고 기다렸던 라면도 몇 개 있었다. 아프리카 음식을 잘 먹으면서도 가끔 매연이나 감기 때문에 속이 느글거리면 얼큰한 라면 생각이 간절했었다. 비슷한 맛으로 찾아낸 것이 태국 라면이었는데 특유의 냄새를 견뎌내기가 힘들었다. 아이들은 큰 보물이라도 얻은 것처럼 기쁜 표정으로 할아버지 할머니를 꼭 안아드렸다. 그리고는 노을이 지기 전에 다녀올 데가 있다며 아직 짐도 풀지 않은 할아버지, 할머니 손을 잡고 밖으로 나섰다.

아이들은 우리가 가장 아끼고 사랑하는 산책길로 '두 손님'을 안내했다. 창에서 내려다보니 자주 걸음을 멈추고 무엇인가 설명하는 윤이와 준이의 상기된 표정이 보였다. 비염이 있는 할아버지는 손수건으로 코를 막고 계셨다. 먼지 때문이었다. 케냐의 길은 흙먼지가 많거나 매연이 많거나 둘 중 하나다. 도로가 포장된 곳은 매연이 가득하고 비포장인 곳은 흙먼지가 날리기 때문이다. 마침 퇴근시간이라 붉은 흙길에 사람들이 점점 많아지고 있었다. 그런데 산책을 나간 지 이십 분도 못 되어 아이들과 부모님이 들어오셨다.

"엄마, 할아버지 할머니께서 무섭다고 들어가자고 하셨어요."

"저기 카수쿠 센터까지도 못 갔어요."

아이들은 산책길을 다 보여드리지 못한 아쉬움에 안타까워했다. 하지만 두 분은 다소 불안해 보였다.

"검은 사람들이 잔뜩 몰려오던데……."

"생각 없이 카메라를 들고 나갔지 뭐니."

대수롭지 않게 '괜찮다'고 말씀드리려다 생각해보니 우리도 이사 온 지 보름이 다 되도록 엄두를 내지 못했던 산책이다. 누군가 우리를 휙 낚아채가거나 나무에 꽁꽁 묶어버릴 것 같아 커다란 아파트 대문 밖으로 나가는 데만 2주가 걸렸다. 이제 방금 아프리카 대륙에 도착한 두 분께 산책은 욕심이었다는 생각이 들었다.

12월말의 아프리카는 소우기가 시작되어 조금 춥고 비가 잦았다. 나무들은 늘 그렇듯 지나치게 푸르렀고 노을은 아름다웠으며 새벽이면 새들이 힘차게 우짖었다. 계시는 동안 두 분이 가장 자주 보고 가깝게 만날 수 있는 케냐인은, 우리의 두번째 운전기사였던 에이모스와 도우미 마거릿이었다. 다행히 둘 다 언제나 친절하게 웃었다. 며칠이 지나자 아프리카에 대해 경계심을 늦추지 않던 두 분이 마음을 열기 시작하셨다.

"아프리카에 이렇게 푸르고 아름다운 곳이 있는 줄은 몰랐단다."

"사람들 눈이 크고 아주 순해 보이는구나. 웃는 모습도 예쁘고."

"예전 우리들 살던 모습 같기도 하네. 전쟁이 끝나고 우리도 모두 가난했지. 저런 양철 지붕이 많았어."

손자들 덕분인지 두 분은 아프리카에 대한 선입견을 금세 지우고 좋은 것을 받아들이기 시작하셨다. 아프리카랑 친해지고 있는 중이셨다. 그후 두 분은 한 달간 케냐에 머무르면서 빈민지역에 의료봉사 지원도 가시고 풍선수업에도 동행하면서 적극적으로 아프리카를 만나기 위해 노력하셨다. 그동안 너무 멀리서 아프리카를 관전하고 있었다는 아픈 후회도, 지금부터라도 사랑할 수 있다는 희망도 보신 것 같다.

사랑은 언제나 마음을 다할 때 빛이 난다. 그래야만 상대를 이해할 수 있게 되고 진심으로 걱정하게 된다. 한 달이라는 짧은 시간 동안, 두 분은 아프리카를 온 마음을 다해 읽으셨다. 그리고 사랑을 전할 수

있기를 원하셨다. 가까이에 와서 보지 못했으면 영원히 멀고도 위험한 나라였을 케냐가 두 분의 마음속에 들어간 것이다. 아프리카가 특별해졌다.

**케냐에서
비자 신청하고
연장하기**

1_ 입국심사대 바로 전에 비자 신청서가 있답니다. 신청서를 꼼꼼히 작성합니다. 만약 내용이 궁금하다면 출국 전에 미리 케냐 한국 대사관 홈페이지를 방문하면 '견본'이 있습니다. 혹시 모르는 단어가 있을지 모르니 미리 한번 보고 가세요.

2_ 비자료와 함께 신청서를 내면 도장을 쿡 찍어줍니다.

3_ 비자를 자세히 보면 손으로 쓴 기간이 적혀 있어요. 딱 90일입니다. 케냐에 머문 지 3개월이 되기 전에 일주일 정도 여유를 갖고 비자를 연장합니다. 비자를 연장할 때는 증명사진이 필요하고요. 지문도 찍습니다. 나이로비 다운타운의 이민국(노란 빌딩이라고 하면 다 압니다)에 가면 건물 왼쪽 뒤편에 '비자 연기 신청'을 받는 창구가 있습니다. 거기 가서 간단한 서류 한 장을 쓰고 비자 연장비를 내고 기다렸다가 지문을 찍고 나면 비자를 90일간 더 연장해줍니다. 케냐의 모든 관공서가 그렇듯이 아주 오래 걸립니다. 읽을 책이나 소일거리를 들고 가는 게 좋아요. 운이 좋다면 1~2시간 안에 끝날 수도 있고요.

4_ 한 번의 연장이 끝나기 전에 동아프리카를 제외한 다른 나라에 한 번 다녀와야 합니다. 그래서 새로운 비자를 받는 거죠. 90일이 지나면 또 같은 방법으로 연장을 합니다. 그러면 1년이 후딱 지나간답니다.

5_ 16세 이하의 아이들은 비자가 없지만 체류 기간은 연장해야 하기 때문에 엄마가 비자 연장을 할 때 아이들의 여권도 가져가서 같이 연장합니다.

케냐에서
집 구하기

1_ 서점에 가서 나이로비 지도를 하나 삽니다. 동서남북 분간도 해보고 어느 동네가 학교와 가깝고 쇼핑센터와 멀지 않은지 파악합니다.

2_ 한국인이나 외국인이 많이 사는 동네를 추천합니다. 한국인이나 외국인이 많다는 것은 교통, 치안, 편리성이 우선 뛰어나다는 뜻이니까요. 하지만 사람마다 좋아하는 동네 분위기가 다르니 여러 동네를 둘러보고 거주지역을 선택하세요.

3_ 'To Let'이라는 푯말이 세워진 아파트를 찾습니다. 대개 아파트 정문이나 담에 빨간 글씨로 큼직하게 쓰여 있어요. 경비를 불러서 아파트를 빌리고 싶다고 하면 매니저가 나와 빈 아파트를 보여주고 가격과 이사 가능한 날짜 등을 알려줍니다.

4_ 맘에 드는 집을 정하면 계약서를 씁니다. 어떤 매니저들은 계약서를 쓴 날부터 렌트 기간으로 치기도 합니다. 실제 이사할 날은 일주일 뒤인데도 말이죠. 이것은 부당한 일이므로 꼭 확인하세요.

5_ 이사하는 날에 두 달치 렌트비를 보증금으로 내고 수도세와 전기세도 두 달치씩 미리 냅니다. 보증금은 나갈 때 돌려받는데, 렌트비 보증금은 집수리와 페인트칠 비용을 제한 후, 수도 및 전기세는 마지막 달 사용료를 제하고 줍니다. 이 돈을 잘 돌려주지 않는 아파트도 많다고 하니 영수증을 꼭 챙겨두세요.

6_ 집을 정할 때 꼭 살펴봐야 하는 것은 안전을 위한 '장치'랍니다. 케냐의 경우, 안전을 담보하려면 첫째, 24시간 경비원이 있어야 합니다. 경비원은 모든 출입 차와 운전자 그리고 드나드는 사람들을 확인한 후 문을 열어주지요. 그다음은 전기담장입니다. 밤손님을 막기 위한 방법이지요. 여기에다 짐Gym과 수영장이 있으면 금상첨화겠죠. 그만큼 비싸긴 하지만.

7_ 제가 살았던 집은 비교적 안전한 동네의 새 아파트였습니다. 방과 화장실이 2개씩이었고 노을을 볼 수 있는 발코니가 있었어요. 가구는 포함되지 않았고 전기담장과 경비원이 있었는데 월세는 5만 실링, 한국 돈으로 약 75만 원이었습니다. 케냐에 살 때 가장 큰 지출은 바로 '월세'였답니다.

**가구 맞출 때
주의할 점**

1_ 샘플로 본 것과 나중에 배달된 물건의 질과 색이 다를 수도 있습니다. 샘플은 어디까지나 샘플이니까요. 주문할 때는 분명히 괜찮은 질감의 나무였는데 막상 새로 만들어온 것은 그것만 못할 때가 많답니다. 이러한 불상사를 피하는 방법은, 주문하러 갔을 때 마음에 드는 게 보이면 그걸 바로 사는 것입니다. 샘플이라 확실히 더 예쁘고 깔끔하고 재질도 좋습니다.

2_ 주문 후 제작해서 배달까지 무진장 오래 걸릴 수 있습니다. 시간개념이 우리와 다른 이들에게 약속된 날짜를 지키라고 강요하는 것은 무의미한 일이에요. 사흘 걸린다면 닷새 걸리겠지, 닷새 걸린다면 일주일 걸리겠지, 그렇게 생각하면 편합니다. 급하게 장만해야 하는 가구는 샘플을 사는 게 답입니다.

3_ 사이즈 확인은 필수입니다. 저는 같은 크기의 침대프레임을 주문했고 같은 사람이 만들었는데도 3센티미터 이상 차이가 났었어요. 그러니 색이나 질보다 먼저 원하는 사이즈로 제작되고 있는지 확인 또 확인해야 합니다.

내 손으로
만드는
케냐 지도

1_ 먼저 케냐에서 만든 나이로비 지도를 하나 삽니다. 대충 어디가 어딘지는 알아야 하니까요.

2_ 하지만 그 지도는 큰길 위주로 되어 있어서 실제 우리가 필요한 작은 도로는 나오지 않는답니다. 그러니 자주 가는 길 위주로 지도를 참고해 나만의 지도를 그리는 것이지요.

3_ 집 앞부터 시작해서 가지를 뻗어나가며 길 이름을 적어갑니다. 실제와 가장 비슷하게 그리려면 몇 차례 다시 그리기를 반복하게 될 거예요.

4_ 길이 완성되고 나면 이정표가 될 만한 건물의 이름을 적어둡니다. 파출소, 마트, 주유소 같은 것 말이죠.

5_ 그다음은 자주 가는 가게나 장소 등 꼭 필요한 곳에 표시를 해둡니다. 주유소, 대형식료품점, 집 근처의 구멍가게, 야채와 과일가게, 자전거 바람 넣어주는 곳, 재봉틀 아가씨가 있는 곳 등이 꼭 필요한 장소랍니다.

6_ 마지막으로 아스팔트에 뚫린 아주 커다란 구멍을 표시해두세요. 케냐에서 베스트 드라이버란 그런 구멍을 잘 피하는 사람을 말합니다.

케냐의 기차는 첫 출발역부터
3분쯤 가볍게 늦어줍니다.
예정보다 늦게 도착하고 늦게 떠나는 것은
어느 역에서나 마찬가지지요.
그러니 아프리카에서는 서두르지 마세요.
어쩌면 많이 늦음.
그것은 아프리카 사람들의 이별을 위한 시간이랍니다.

Healing post card

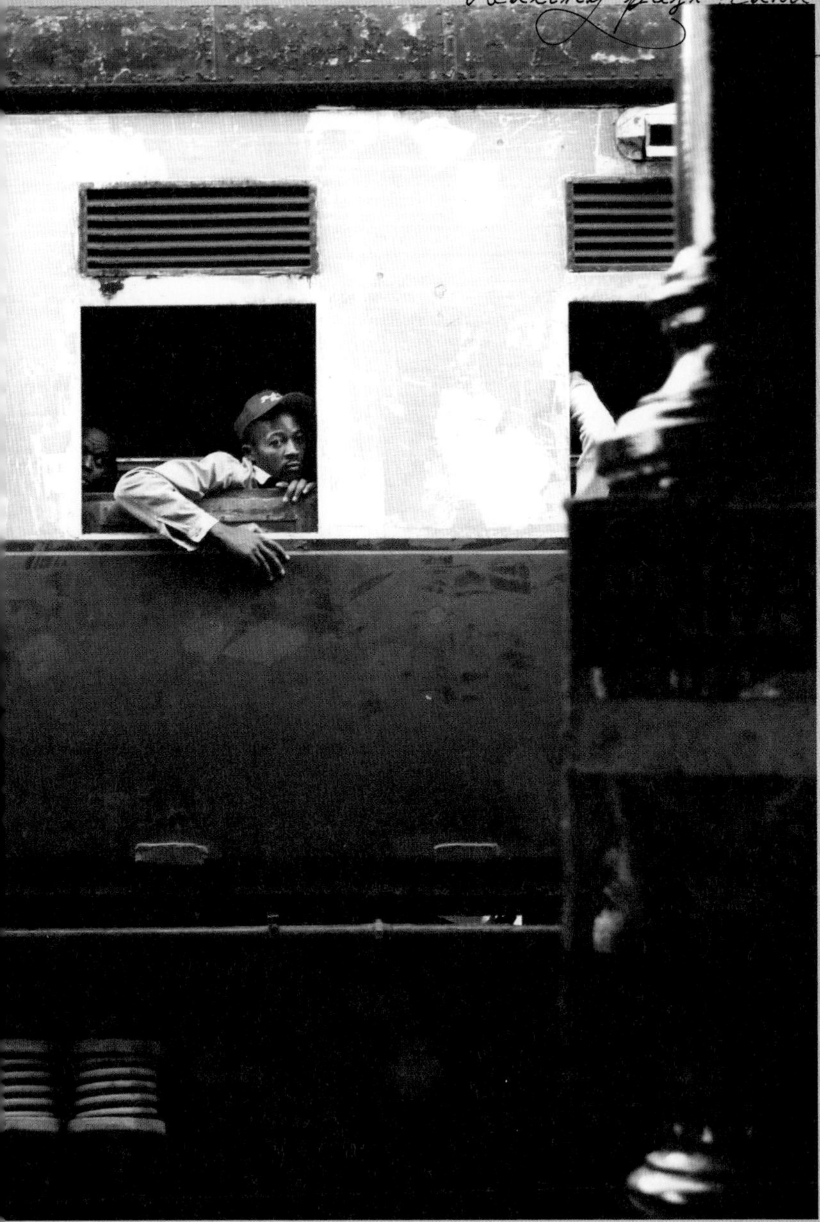

아프리카 친구들이 생겼어요

아 이 들 의   학 교   적 응 기

꿈에서만 그리던
이상적인 학교

학교가 네모난 시멘트 건물이 아닐 수는 없을까? 숨이 찰 때까지 달릴 수 없는 작은 운동장, 운동장 구석엔 녹슨 정글짐, 삐걱거리는 그네 몇 개, 그런 게 전부인 학교 말고 좀 신나고 낭만적인 학교는 없을까? 지치도록 달릴 수 있는 잔디밭이 있고 커다란 나무 그늘 아래서 친구들과 책을 읽고 하늘을 올려다보며 웃을 수 있는 학교는 없을까? 슬프지만 없었다! 16년간 학교를 다녀본 결과, 그런 학교는 그냥 꿈이었다. 숲속에 펼쳐진 작은 학교, 커다란 나무와 작은 호수 혹은 시냇가, 넓은 잔디밭을 지나면 나타나는 작은 분수와 오래된 나무의자. 그냥 그건 나의 꿈이었다. 세상에 없는 학교였다.

입학 전 아이들 학교를 방문하기 위해 집을 나섰다. 시내를 벗어나 십 분쯤 달렸을까? 온통 커다란 나무와 저택이 늘어서 있다. 가끔 옥수수구이나 바나나를 파는 장수들이 보인다. 그리고 자동차들이 지나는 삼거리엔 꽃장수도 있다. 나무가 울창해지며 풍경이 너무 한가한 시골길 같다는 생각이 들 무렵, 학교 푯말이 보였다. 작은 교문을 지나니 좌우로 모두 잔디밭이다. 커다란 나무 아래는 작은 나무 벤치들이 있고 저 멀리 작고 아담한 하얀 집이 보인다.

'여기가, 이곳이, 학교인가?'

이름도 맞고 위치도 맞는데 외경은 전혀 학교가 아니다. 어리둥절하고 있는 사이 경비 아저씨가 다가왔다. 잔디밭 사이로 보이는 저 하얀 건물이 학교 사무실이란다. 사무실로 들어가니 우리를 기다리던 교장 선생님이 반갑게 맞아주셨다. 미시즈 임. 한국인 교장 선생님이다.

"윤 그리고 피터, 어서 와. 우리 학교 산책할까? 요즘 꽃이 아주 예쁘

게 피었단다. 갈까?"

"네! 좋아요!"

내가 사무실에 앉아 학교규정과 입학시 준비해야 할 사항 등을 살펴보는 동안 교장 선생님은 아이들을 데리고 학교 구경을 하러 가셨다. 케냐 학교에 처음 간다고 긴장했던 아이들의 표정이 한번에 풀어진다. 외국학교의 생소함에 엄마 곁을 떠나지 않으려던 둘째도 선생님이 내민 손을 잡고 걸어간다. 아이들의 뒷모습을 보니 학교가 아니라 공원을 걷는 것 같다.

'이런 학교가 있구나. 꿈속에서만 그렸던 학교가 세상에 정말 있구나.'

이 학교는 원래는 농장의 주택이었다고 한다. 기본 주택만 그대로 남기고 확장과 리모델링을 거쳐 학교로 만든 것이다. 작고 아담했지만 훌륭했다. 딱딱하지 않고 권위적이지 않아서 좋았다. 집과 다름없이 편안하고 따뜻한 곳이 학교라니, 그만하면 충분하다 싶었다. 영국식 국제학교인 이곳의 이름은 스쿨 오브 네이션스, 기독교 학교다. 한국에서 5학년 1학기를 마친 윤이는 영국식 학제의 초등학교 최고 학년인 6학년으로, 준이는 2학년으로 들어가기로 했다. 가을학기가 새 학년이 시작되는 시기여서 자연스럽게 한국에서보다 한 학년씩 높아졌다. 유치원생이던 준이가 1학년이 아니라 2학년이 된 것은 유치원 과정인 킨더가르텐Kindergarten이 1학년, 우리나라의 1학년이 2학년이기 때문이다. 한 학년이 한 학급을 이루는데, 한 반은 열 명 내외로 전교생은 팔십여 명이다. 저학년인 준이의 반에는 특별히 보조 선생님도 있다.

작은아이가 먼저 제 교실을 찾아갔다. 오래된 마루가 깔린 2학년 교실. 작은 나무의자에 앉아보니 하얀 테두리의 넓은 창문이 딱 눈높이에 있다. 그 낮은 창가 아래엔 색색의 꽃이 가득했고 기다렸다는 듯이 햇살이 가득 들어왔다. 할 수만 있다면 나도 다시 학교를 다니고 싶을 정도였다. 이런 학교라면 아이들의 생각이 네모난 틀에만 갇히지 않을 것 같다. 엄마가 꿈에 그리던 모습의 학교에 아이들이 다니게 되었다. 세상에 이런 학교도 있다니! 내가 꿈꾸던 학교가 진짜 있다니! 아이들보다 내가 더 흥분된 날이었다.

첫날은
원래 그런 거야

그날은 '오프닝 데이Opening Day', 즉 입학식이었다. 준이의 첫 학교였으므로 준이는 생각보다 많이 긴장했다. 네이비 컬러의 교복을 입고 까만 구두를 신은 준이는 한숨을 쉬었다. 떨리는 거였다. 첫 학교가 하필이면 한국인 하나 없는 외국학교라니. 그것도 대부분 흑인인 아프리카의 학교였으니 아이는 떨렸을 것이다. 학교에 도착할 때까지 준이는 별로 말이 없었다. 교문에 들어서자 여기저기 아이들이 보였다. 나무로 만든 징검다리 위에 올라간 아이도 있었고 잔디밭을 달리는 아이도 있었다. 자동차 안에서 우리는 조금 기다려야 했다. 윤이는 한시라도 빨리 내려서 어떤 친구들이 있는지 보고 싶어했지만 준이에겐 시간이 조금 필요했다. 윤이가 먼저 내려 학교로 달려가고 난 후에도 나는 준이와 함께 차 안에 있었다. 준이는 심호흡을 한번 하더니 내게 물었다.

"엄마, 내 옆에 있을 거죠? 어디 안 갈 거죠?"

"그럼, 준이가 보이는 곳에 있을 거야. 멀리 안 갈 거야. 참, 이제부턴 피터라고 부를게. 친구들은 그렇게 부를 거니까. 알겠지?"

창고를 개조한 작은 강당에 모여 전교생이 입학식 겸 개학식을 한다. 학부모들은 뒷자리에 앉아 입학식을 지켜봤다. 휙 둘러보니 대부분이 흑인이고 동양 아이는 윤과 준 그리고 일본인으로 보이는 남자아이와 여자아이가 전부다. 큰아이의 반은 총 여덟 명, 남녀 학생이 각각 네 명이다. 담임 선생님은 미스터 윌리엄 무카비. 고학년을 잘 맡을 수 있을 만큼 카리스마가 있어 보였다. 준이의 선생님은 미스 엘리스. 미국인으로 캘리포니아 출신이다. 1학년은 한 학급에 열여섯 명으로 가장 많다. 나이도 어리고 학생 수도 많아서 보조 선생님이 있다. 입학식이 끝나고 줄을 지어 아이들이 교실로 들어갔다. 준이는 멀리서 바라보고 있는 나에게서 시선을 떼지 않는다. 조금 불안한 눈빛이다. 나는 얼른 아이에게 달려가 귓속말을 해주었다.

"피터! 잘 기억해둬. 이제부터 모험이 시작되는 거야. 파이팅!"

아이들,
영어 잘하나요?

한국을 떠나기 전 가장 많이 받은 질문은 아이들의 영어 실력이었다.

"영어를 얼마나 하나요?"

"영어유치원에 다녔나요?"

"학원은 어디를 다녀요?"

질문에 답하기 전에 우선, 두 아이의 '출생의 비밀'부터 밝혀야 할 것 같다. 큰아이 윤이는 한국에서 태어났다. 지금은 영화과 교수인 남편이 미국으로 유학을 가기 전 서울에서 낳았다. 그리고 생후 6개월 때쯤 아빠를 따라 미국으로 떠났다. 아이는 일곱 살이 될 때까지 미국에서 자라고 유치원을 다녔다. 여기까지 말하면 "그럼, 영어 잘하겠네요?"라는 반응이 나온다. 하지만 생각해보라. 그 나이에 할 수 있는 말은 지극히

한정적이다. 게다가 미국인 또래에 비해 영어가 능숙하지도 않다. 집에서 보내는 시간이 대부분이었고 집에서는 엄마 아빠와 대화를 했으므로 한국말을 훨씬 잘했다. 유치원에서 아이가 사용했던 말도 지극히 '유치한' 수준이었다.

"선생님, 화장실 가도 될까요?"

"물 좀 주세요."

"저도 하고 싶은데요."

"내 차례야."

뭐 이 정도만 할 줄 알면 유치원 생활에 문제가 없다. 한국에 돌아와서도 한국에 있는 아이들만큼 영어공부를 하지 않았다. 처음엔 그나마 있는 '영어 실력'이 사라질까봐 걱정이 돼서 이런저런 궁리를 하고 학원도 몇 달 보냈지만 해일처럼 밀려오는 한국어 속에서 영어를 잊어버리지 않는다는 건 불가능했다. 그걸 붙들려고 한다는 것 자체가 웃기는 얘기 같았다. 아이는 미국에서 살던 아이답지 않게 한국말을 잘했다. 다만 당시 유행하던 "즐!"이라든가 "완전 밥맛이야" 같은 유행어를 알아듣지 못할 뿐 발음은 어디 하나 꼬이고 서툰 데 없이 좋았다.

둘째는 미국 뉴욕 주에서 태어났다. 아직까진 이중국적자다. 하지만 생후 12개월에 미국을 떠났으므로 역시나 영어와 거리가 멀다. 36개월이 지나서야 한국어 말문이 트여 속을 태우게 했던 아이다. 말도 행동도 느리기 때문에 이 아이에게 무엇도 강요하거나 억지로 하게 한 적이 없다. 단지 아빠는 영어로, 나는 한국어로 책을 무지하게 읽어줬다. 무릎에 앉혀 책을 읽어주면 아이는 다섯 권 열 권도 마다않고 더 읽어달라고 했다. 말은 느렸지만 책을 좋아했다. 그러므로 아이에겐 과다한 경쟁이나 학습을 중점으로 두는 유치원은 어울리지 않았다. 우리가 원하는 유치원을 찾기는 쉽지 않았다. 여기저기 헤매다 결국 집에서 조금

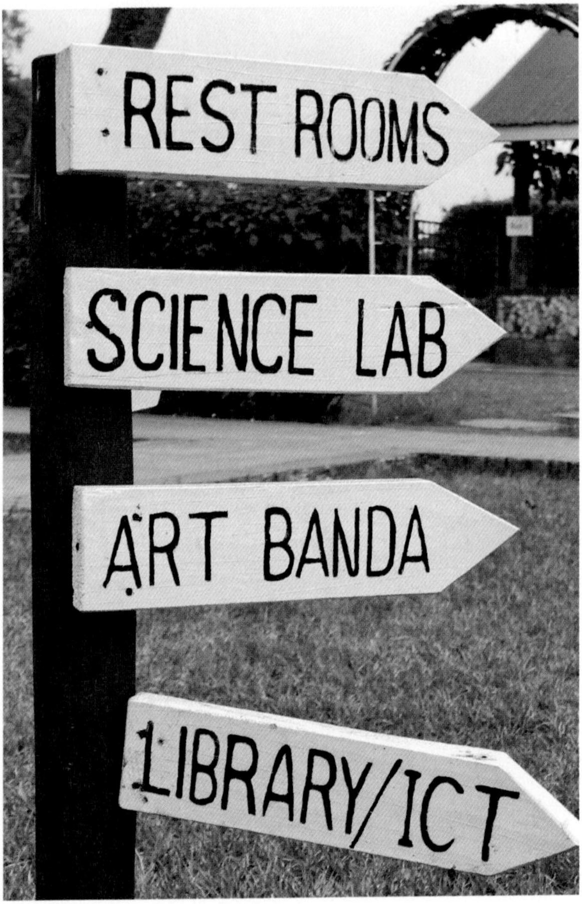
REST ROOMS
SCIENCE LAB
ART BANDA
LIBRARY/ICT

떨어진 곳에서 적합한 유치원을 찾았다. 생태 유치원이었다. 아이는 텃밭 가꾸기와 동물 기르기를 배웠다. 그러므로 둘째의 영어공부는 유치원에서 배우는 파닉스가 전부였다. 하지만 책을 좋아해서 그런지 일곱 살이 되자 단어의 뜻도 모르면서 영어책을 읽기는 했다. 그게 다다.

아이들이 영어를 잘했느냐, 영어학원에 다녔느냐는 질문에 대한 답은, 우선 "아니오"다. 보통 수준이라고 해두면 맞을 것 같다. 그런 상황에서 두 아이는 2학년과 6학년에 들어갔다. 아이들은 어디서나 적응을 쉽게 한다고 하지만 그건 어디까지나 어른의 눈에서 그런 것 같다. 아이들은 나름대로 치열하고 고통스럽게 자신의 세계에 적응을 한다. 다만 티를 많이 내지 않아서 우리가 모를 뿐이지. 윤이와 준이 역시 쉽지 않았다. 누구에게나 '처음'이 그렇듯 말이다.

학교 안 가면
안 돼?

입학 후 첫 주는 걱정과 달리 잘 흘러갔다. 그런데 둘째 주 월요일부터 두 녀석 모두 표정이 좋지 않았다. 피곤하다, 학교가 멀다, 학교 밥이 맛이 없다……. 지난주엔 다 좋다고 한 것들이 이번주엔 다 별로란다. 아이들을 달래 학교까지 갔다. 학교까지 오는 내내, 차 안에서 불평을 늘어놓던 것과 달리 윤이는 학교에 도착하니 행동이 빨라진다. 내리기도 전에 가방을 챙기며 이렇게 말한다.

"엄마, 우리 반 애들이랑 모두 친구가 됐어. 오늘은 수업 전에 체스를 할 거야. 우리 반 넘버원이랑 붙기로 했거든. 얼른 가야 해. 바이!"

차가 멈추자 아이는 쏜살같이 튀어나갔다. 저 아이는 언제나 그랬다.

걸음마를 배우고 나서부터는 줄곧 세상을 향해 빨리 달려갔다. 큰아이의 뒷모습을 바라보다 차로 돌아오니 준이는 여전히 차 안에서 꼼짝 않고 있다. 표정이 좋지 않다.

"엄마, 꼭 학교에 가야 해? 오늘만 엄마랑 놀면 안 돼?"

준이의 표정이 어쩐지 울 것만 같다. 왜 그러느냐 물으니 피곤해서 그렇단다. 학교는 유치원과 달리 아무때나 가고 오는 곳이 아니라 규칙을 지켜야 한다고 말했지만 그저 내 품으로 파고들기만 한다.

"그럼, 엄마가 브레이크Break 지나고 데리러 오면 안 돼? 아님 점심시간 지나고 오면 안 돼?"

내가 계속해서 고개를 젓자 아이는 소리 없이 눈물을 뚝뚝 흘린다. 한참 동안 작은아이를 꼭 안고 있다가 수업종이 울려 겨우 아이를 데리고 교실로 갔다.

"엄마가 사무실 창가에 앉아 있을게. 엄마가 보고 싶을 때 아무때나 와."

"정말? 여기 꼭 있을 거지?"

절대로 아무데도 가지 않는다고 새끼손가락을 걸어 약속을 하고서야 아이는 교실 문 앞까지 갔다. 둘째를 보자 교실 안의 친구들이 "피터!", "헤이, 피터!" 하고 이름을 부른다. 친구들이 반갑게 불러도 아이는 고개만 숙일 뿐 답이 없다. 나와 준이를 본 보조 선생님이 문밖으로 나와서 무슨 일인지 물었다. 아이가 학교에 오기 싫어했다고 하자 선생님은 아이와 눈을 맞출 수 있는 높이로 앉더니 아이에게 말을 건넸다.

"피터, 오늘은 친구들이랑 수영도 할 거고 요리도 할 거야. 진짜 재밌을 거야. 너 수영 좋아해?"

준이는 말없이 눈물만 뚝뚝 흘린다. 아이의 눈물을 보자 머릿속이 하얘진다. 그때 문득 깨달았다.

'아, 준이는 선생님이 무슨 말을 하는지 모르겠구나.'

아무리 재미난 것을 한다고 해도 못 알아듣는데 무슨 소용이었을까? 지난 일주일 동안 답답한 마음이 쌓여서 학교에 가지 않겠다고 한 것이구나. 아이에게 선생님 말을 설명해주고 엄마가 바로 옆 사무실 창가에 앉아 있겠다고 했다. 아이는 그제야 고개를 끄덕인다.

아이를 교실로 들여놓고 창가에 앉으니 마음속이 혼란스러웠다. 나는 왜 두 아이를 데리고 여기에 와 있을까? 무엇인가를 아이들 가슴에 넣어주고 싶다고 생각한, 그 자체가 나의 이기적인 마음은 아니었나? 생각해보았다. 쉽게 답이 나지 않았다. 쉬는 시간이 될 때마다 아이가 창문을 향해 손을 흔들고 돌아간다. 말이 통하는 사람이 가까이 있어서 안심이 되는가보다. 내 앞에 놓인 케냐에서의 일 년이 마치 천 년처럼 아득해지는 순간이었다.

짧아진
손톱

큰아이 윤이가 오랫동안 고치지 못했던, 아니 가끔씩 재발하곤 했던 습관 하나가 있다. 바로 손톱 물어뜯기. 만으로 네 살이 되어 프리스쿨 Preschool에 다닐 때였다. 윤이는 즐겁게 놀고 행복해했지만 무엇인가 부족한 게 있었던 것이다. 가끔 창문 너머로 교실을 들여다보면 윤이는 동화책 읽기 시간에 선생님을 향해 둥그렇게 앉아 있는 친구들 뒤를 뱅뱅 돌며 혼자 놀았다. 그때마다 보조 선생님이 데려다 무릎에 앉혀 꼭 안아주고 있는 게 보였다. 그런데 윤이는 선생님 품에 안겨서 손톱을 깨물고 있었다. 그제야 아이의 손톱을 깎아주지 않은 지 꽤 오래됐다는 생각이 들었다. 좋지 않은 징후였다. 그래서 선생님과 상의를 하고 집에서도 학교에서도 아이를 살폈다. 버릇은 쉽게 없어지지 않았지만 학교생활이 계속되고 친구들을 사귀기 시작하면서 서서히 사라졌다. 다시 길게 자라난 손톱을 보는 데 몇 달이 걸렸다.

그러다 한국에 돌아와 초등학교에 입학한 후 다시 손톱이 자라지 않았다. 손톱은 늘 짧았고 삐뚤빼뚤하고 거칠었다. 아이가 입학할 때, 나는 윤이의 특성을 선생님께 알려드리고 싶어 학생 소개서를 자세히 써냈었다. 아이가 태어난 지 육 개월 만에 미국에 갔으며 세 개 주를 옮겨가며 살았고 공교육의 시작인 킨더가르텐까지 다니다 왔다는 이야기였다. 삶의 근거지가 자주 바뀌었으므로 어딘지 모르게 불안한 구석이 있을지 모르며 한국말 발음이 정확하긴 하지만 알아듣지 못하는 단어가 많고 듣기나 쓰기가 또래의 아이들보다 늦다는 것도 썼다. 한국어 이해력이 떨어지므로 자칫 주의가 산만할 수도 있다는 고백도 했다. 듣기가 잘되지 않기 때문에 집중하기 어렵다는 설명까지도.

하지만 곧 퇴직이 가까운 듯한 담임 선생님은 아이가 귀국자녀라는 사실을 입학한 지 석 달이 지나도록 알지 못했다. 아이를 소개하는 글을 읽지 않으셨는지, 연세로 인한 기억력 때문에 잊었는지는 알 수 없었지만, 그즈음 초등학교에 생기기 시작한 귀국자녀 프로그램에 아이를 넣지 않을 만큼 아이에 대해서 몰랐다. 하루는 알림장을 빨리 쓰지 못한다며 선생님이 등과 입을 손바닥으로 때렸다고 했다. 아이는 한 번도 겪어보지 못한 상황에 당황한 것 같았다. 나와 남편 역시 당황스러웠고 화가 났다. 하지만 선생님도 이유가 있었겠지 싶었다.

문제는 같은 반 아이에게도 있었다. 윤이가 미국에서 왔다는 게 알려지면서 같은 반 아이 중 하나가 미국으로 돌아가라며 욕을 했다고 한다. 어떤 날은 그 아이에게 맞기도 했다. 더이상 그 학교에 윤이를 둘 수

가 없어서 우리는 이사를 했다. 마침 새로 입주가 시작된 신도시가 있었다. 신도시였으므로 모든 학생들이 새로 이사 온 아이들이었다. 새 학교의 교장 선생님은 윤이에게 방송조회 시간에 영어로 자기소개를 시키셨다. 외국에서 자란 것이 부끄럽고 불편한 것이 아니라 자랑스러운 일이란 걸 아이에게 알려주려는 의도였다. 다행히 학교와 집을 옮긴 후, 아이는 조금 나아졌다. 손톱도 다시 자랐다. 그래서 나에게 아이들의 손톱은 정서상태를 말해주는 바로미터다.

케냐에서 학교를 다니기 시작한 지 3주쯤 되었을 때, 준이의 손톱이 자라지 않는다는 것을 알았다. 이번엔 둘째다. 아이는 특히 월요일 아침마다 학교에 가기 싫어했고 얼마나 물어뜯었는지 손톱 끝이 살의 저 안쪽까지 들어가 있었다. 마치 그 손톱이 아이의 불안한 마음 같아서 보기만 해도 속이 쓰렸다. 짧아진 손톱을 발견한 그날 이후, 나는 아이가 학교에 있어달라면 있고 일찍 오라고 하면 일찍 갔다. 담임 선생님과 보조 선생님께도 이야기했고 심지어 교장 선생님께도 알렸다.

손톱을 뜯는다는 한마디에 모든 선생님들이 심각해졌다. 그리고 도울 방법을 찾기 시작했다. 일대일로 이야기할 때는 천천히 이야기하고 반 전체에 이야기할 때는 준이가 알아듣고 있는지 중간중간에 확인을 하고 혼자 있게 하지 않는다는 계획이었다. 점점 더 말이 없어지는 아이를 바라보며 겁이 덜컥 났다. 그렇다고 해서 여기서 돌아갈 수도 없고 학교를 보내지 않을 수도 없다. 이 시기를 슬기롭게 넘기는 것만이 우리가 할 수 있는 일이다. 도대체 어떻게 해야 할까? 새로운 땅에 아이가 적응할 수 있도록 도와주려면 어떻게 해야 할까? 짧아진 손톱을 볼 때마다 속이 쓰렸다. 그래도 기다려야 했다. 스스로 서야 하는 이는 아이 자신이었으므로 안타깝지만 지켜볼 수밖에 없었다. 아이는 자주 노을을 바라보았고 휘파람을 불었다. 나는 더욱 자주 아이를 껴안아주었다.

그리고 기도했다. 아이가 지치거나 포기하지 않기를. 이 시간이 어서 지나가주기를.

나를
왕따하는 것 같아

타고난 낙천가인 윤이가 학교에서 돌아오는 내내 친구들을 흉보기 시작했다.

"동생이 숙제를 찢었다고 매일 안 가지고 오는 애가 있어요. 거짓말 같아."

"음식을 막 손으로 집어먹고……. 더럽게."

"수업 시간에도 시끄럽게 떠들어요. 지들끼리 쿡쿡 웃고……."

뭔가 이상했다. 정말 친구들이 이상해서라기보다는 뭔가 못마땅한 게 있어서 하나부터 열까지 다 마음에 들지 않을 때 하는 투정 같았다. 수업 시간에 떠들거나 숙제를 가져오지 않는 것은 선생님의 영역이었으므로 나는 그냥 며칠을 지켜보기로 했다. 수업이 끝날 때쯤 윤이를 데리러 교실에 가보면 혼자서 가방을 챙기거나 카페테리아에서 저학년들과 어울리고 있는 모습을 많이 보게 됐다. 뭔가 상황이 편치 않아 보이긴 했다. 며칠이 더 지나고 드디어 윤이가 학교에 가기 싫다는 말을 했다. 친구들이 자기를 괴롭힌다는 거였다. 한 학년이 열 명도 채 되지 않는데 누가 누구를 괴롭히고 말고 할 것 같지가 않았다. 하지만 아이가 힘들다고 하니 신경이 쓰였다. 학교에 다니기 시작한 지 한 달이 막 지날 무렵이었다.

그날부터는 학교가 끝나기 한두 시간 전쯤에 미리 학교에 가서 아이들을 살폈다. 다행히 학부모가 학교에 오는 것을 반기는 분위기라 쉬는 시간에 살짝 교실을 들여다볼 수도 있었고 아이들이 음악실로 이동할 때면 슬쩍 말을 붙여볼 수도 있었다. 그날 내가 윤이네 반에 갔을 땐 수업을 마친 아이들이 집에 갈 가방을 챙기기 위해 복도의 캐비닛에 모여 있었다. 우당탕. 한 무리의 아이들이 뛰어가는 소리가 들렸고 이내 웃음소리가 터져나왔다. 뭔가 재밌는 일이 있는가 하고 아이들이 있는 곳으로 고개를 돌리다가 당황한 윤이와 눈이 마주쳤다. 윤이의 눈에 눈물이 가득했다. 무슨 일이 났는가 싶었다.

"엄마, 애들이 나를 놀려. 나를 왕따하는 거 같아."

상황 설명을 들어보니, 몇몇 남학생들이 캐비닛 앞에 서 있는 윤이의 무릎 안쪽을 툭 쳐서 휘청거리게 만든 것이었다. 한국에서도 흔히 하는 장난이다. 장난을 친 아이들은 '나 잡아봐라~' 하는 표정으로 이미 우르르 도망을 간 후였다.

"내가 몇 번이나 하지 말라고 했는데 자꾸만 장난치고…… 자기들끼리 웃으면서 가버려."

나는 도망간 아이들을 불렀다. 그리고 자초지종을 물었다. 난데없는 엄마의 등장에 아이들은 조금 당황한 듯 보였다. 여기저기서 다른 학년 아이들이 몰려와 우리 주위를 빙 둘러쌌다. 상황이 조금 심각해지자, 윤이에게 장난을 친 아이 중 하나인 유진이 설명을 했다. 그냥 장난친 거라고, 윤이도 하는 장난인데 오늘은 기분이 나빴는지 화를 내더라고. 그러면서 어깨를 으쓱했다. 아이들 장난에 엄마가 나선 꼴이 우습기도 했지만 어떻게든 결말은 보아야 할 것 같았다. 난 아이들에게 장난인 줄 알지만 상대가 원하지 않을 때는 하지 말아줬으면 좋겠다고 했다. 아이들은 쿨하게 그러겠다고 했다. 문제없다고.

집으로 돌아오는 길, 윤이에게 왜 눈물까지 흘렸냐고 물었다. 그렇게 화가 나는 일이었느냐고. 윤이가 천천히 그동안의 일들을 설명했다. 결국 윤이가 속상한 건 장난 때문이 아니었다. 장난을 치고 나서 '친구들끼리만 웃으며 가버리는 게' 문제였다. 그 아이들끼리만 장난치고, 그 아이들끼리만 웃으며 도망가고, 그 아이들끼리만 뭔가 얘기하는 것이 싫으면서도 부러웠던 거다. 무리 속에 끼어들지 못해서 자꾸 겉도는 느낌이 드는 것이 불안하고 힘들었던 것이다.

새로운 사람들이 있는 곳으로 혼자 들어갈 때는 언제나 쉽지 않다. 그들이 가지고 있는 껍질이 단단해 도무지 들어갈 틈이 없는 것처럼 보일 때가 많다. 심지어는 그들은 나를 원하지 않는 것처럼 보이기도 한다. 케냐에 처음 갔을 때 나를 바라보는 수많은 눈들이 그랬다. 그들의 껍질은 너무 단단했고 특히 잠시 머물다 갈 사람에겐 그 어떤 마음도 주지 않으려 마음의 옷깃을 단단히 잡고 있는 것이 보였다. 그럴 땐 기다리는 것 외엔 길이 없다. 억지로 해서 되는 일이 아니니 그저 기다려보는 거다. 어느 순간 달걀의 껍질 속에서 부드럽고 연한 마음이 조금 나타날 테니까. 억지로 껍질을 부수거나 까보려고 하면 절대 사람과는 가까워질 수가 없다.

"엄마도 지금 똑같아. 여기 살고 있는 사람들 누구와도 가까워지는 게 쉽지 않아. 우린 일 년만 살다가 갈 사람들이고, 또 우린 서로를 너무 모르는 상태니까. 서로 경계하는 거야. 힘들긴 하지만 진심으로 노력하면 가까워질 수 있을 거야."

이제 알게 된 지 한 달밖에 되지 않은 친구들이다. 매일매일 학교에서 만나긴 하지만 아직 언어도 잘 통하지 않고 더군다나 한국에서 온 아이라……. 어떻게 해야 가까워지는 건지 그 아이들도 모르긴 마찬가지일 것 같았다.

다음날 학교에 가니 전날의 '사건'을 파악한 담임 선생님이 윤이에게 다친 데는 없느냐고 묻는다. 언제나 한 옥타브 높은 소리로 명랑하게 인사하는 영어 선생님은 '숙제 잘해오는 윤'이가 왔다고 반겨주었다. 교실 앞에서 만나는 친구들도 다른 날보다 더 큰 소리로 윤에게 인사를 하며 머쓱해하는 윤이를 데리고 우르르 몰려간다. '무슨 일이지?' 상황이 잘 풀리는 것 같긴 한데 영문을 몰라 엉거주춤 서 있었더니 영어 선생님이 내게 눈을 찡긋하며 말을 걸어온다.

"걱정 말아요. 아이들은 아이들이니까요!"

단단하게만 보였던 껍질이 조금씩 말랑해지는가보다. 한번 싸웠던 아이들은 급속도로 친해지기 시작했다. 숙제도 같이 하고 방과후에 공도 같이 차고 주말이면 '슬립오버'도 하고 영화를 보러 가기도 했다. 한 달쯤 지나자 선생님들도 고개를 저을 정도였다. 어색함이 감돌던 교실이 시끄러워지기 시작한 것이다.

조금씩 더
친해지는 영어

"엄마, 낫딩nothing이 뭐야?"

학교에서 돌아오는 차 안에서 준이가 물었다. 뜻을 설명해주고 나니 이번엔 '오어or'가 뭐냐고 묻는다. 준이는 하루에 몇 번씩 모르는 영어단어를 물어봤다.

"아하, 그래서 '원 오어 낫딩One or nothing'이라고 하는구나."

아이가 이제야 이해가 간다는 듯 고개를 끄덕였다.

"학교에서 친구들 말하는 거 얼마나 알아들을 수 있어?"

"조금."

"엄마, 내가 못 알아들으면 친구들이 두 번, 세 번 천천히 다시 말해줘. 선생님 말을 못 알아들을 때 친구한테 물어보면 다 알려줘. 애들이 아주 친절하거든. 물론 장난꾸러기도 있지만."

일주일이 더 지나는 동안, 나름대로 생존법을 터득한 모양이다.

"그리고 엄마, 애들이 뭐 하는지 자세히 보면 선생님 말을 못 알아들어도 알 수 있어. 선생님이 내가 수학을 아주 잘한다고 하던데? 내가 제일 빨리 해."

아이가 어깨를 으쓱하며 자랑한다. 아주 쉬운 건데 아이들이 잘하지 못한다는 얘기도 덧붙인다. 며칠 전 선생님께 준이가 어떤 것을 어려워하는지 물으니 영어단어의 뜻을 설명하지 못하는 게 있다고 했다. baby, happy, like 같은 단어 뜻을 말하는 수업이었는데 준이가 대답을 잘하지 못했다는 것이다. 그건 나한테 해보라고 해도 쉽지 않았을 것 같다. 뜻을 알지만 영어로 설명하기가 어려운 것 같다고 선생님께 말해주었다. 하지만 수학은 다른 아이들보다 아주 빨리 알아듣는다며 작년에 있던 일본 학생과 아주 비슷하다고 말했다. 아마 일본 아이들도 한국 아이들처럼 수학적 사고가 빠른가보다. 하긴 초등학교 1학년 수학이라 10 이하의 더하기 빼기가 전부지만 말이다. 한 주의 끝으로 갈수록 아이가 묻는 말이 길고 복잡해진다.

"엄마, 헬프 유어셀프Help yourself가 뭐야? 베러 댄 낫딩Better than nothing이 뭐야?"

아이에게 이런저런 대답을 해주는 내 입가에 미소가 자꾸 번진다. 준이의 귀가 조금씩 트이나보다. 알아듣는 말이 자꾸 늘어나니 다행이다. 엄마가 답해줄 수 없는 것까지 알아들으렴. 세상엔 수많은 말이 있단다. 이제 네가 알아들을 수 있는 말이 한 가지 늘었구나. 그렇게 세상을 향해 조금씩 조금씩 나아가렴. 네가 나아간 만큼 세상은 더 커질 거야.

두 아이의
다른 스타일

아이의 정서 상태를 알려주는 바로미터인 손톱을 보면서 나는 아이들의 마음을 읽는다. 며칠 전 저녁 준이가 자랑스럽게 손을 내밀며 "엄마, 이것 봐"라고 했다. 손톱 밑의 살이 벌겋게 나올 정도로 물어뜯던 준이의 손톱이 길게 자라 있었다. 크레용과 모래가 낀 손톱이 예뻐서 아이를 꼭 안아주었다. 그리고 깔끔하게 잘라주었다. 반듯해진 제 손톱을 바라보는 아이의 눈길이 여간 자랑스러운 것이 아니다. 나 역시 그런 준이를 보는 것이 즐거웠다. 아이가 한 고개를 넘어 조금 자랐다는 뜻이다. 새로운 환경, 새로운 문화에 스스로 적응하느라 배앓이를 하고 몸살을 해댔지만 석 달이 지나 스스로 해냈다.

사실 몇 주 전, 준이는 자기가 속한 하우스에서 비약적으로 발전해서 가장 '가장 향상된 학생Most Improved Student'으로 뽑혔고 그다음 주에는 '금주의 학생Student of the Week'으로 선정되었다. 준이는 어떻게 하면 포인트를 많이 받고 학교생활을 잘할 수 있는지 눈치챈 것 같다. 더 중요한 것은 그런 상황을 즐기고 있다는 것이다. 선생님의 말을 알아듣고 숙제를 제대로 하고 학교규칙을 잘 지킬 수 있게 된 것을 뿌듯해했다.

그렇게 준이의 케냐 학교 적응속도는 점점 빨라졌다. 학교에서 배우는 스와힐리어도 금방 따라하고 영어도 제법 알아듣는다. 외국에 가서 육 개월만 지나면 아이들은 적응한다더니 그 말이 맞는 것 같다. 아이는 망설임 없이 바로바로 받아들인다. 중간방학이 끝나고 나니 친구들과 장난도 많이 늘었다. 오히려 초반에 적응을 잘했던 큰아이가 시간이 갈수록 어려워한다. 6학년이라 공부가 어렵단다.

겉보기에는 잔잔한 것 같고 잘하고 있는 것 같은데 속으로는 바빠 움직이며 불안한 것 같았다. 윤이는 친구들처럼 보이고 싶어서 그런지 목소리를 깔고 건들거리며 케냐 아이처럼 말한다. 좋은 점수를 받고 싶은데 영어 때문에 뜻대로 되지 않는 것을 속상해하며 많이 노력한다. 고학년이다보니 수업내용이 어렵기 때문에 조금 좌절감을 느끼는 것 같다. 그래도 윤이의 장점은 포기하지 않고 잘하려고 노력한다는 점이다.

이른 저녁을 먹고 나니, 큰아이가 식탁 위에 숙제를 펼친다. 벌써 며칠째 아이는 저녁 내내 숙제를 붙들고 있다. 어제는 A4 용지 한 장 분량의 글을 읽고 질문에 답을 써가는 것이었고 오늘은 단어의 어근과 어미에 대한 숙제다. 얼핏 봐도 만만치 않다. 시간 좀 걸리겠다 싶다. 아이는 사전을 찾아가며 뜻을 적고 문장을 만들기 시작했다. 그동안 나는 작은 아이와 우노 카드게임을 몇 판이나 했다. 중간에 힐끔 노트를 바라봐도 숙제는 줄지 않은 것 같다. 윤이의 얼굴이 붉게 상기되어 있다. 저러다 그만하겠다고 포기하는 게 아닐까 걱정이 되어 숙제를 꼭 해가야 하느냐고 아이에게 물었다.

"숙제를 안 해오는 애들도 있긴 있어요. 안 가져왔다고 하기도 하고 동생이 숨겼다고도 하고. 난 그러긴 싫어요. 창피하잖아. 거짓말인 거 뻔히 아는데."

"그럼, 할 수 있는 데까지 해가고 모르는 건 선생님께 여쭤봐."

고개 숙여 숙제를 하는 윤이 콧등에 땀이 맺혀 있다. 한국에선 저렇게 열심히 숙제하는 걸 보지 못했다. 그만큼 어렵지 않았거나 숙제가 없었던 것 같기도 하다. 학원 숙제가 많아서 학교에서는 숙제를 별로 내주지 않는다고 들었다. 학교 방과후 교실 외에는 학원에 다니지 않았으니 큰아이는 숙제가 거의 없는 셈이었다.

작은아이의 양치질을 봐주고 잠옷을 입혀주고 가방을 챙겨놓은 후에 보니, 큰아이는 여전히 숙제를 하고 있다. 삼 분의 일쯤 남은 것 같

다. 작은아이가 졸립다고 칭얼거린다. 준이는 아홉시면 여지없이 잠자리에 들어야 한다. 어떤 날은 여덟시에 곯아떨어지기도 한다. 작은아이를 재우다가 나도 깜빡 잠이 들었다. 얼마나 잤을까? 문을 잠그는 소리에 놀라 잠에서 깨니 큰아이가 방문을 잠그고 있다. 이제야 숙제가 끝났나보다.

"엄마, 좋은 꿈꿔. 무서운 꿈꾸지 마. 스윗 드림 Sweet Dream, 아이 러브 유 I love you."

윤이는 세 살때부터 해오던 잠자리 인사를 하고 볼에 뽀뽀를 한다. 숙제가 힘들지 않으냐 묻지는 않았다. 정답을 다 맞혔냐고도 묻지 않았다. 하고자 했던 만큼 다했으니 '장하다'고만 해주었다.

"맞아. 엄마. 나도 그렇게 생각해. 근데 한국말로 하는 숙제면 삼십분이면 다 끝냈을 텐데. 너무 오래 걸려서 졸려."

윤이는 베개에 머리가 닿자마자 잠이 든다. 친구를 사귀고 새로운 언어를 배우는 것, 새로운 규칙을 익히고 문화에 적응해나가는 것. 앞으로 윤이가 해야 할 일들이 많다. 안쓰러웠지만 내가 해줄 수 있는 일이 아니다. 아이가 새로운 세상에 적응하기 위해 스스로 넘어가야 할 부분이다. 이 고비를 넘겨야만 새로운 세상에 진짜 발을 들일 수 있기 때문이다.

공부도우미를 구하다

케냐의 2학년 과정은 한국의 1학년 과정보다 내용이 훨씬 쉽다. 알파벳을 익히고 단어의 뜻을 말로 설명하거나 색과 숫자를 배우는 정도. 한국과 다른 점은 손글씨 쓰기 수업이 따로 있다는 것이다. 대문자와 소문자 쓰기를 정자체로 배우고 필기체로도 배운다. 과학은 간단한 실험 위주고 미술이나 음악도 간단하다. 영어를 알아듣기 시작하면서 학교에 대한 준이의 스트레스는 많이 줄어들었다. 숙제나 수업내용도 부담이 없었다. 그냥 한국에서처럼 엄마가 집에서 가르치면 충분한 정도였다.

문제는 6학년인 윤이였다. 아무래도 고학년이라 수업이 어렵다. 숙제를 하는 데 너무 오래 걸리고 내가 가르쳐줄 수 없는 부분이 많기 때문에 누군가 전문적으로 도와줄 사람이 필요했다. 공부도우미를 수소문한 끝에 나이로비 국립대학을 졸업한 여학생을 만났다. 영문과 출신으로 나이로비의 학원에서 영어를 가르친다고 했다. 외국인에게 수업을 하면 아무래도 수입이 좋기 때문에 나이로비 대학생들은 이런 과외수업을 선호하는 편이다. 다만 선생님으로서의 자질을 확인할 방법이 없기 때문에 다른 학생들의 경험담을 듣고 알음알음으로 구해야 한다는 단점이 있다.

윤이를 가르칠 선생님은 메리였다. 케냐인 특유의 억양이 적으면서 정확한 영어를 써서 윤이에게 많은 도움이 될 것 같았다. 한 시간 반에 600실링(한화 1만 원 정도)을 주고 일주일에 세 번씩 수업을 시작했다. 메리는 학교에서 제공해준 영어문법과 영단어 고학년 과정을 가르쳤다. 그러면서 숙제와 시험 준비도 도와줘서 나의 큰 걱정 하나를 덜었다. 기분이 좋지 않다는 이유로 종종 수업을 빼먹긴 했지만 우리는 언제나 메리에게 친절하고 다정하게 대했다. 윤이의 숙제 시간이 반으로 줄어든 것만으로도 감사할 일이었기 때문이었다. 아무런 예고도 없이 그녀가 수업에 오지 않거나 전화로 "비가 너무 많이 와서 못 가겠어요"라고 해도 우리는 무조건 "오케이"라고 답했다. 그보다 더 기대하는 건 욕심이라고 우리 스스로를 다독이면서 말이다.

윤이의 생존 전략

"엄마, 유진은 뭐든지 재밌게 잘하니까 애들한테 인기가 좋아요. 진짜 부러워."

"레이는 생각도 깊고……."

"팜벨은 인도인인데 엄청 착해요. 또 눈이 얼마나 큰지 신기할 정도고요."

윤이는 '왕따 사건'이 있은 후로 오히려 그 친구들과 더 친해진 것 같다. 뭔가 아직 어색하긴 하지만 나름대로 친하게 지내려고 애쓰는 게 보였다. 아직도 가끔씩 학교에 가기 싫다는 준이 때문에 하루종일 학교에 있을 때 보니, 쉬는 시간이 되면 아이들은 풀밭이나 커다란 나무 밑으로 우르르 몰려나왔다. 술래잡기도 하고, 타이어 그네도 밀어주고, 통나무 다리 위에 올라가 균형잡기도 했다. 그런데 아이들 노는 소리 중에서 제일 많이 들리는 말이 있었다.

"헤이, 윤! 나 잡아봐."

"윤, 네 차례야."

커다란 자카란다 나무 주변에서 소리가 들렸다. 나무 위에는 통나무 집이 있었는데 아이들은 그 통나무집을 오르락내리락하며 술래잡기를 하고 있었다. 윤이가 술래였다. 윤이는 장난 가득한 얼굴로 아이들을 잡으러 다니고 아이들은 요란스럽게 비명을 질렀다. 학년의 구분도 남녀의 나눔도 없이 모두 한데 어울렸다. 그러다 한 아이의 신발이 높은 나무에 걸리면 윤이가 올라가서 내려주기도 했다. 가끔 윤이가 익살스러운 괴물 흉내를 내며 아이들을 잡으러 다니는 것이 보였다. 덩치는 전교생 중에서 가장 큰데 노는 건 열 살짜리들과 똑같았다. 형이 신나게 노니까 준이도 덩달아 잘 어울리는 것 같아 마음이 조금씩 놓이기 시작했다.

학기 중간이 되자 각 과목별 선생님과의 면담이 있었다. 컨퍼런스 데이Conference day라고 하는 날인데, 담임을 비롯해 전 과목 선생님들과 일대일로 아이에 대해 이야기를 나누는 것이었다. 그런데 컨퍼런스 데이 며칠 전부터 가슴이 뛰고 마음이 답답했다. 급기야 아침이 되니 머리가 아프고, '학교에 가지 말까?' 하는 생각까지 들었다. 사실 진짜 아픈 게 아니었다. 순전히 '선생님 울렁증' 때문이었다. 나는 아이의 선생님 앞에만 가면 이상하게 작아지고 주눅이 들었다. 그건 한국에서뿐 아니라 케냐에서도 마찬가지였다.

'모난 돌이 정 맞는다'는 말이 있다. 윤이를 학교에 보내면서 가장 걱정스러웠던 부분은 아이가 가진 평범하지 않은, 즉 '모난' 부분이었다. 한국의 학교에서는 모난 부분을 쳐내는 일이 다반사였다. 내가 받아온

교육도 그랬다. 학교라는 울타리 안에서는 평범하지 않은 것, 독특한 것, 이것은 여전히 금물이었다. 윤이를 학교에 보내면서 새 학년이 되면 나는 늘 마음속으로 빌었다. 제발 선생님이 아이에 대한 판단을 천천히 해주길, 아이를 긍정적인 눈으로 봐주길, 아이의 '들썩거림' 뒤에 숨은 진짜 모습을 봐주시길. 한국에서 만난 한두 명의 선생님은 진심으로 그리 해주셨다. 하지만 대부분의 선생님들은 고만고만한 아이를 더 선호한다는 걸 나는 느낄 수 있었다. 윤이는 제 스스로 공부도 하고 책도 읽고 좋아하는 걸 찾아서 하지만 손이 많이 가는 아이다. 세심하게 살펴줘야 하고 성과에 대한 칭찬과 격려도 적절하게 해줘야 한다. 때때로 성취감을 느낄 수 있는 목표도 잡아주어야 한다. 저도 모르게 산만해지고 과도하게 흥분하면 옆에서 '찬물'도 조금씩 끼얹어주어야 엔진 과열을 막는다. 때론 윤이는 너무 독특했다. 케냐에서라고 아이가 갑자기 달라졌을 리 없다. 그러니 학교에 가서 선생님들을 뵙는 게 부담스러웠다. 하지만 피할 수도 없었다. 울며 겨자 먹기식으로 학교에 가 컨퍼런스를 시작했다. 그런데 그날 여러 과목의 선생님들은 윤이를 이렇게 표현해주셨다.

"사교성이 좋고요."

"다른 친구들을 잘 도와주고요."

"재치 있는 대답을 잘하고요."

"호기심이 많은 아이랍니다."

그냥 들으면 다 좋은 말 같은데 '선생님 울렁증'이 있는 엄마가 듣기에는 선생님들의 말이 너무나 완곡한 표현 같아서, 오히려 마음이 불편했다. 그래서 나는 담임인 윌리엄에게 다시 물었다.

"너무 사교적이고 에너지가 많아서 혹시 수업에 방해를 주진 않았나요? 승부욕이 너무 강해서 다른 친구들에게 상처를 주진 않던가요? 엉

뚱한 대답으로 수업 분위기를 흐리진 않던가요?"

선생님인 윌리엄의 의견은 달랐다.

"사교적이고 호기심이 많은 것, 에너지가 넘치고 흥이 많은 것, 그것은 신이 윤이에게 준 '선물'입니다. 그 아이의 고유한 특성이지요. 그걸 잘 키우고 더 좋게 만들어 이 사회에 좋은 쓰임이 되도록 도와주는 게 선생님과 부모의 역할이라고 봅니다. 다만 아이에게 규칙과 책임을 정확히 알려주고 그것을 지키도록 하지요."

가끔 아이들이 대답을 하지 않아서 난감할 때가 있는데 윤이가 독특하거나 창의적인 답을 해주어서 수업에 활력이 될 때가 많다고 했다. 간혹 수업 시간에 재미있는 말을 해서 아이들을 웃게 만들 때가 있는데, 만일 너무 잦거나 수업에 방해가 되면 나중에 개별적으로 주의를 주겠다고 하셨다. 그러면서 아이에게 학교나 사회에서 꼭 지켜야 할 틀과 규칙을 알려주기 때문에 시간이 지나면 스스로 자신의 에너지를 적절하게 쓸 수 있을 거라고 덧붙이셨다. 혹시라도 내가 나중에 윤이를 야단칠까봐 그러시는지 선생님은 윤이의 좋은 점을 몇 가지 더 보태며 상담을 마쳤다. 하지만 엄마의 마음이 어디 그런가? 좋은 얘기는 하나도 안 들리고 수업 시간에 장난쳤다는 말만 마음에 남는 거였다.

'열심히 들어도 따라가기 힘들 텐데 왜 장난을 했을까?'

그날 저녁 윤이에게 다그치듯 물었다. 왜 수업 시간에 웃긴 말을 하느냐고. 그러자 윤이는 긴 얘기를 털어놓았다.

"처음 학교에 갔는데 대부분의 친구들이 유치원 때부터 같은 학교를 다녀서 꼭 형제처럼 친하더라고요. 내가 낄 자리가 없는 거죠. 엄마들끼리도 친하고 어릴 때부터 같이 놀아서 서로 잘 도와주고……. 처음엔 애들이 나만 따돌리는 것 같기도 했어요. 내 편은 하나도 없고……. 애들이 장난쳐서 내가 울었던 날 곰곰이 생각해보니 그러면 친구들과 영영 친해지기 어렵겠더라구요. 그래서 애들하고 많이 놀아주고 웃기기로 했죠. 재밌게 반응하고 학년 가리지 않고 놀아주니까 애들이 나를 찾기 시작했어요. 내가 있어야 재밌다는 거예요. 우리 반 애들은 대부분 동생이 2, 3학년이라 저학년들이랑 잘 놀아주니까 소문이 우리 반 애들한테도 난 거죠. 윤이랑 놀면 재밌다고 하면서 우리 반 애들하고도 친해졌고요. 내가 그렇게 하기까지 얼마나 힘들었는데, 엄마."

그러면서 수업 시간에는 장난치지 않겠다고 덧붙였다. 이제 친구가 많이 생겨서 수업 시간까지 장난치지 않아도 된다는 거였다. 겉으론 걱정도 고민도 없어 보였는데 그게 아니었구나 싶었다. 엄마로서 아무 도움도 돼주지 못한 것이 너무 미안했고 그리고 그새 윤이가 많이 자랐구나 하는 생각이 들었다. 아이가 그렇게 아프다가 다시 단단해지고 자라는 동안 엄마는 정말 해준 게 아무것도 없는 것 같았다. 그냥 아프리카에 데리고 온 것밖에는.

축구
친선경기

두번째 학기가 되니 토요일 오전마다 축구 시합이 있었다. '지성 박'의 나라에서 왔다는 이유만으로 아이들은 축구 대표가 됐다. 큰아이는 시니어 팀, 작은아이는 주니어 팀이었다. 축구팀이 꾸려지고 연습도 변변히 하지 못한 상태에서 친선경기부터 하게 됐다. 아침에 학교에 가보니 아이들 학교 축구팀은 유니폼도 없이 학교 체육복을 입은 채 어슬렁거리며 하나둘 나타났다. 하지만 상대편은 달랐다. 봉고차의 문이 열리자 아이들이 내렸다. 모두들 유니폼을 입고 있었다. 타이즈에 축구화까지.

상대팀들은 나이로비 근처의 몇몇 고아원 팀이었다. 같이 살면서 매일매일 눈만 뜨면 함께 축구를 하는 아이들이란 거다. 척 보기에도 엄청나게 불리한 게임이 될 것 같았다.

아이들 경기라 전후반 각각 십오 분씩이었다. 처음엔 시니어 팀의 경기였다. 포지션도 제대로 정하지 않은 아이들은 우왕좌왕했고 키가 가장 큰 윤이는 골키퍼를 맡았다. 휘슬이 울리고 경기가 시작됐다. 상대팀은 포지션별로 질서 있게 움직이는 반면, 아이들 학교 팀은 공만 쫓아서 우르르 몰려다녔다. 전반전 내내 공은 하프선을 넘지 못했다. 상대방의 공격이 월등하다보니 공은 골키퍼인 윤이에게만 날아왔다. 윤이는 전반전에만 여섯 골을 막았고 한 골을 먹었다. 그만하면 선방이었다. 골문을 향해 날아온 공을 받아든 윤이는 같은 팀 아이들에게 소리쳤다.

"흩어져. 저멀리 가 있으라고."

그러면서 공을 있는 힘껏 찼다. 겨우 하프선을 한 번 넘어간 거다. 아이들은 정신없이 공을 향해 달려갔고 기적처럼 한 골을 넣었다. 설마 하고 방심했던 상대 골키퍼가 골을 내준 것이다. 아이들은 흥분하며 소리를 질렀다. 전반전이 끝나고 후반전. 하지만 후반전은 비참했다. 여전히 골은 하프선을 넘지 못했고 윤이는 네 골 이상을 막았지만 두 골을 더 내주고 삼 대 일로 패했다. 응원을 왔던 부모들은 그 정도 점수 차를 낸 것만으로도 기적이라고 생각했다. 어리바리한 아이들이 귀여워서 박수도 많이 쳐주었다.

문제는 주니어 팀이었다. 1, 2학년 아이들은 공을 따라가지도 못했다. 넘어지는 아이들도 많았다. 그래도 공이 오면 우르르 몰려다녔는데 이상하게도 준이만 하프선 근처에 서서 움직이지 않았다.

"피터, 뛰어! 왜 안 움직여?"

윤이가 소리쳤다. 그러자 준이가 어깨를 으쓱하며 답했다.

"난 수비수야. 여길 지켜야 하는 거라고!"

아뿔싸. 준이는 나름대로 자신의 포지션을 수비수로 정하고 하프선을 넘어오면 그때 수비든 방어든 하겠다는 나름의 전략을 세운 것이다. 그렇지만 골은 하프선을 잘 넘어오지 못했다.

"무시하고 뛰어. 움직여. 무브, 무브Move, Move."

준이는 형의 지시를 듣고서야 뛰기 시작했다. 하지만 경기는 십삼 대 일로 끝났다. 그나마 그 한 골을 어찌 넣었을까 싶을 정도로 실력 차이가 많이 났던 것이다. 부모님들과 선생님들은 아이들이 귀여워서 웃으면서도 기가 죽을까봐 걱정을 했다. 그래서 급하게 결정했다. 어른들도 선수로 뛰기로! 선생님과 학부모들이 모두 출전해서 두 팀의 시니어들이랑 경기를 하는 거였다. 언뜻 보면 아이들과 어른의 경기라 퍽 불합리한 것 같지만 실력으로 보면 그럴 것도 아니었다. 어른들이 봐준 것도 아니고 아주 열심히 뛰었는데도 겨우겨우 한 골을 넣고 무승부로 게임을 끝냈다. 너무 형편없이 시합을 치러 아이들이 실망할까봐 걱정이 되었다. 다시는 축구를 안 한다고 할 것 같았다. 그런데 집으로 돌아가는 길 윤이와 준이가 흥분하며 말했다.

"형, 아까 내가 공 차는 거 봤어? 골인은 안 됐지만……. 근데 형 진짜 잘 막더라."

"공이 날아올 때 정신이 없더라. 진짜 재밌었어."

"다음주에도 또 시합하면 좋겠다. 그치, 형?"

아이들의 대화를 듣다보니 무엇보다 윤이가 많이 변했다. 케냐에 와서 처음 축구 경기를 할 땐 화를 많이 냈다. 게임에서 지고 나면 속상한 기분이 얼굴에 그대로 드러났다. 경기를 마치고 상대팀 선수들과 악수도 하지 않고 벤치로 돌아오기도 했다. '오늘은 수비수가 너무 못했어', '골을 그렇게 못 넣으면서 무슨 공격수를 한단 거지?' 친구들을 원망하기도 했었다. 너무 승부에 집착하는 것 같아 걱정이었는데 윤이의 생각이 조금씩 변하고 있는 게 눈에 보였다. 다른 친구들이 그렇듯이 윤이도 승부에 관계없이 재밌게 축구를 하기 시작한 거였다. 경기를 할 때마다 어른들도 그렇게 분위기를 만들어줬고 격려해줬다.

십삼 대 일이라는 어마어마한 차이의 경기를 치른 그날 이후 아이들 팀은 더욱 열심히 연습을 하게 됐고 골 차이는 점점 줄었다. 축구로는 단 한 번도 우승을 하지 못했지만 그래도 제일 좋아하는 운동이 뭐냐고 물으면 아이들은 단번에 답했다. 축구요!

이마에 단단히 고삐를 둘러메고
소에게 먹일 풀을
잔뜩 지고 가는 아낙들을 따르며 나는 깨닫습니다.
몸이 아플 테도
배가 고파 약을 먹지 못하는 아이들에게
밥을 먹이며 나는 또 깨닫습니다.
내가 겪어보지 않았다고 해서, 내가 보지 못했다고 해서,
세상을 너무 편하게 살았습니다.
미워하지 않았다는 이유만으로,
너무 떳떳하게 살았다는 생각이 듭니다.
사랑하지 않는 것도 분명 죄다 싶습니다.

얼룩말과 달려보자

케 냐 구 석 구 석 여 행 이 야 기

방학엔
역시 여행

우리나라 학교엔 여름방학, 겨울방학 그리고 짧은 봄방학이 전부다. 그런데 영국식 학교는 방학이 참 많다. 우선 일 년은 세 학기이고 사이 사이에 한 달씩 방학이 있다. 십일 주 정도 되는 한 학기 중간에는 '미드 텀 브레이크Mid-Term-Break'라는 일주일짜리 중간방학이 또 있다. 그러니 일 년이면 총 여섯 번의 공식적인 방학이 있는 셈이다. 힘겹게 학교에 적응하며 한 달을 보내고 나니 중간방학이 되었다. 방학엔 무엇보다 여행을 많이 하는 게 최고다. 나는 혼자 고민하며 방학 맞을 준비를 했다.

'아직 케냐에 익숙해지지 않았고 물정도 모르고 용기도 없는데 아이들과 무엇을 할 수 있을까? 어디에 갈 수 있을까?'

가장 가깝고 안전하면서도 아프리카다운 곳을 뒤지다가 케냐 남서부에 있는 나이바샤Naivasha 호수를 찾았다. 처음엔 당일치기로, 용기를 얻은 후엔 2박 3일로 다녀왔다. 나이바샤에 가면 주로 '피셔맨 캠프'라는 호숫가의 캠프장에서 머물렀다. 그곳은 텐트를 빌려주기도 하고 오두막 같은 반다Banda나 작은 가정집 같은 카티지cottage도 빌려주기 때문에 우리는 그곳에서 여러 가지 방식으로 머무를 수 있었다. 아침엔 하마를 보며 산책도 하고 낮엔 낚시를, 오후엔 배를 타고 펠리컨이나 물수리를 보러 가기도 했다. 아무 계획도 없어서 약간 지루해지는 토요일 오전, 아이들과 눈이 마주치면 우리는 공범자들처럼 이렇게 말했다.

"나이바샤나 갈까?"

두번째 방학은 본격적인 여행 시기였다. 아프리카에 익숙해지기도 했고 용기도 생겨서 어디든 갈 수 있었다. 먼저 만료된 나의 관광비자를 새로 받기 위해 이집트에 갔다. 비자를 연장하려면 동아프리카보다 더 멀리 다녀와야 했기 때문이었다. 그래서 선택한 나라가 이집트였다. 피라미드와 신전 때문에 아이들이 꼭 한번 가보고 싶어했던 나라였다. 무엇보다 이집트는 나이로비만을 여행하는 것보다는 용기가 덜 필요했다. 그때 당시로는. 이상하게도 나는 케냐가 제일 두려웠다. 두번째 방학 한 달 동안 우리는 이집트를 시작으로 마사이마라Masai Mara, 헬스게이트 국립공원Hell's Gate National Park, 마운틴 케냐MT. Kenya, 라무Lamu 등을 여행했다.

세번째 방학엔 일반 관광객이 가지 않는 곳을 여행한 시기였다. 항구 도시인 몸바사Mombasa와 빅토리아 호수의 도시 키수무Kisumu 등 케냐 서부를 여행했다. 그렇게 여행하고 나니 고위험 지역인 북쪽의 투르카나Turkana를 제외하곤 케냐 거의 모든 곳을 돌아보게 되었다.

자녀를 둔 엄마가 케냐에 머무를 때 좋은 점은 간간이 찾아오는 방학인 것 같다. 새 학기가 시작하고 한 달이면 중간방학 일주일, 또 한 달 후면 한 달간의 긴 방학이 온다. 그렇게 세 세트를 돌게 되니 다음번 여행계획을 세우고 준비할 수 있는 시간이 충분하다. 아이들이 학기를 보낼 동안 여행할 곳을 미리 조사하고 계획을 잡을 수 있다. 처음엔 방학이 너무 많아서 학비가 아깝게 느껴지고 부담스러웠는데 아이들에게도 방학이 자주 있는 게 좋은 것 같았다. 충분한 휴식 덕분에 아이들도 학교생활에 지치지 않고 재충전할 수 있었다.

와, 기린이야!
:기린센터

"엄마, 동물은 어디 있어요?"

"기린이랑 얼룩말 많이 볼 수 있다면서요?"

케냐에 도착한 지 2주가 지날 때까지도 우린 동물을 보지 못했다. 그 흔하다는 원숭이조차도. 케냐에 오면 창밖에서 기린이 인사할 줄 알았는데 실제로는 그렇지 않다. 그냥 사람이 사는 곳이다. 차도 많고 집도 많고…… . 동물이라곤 개와 고양이 그리고 염소뿐이다.

처음엔 긴장을 많이 해서 그런지 동물 생각을 못하더니 시간이 지나니 동물이 어디 있는지 궁금한가보다. 케냐라고 아무데서나 얼룩말과 기린을 볼 수 있는 건 아니었다. 가장 빨리 기린을 볼 수 있는 곳은 기린 고아원이다. 부모를 잃거나 몸이 아픈 기린을 보호하는 곳으로 카렌에 있다.

일요일 오후, 성당에 갔다가 미사를 마치고 아이들과 기린을 보러 가기로 했다. 너무 설렜던 나는 아침 일찍 잠에서 깼다. 사실 내가 가장 보고 싶은 동물은 기린이었다. 환상적으로 긴 목과 다리, 작은 귀와 동그란 눈이 정말 보고 싶게 만들었다. 이상하게도 기린은 실재하는 동물이란 생각이 들지 않았다. 그래서 더욱 보고 싶었다. 아이들도 잠을 설치긴 마찬가지였다. 우리는 새벽 여섯시부터 일어나 일요일을 맞았다. 그날은 그냥 일요일이 아니라 '기린을 만나는 일요일'이기 때문이었다.

"엄마, 엄마! 진짜 기린이에요."

작은아이는 움직이지 못한 채 기린을 바라보고 서 있었다. 나 역시 그랬다. 작은 아기 기린이었다. 커다란 눈으로 우리를 바라보았다. 큰아이는 벌써 먹이를 들고 2층으로 달려가고 있었다. 사람들은 난간이 있는 2층 통나무집에서 기린들에게 먹이를 주고 있었다. 동물을 좋아하는 윤이는 양손 가득 몇 번이나 먹이를 들고 가서 기린에게 직접 먹이를 주었다. 기린의 길고 두꺼운 혓바닥이 아이의 손에 침을 남기며 먹이를 가져가자, 징그러운 표정을 지으면서도 신이 나 어쩔 줄 몰랐다. 윤이는 한 시간 가까이 여러 기린 사이를 왔다갔다하며 먹이를 주었다. 하지만 준이는 기린이 가까이 오는 것이 무서운지 한 발자국 떨어진 곳에서 먹이를 던져주었다. 다행히 기린의 혀는 길고 입은 넓어서 준이가 던져주는 먹이를 잘 받아먹었다. 다만 하나씩 입에 들어가는 먹이에 기린이 감질나 달아나지 않을까 걱정이 조금 되었다. 구경 온 그룹들이 몇 차례 바뀌는 동안에도 두 아이는 각자의 방식으로 기린에게 먹이를 주었다. 그러고 나서 우리는 운전기사 래니와 함께 산책코스로 갔다.

'이 길은 기린의 산책길이랍니다. 당신의 안전을 위해서 기린과 10미터 정도 떨어져서 걸으세요.'

안전표지판을 보고 아이들은 기뻐했다. 기린과 떨어져서 걸으라는 주의는 기린이 나타날 거라는 기대를 확신시켜주는 것이었다. 우리는 천천히 걸었다. 조금 걷다보니 기린의 배설물이 보였다. 점점 더 자주 보인다. 래니도 확신에 찬 목소리로 말했다.

"마담, 배설물이 많다는 건 가까이에 기린이 있다는 거예요. 곧 나타날 거예요."

잠시 후 앞서 걷던 래니가 주먹을 쥐며 우리에게 멈추라는 신호를 보냈다. 그러고는 나무 뒤를 가리켰다. 고개를 들어보니 바로 몇 걸음 앞에서 기린이 큰 키를 감추지 못하고 어정어정 나타났다. 기린도 갑자기 나타난 우리를 보고 놀랐는지 서둘러 휴식을 마무리하고 길을 걷는다. 지척에 서 있는 기린을 보고 아이들의 눈이 커졌다. 좋아서 입을 다물지 못한다. 앞서가던 기린이 잠시 멈추어 서서 얼굴을 돌린다. 눈이 마주친 아이들이 너무 좋아 입을 가린다. 기린과 아이들. 그렇게 몇 걸음을 사이에 두고 반가운 첫 만남을 가졌다. 나도 가슴이 뛰었다.

그것은 기린에게 먹이를 줄 때와는 조금 다른 설렘이었다. 기린과 같은 길 위에 서 있다는 것. 기린과 우리 사이에 아무것도 막는 것이 없다는 것. 그냥, 우리가 어느 길 위의 나무들 사이에서 기린과 함께 서 있

다는 이유만으로 우리는 감동했다. 이것이 아프리카구나. 이것이 진짜 만남이구나. 문득 만나서 더 반가웠고 훌쩍 가버려서 아쉽지만 더 간절해졌다.

"엄마, 기린을 그렇게 가까이서 보다니 정말 멋져요."

"다음주에 또 와요."

케냐에서 오래 사신 분들이 그랬다. 처음 이곳에서 기린을 보면 너무 기뻐하고 좋아하지만 일 년쯤 살아보면 기린은 아무것도 아니라고. 그냥 기린이구나 하고 만단다. 마사이마라 국립보호구Masai Mara National Reserve나 세렝게티Serengeti 같은 거대한 자연 속에서 수십 번 기린을 만나고 나면 기린이 키 큰 강아지처럼 보인다고 말이다. 그래도 우리는 그날, 가슴이 뛰어서 잠을 못 잤다. 아이들은 각자의 스케치북에 기린을 두 마리씩 그리고서야 겨우 잠이 들었다. 나무 뒤에 서서 우리를 바라보던 그 눈빛이 아직도 느껴진다. 아, 반가워 기린.

얼룩말과 달리다
: 헬스게이트 국립공원

"어서 일어나. 자전거 타러 가야지."

눈이 감긴 아이들이 강시처럼 벌떡 일어나 주섬주섬 짐을 챙긴다.

토요일 아침, 해가 막 떠오르기 시작할 때 집을 나선다. 올리브를 꾹꾹 눌러 넣은 주먹밥과 삶은 달걀, 구운 소시지 그리고 얼린 물을 가방에 담고 잠에서 막 깬 아이들을 차에 태운다. 서둘러 나이로비를 빠져나가면 곧 그레이트 리프트 밸리Great Rift Valley를 만난다. 이곳은 2,500만 년 전 지각 변동으로 생겨난 약 7,700킬로미터의 거대한 계곡으로 시리아의 남쪽에서 시작하여 에티오피아, 탄자니아, 말라위, 짐바브웨까지 다다른다. 가장 높은 포인트에 오르면 잠시 서서 저멀리 마사이마라와 탄자니아 근처를 바라보며 아침을 맞는다. 그리고 다시 저 아래 호수를 향해 달리기 시작한다. 나이바샤 호수까지는 농사를 짓는 키쿠유족의 땅이다. 푸른 밭을 지나면 거대한 호수가 나오고 그 옆이 바로 헬스게이트 국립공원이다.

윤이는 어려서부터 달리는 것을 좋아했다. 스스로 걷고 난 후엔 엄마의 손을 자꾸 뿌리쳤다. 아이가 가고 싶은 세상은 항상 엄마의 팔이 닿는 거리보다 조금 더 멀리 떨어져 있었다. 두발자전거도 또래보다 빨리 익혔고 빠르게 달렸다. 거침없이 자전거를 타고 달리고 싶어했지만 한국에서는 그럴 만한 공간이 별로 없었다. 자전거 전용도로도 아이의 성에 차지 않았다. 케냐에 오면 맘껏 달릴 수 있을 거라 생각했지만 불행히도 나이로비의 거리는 자전거 지옥이었다. 인도도 제대로 없는 곳에서 자전거를 타는 일은 불가능했다. 그러다 발견한 곳이 헬스게이트 국립공원이었다. 그곳에서는 마음껏 자전거를 탈 수 있었다. 500실링(약 7,500원)이면 하루종일 자전거를 빌릴 수도 있었다. 국립공원 입구에서 중앙탑까지 뻗어나간 길은 8킬로미터 정도 되는데 정돈된 흙길이라 자전거를 타기에 좋았다.

그곳에 가면 윤이는 자전거를 타고 거침없이 달렸다. 이른 아침 물을 마시러 나왔던 얼룩말들이 아이의 기척에 놀라서 달렸고 겁 많은 기린들은 커다란 나무 뒤에서 아이와 얼룩말의 경주를 지켜보았다. 뒤뚱거리는 혹멧돼지 가족들도 자전거 소리에 놀라 우르르 뛰어다녔고 저멀리 임팔라들이 꼬리를 흔들었다. 윤이는 길을 벗어나 들판을 가로지르며 달리고 싶은 대로 달렸다. "야호!" 하며 함성을 지르기도 했다.

형보다 한참 뒤처진 준이는 몸에 맞는 자전거가 없어 큰 자전거를 빌려 탄 탓인지, 아니면 흙길에 돌이 많아서인지 자주 넘어졌다. 엄마랑 걷거나 차를 타고 가자고 했지만 괜찮다며 아픈 무릎을 감췄다. 힘들 땐 잠시 쉬면서 땀이 송골송골 맺힌 콧등을 한번 문지르고는 다시 자전거에 올라탔다. 그날 준이는 다섯 번이나 넘어지면서도 8킬로미터를 끝까지 달렸다. 그렇게 중앙탑에 도착해 아침을 먹었다. 가끔 라쿤이 튀어나와 음식을 탐내며 사납게 굴기도 했다. 우리는 먹성 좋은 라쿤을 혼내기도 하고 약을 올리기도 하며 아침식사를 마쳤다. 그것이 우리가 기억하는 가장 멋진 토요일 아침식사였다.

식사를 마치고 나면 우리는 언제나 탐험을 시작했다. 헬스게이트는 말 그대로 지옥의 문, 지금은 깎아지른 듯한 계곡이지만 수위가 높았던 시대에는 나이바샤 호수의 물이 헬스게이트 공원 안쪽을 지나 나쿠루 호수까지 흘렀다고 한다. 물이 지나갈 때마다 계곡은 조금씩 조금씩 파여서 바닥이 점점 낮아지고 있었다. '지옥의 문'이라는 이름은 계곡 중간중간에 부글부글 끓는 유황온천이 작게 솟아나고 있어 마치 지옥 같다고 붙여진 이름이란다. 비가 온 날은 계곡에 물이 불어 탐험에 스릴이 더해지고 작은 온천을 만나면 날계란을 익혀 먹을 수도 있어서 아이들이 좋아했다. 특히 안내를 맡은 마사이족 청년들은 협곡을 지나치는 작은 동물들을 찾아 아이들에게 보여줬으며 계곡에 얽힌 전설이나 무서운 얘기도 들려줬다. 블랙맘바뱀을 발견했을 땐 큰 눈을 더 크게 뜨며 그는 말했다.

"움직이지 마. 저건 블랙맘바야. 세상에서 가장 빠른 독사라고!"

'블랙맘바'라는 말에 윤과 준의 눈은 더 커졌다.

"단 5초 만에 사람을 죽일 수 있댔어. 와, 그걸 직접 보다니."

"나중에 한국에 가서 말하면 애들이 믿어줄까?"

아이들은 흥분이 가라앉지 않는지 붉게 상기된 얼굴을 저멀리 하늘

쪽으로 들어 바람을 맞았다. 수만 년 전에 형성된 화산지구대의 협곡이 까마득한 전설처럼 아이들을 내려다보고 있었다. 두세 시간씩 계속되는 협곡 탐험에도 아이들은 지치지 않았다. 아침에 내린 비로 협곡의 길들이 막혀 물속을 걸어가야 하거나 암벽에 붙어서 아슬아슬하게 걸어가야 할 땐 마치 인디애나 존스라도 된 것처럼 비장한 얼굴이 되었다. 마른땅이 나타나면 화산 활동 때 만들어진 여러 모양의 용암이나 절벽도 볼 수 있고 화산암인 흑요석을 쉽게 찾을 수 있어 아이들의 상상력은 끝없이 펼쳐졌다. 책상에서 책만 바라보던 아이들이 숨겨 있던 야성의 본능을 찾아가는 시간이었고, 인생의 어느 길에서도 굴하거나 지치지 않는 기운을 얻는 시간이기도 했다.

아프리카에서 아이들은 언제나 제 손이나 발로 세상을 한 걸음씩만 나아갈 수 있었다. 틀리면 다시 되돌아오거나, 다시 시작해야 했지만 다행인 것은 꼭 그만큼 제 인생의 폭도 넓어진다는 것이었다. 가르쳐준 길로만 갈 수 없는 것이 아프리카였다. 모두가 알려준 길도 우기의 갑작스런 폭우를 만나면 순식간에 사라져버렸다. 그러면 자신만의 감각으로 새 길을 찾아야 했다. 길을 찾는 감각을 익혀두지 않으면 불가능한 일이었다. 해의 방향으로 동서남북을 찾아내고 나무들의 휘어진 각도를 보고 길을 가늠해야 했다. 그것은 인생의 지혜를 구하는 탐험이기도 했다.

일 년 동안 케냐에 살면서 우리는 헬스게이트 국립공원을 여덟 번이나 갔다. 십 년을 넘게 산 사람들보다도 자주 갔지만 열 번을 채우지 못해 아쉬웠다. 갈 때마다 풍경이 달랐고 만나는 동물이 달랐고 바람결이 달랐다. 아이들과 나는 그곳 바람에게 약속을 했다. 언젠가 돌아와 열 번을 채우겠다고. 우리가 가장 좋아하는 곳이었으니 '반드시' 돌아오겠다고.

산은 언제나 거기 있으니
:마운틴 케냐

2월 14일은 윤이에겐 평생 잊을 수 없는 날이다. 케냐에서는 제일 높고 아프리카에서는 마운틴 킬리만자로 다음으로 높다는 마운틴 케냐 MT. Kenya에 도전한 날이기 때문이다. 방학을 맞아 아빠가 케냐에 머무르는 동안 우리는 아빠가 있어야만 할 수 있는 여행을 하기로 했다. 그 중 하나는 마운틴 케냐 등반이었다. 5,199미터. 산의 높이를 말해주자 두 아이는 흥분을 감추지 못했다. 그런 산은 본 적도 없다며 친구들에게 말해주면 믿지 못할 거라고도 했다. 두 아이 모두 그 높은 산에 직접 오를 수 있을지 궁금해했다. 산은 높고 컸지만 험하지 않다고 했다. 마운틴 케냐는 마운틴 킬리만자로와 같이 비전문가가 오를 수 있는 몇 개안 되는 5,000미터 이상급 산이었다. 하지만 등반을 하는 데 결정적인 걸림돌이 있었다. 바로 나이 제한이다. 법적으로 허락하는 만으로 아홉 살이 되지 못한 준이는 첫번째 산장까지만 갈 수 있었다. 하는 수 없이 우리는 넷이서 함께 등반을 시작해 첫번째 산장에서 하룻밤을 보내고 두 팀으로 나누어 등산을 계속하기로 했다.

산에 오르기 위해 우리는 전문가이드와 팀을 만나야 했다. 전문가이드의 동행은 법으로 정해진 의무사항이다. 아무리 등산에 자신이 있다 해도 반드시 전문가이드와 함께 산에 올라야 한다. 가이드를 만나고 보니 일행이 많았다. 산이 높기 때문에 겨울용 등산용품과 침낭 등 필요한 장비가 많고 또 비전문가들의 등반이기 때문에 짐까지 들고 가기엔 무리다. 그래서 마운틴 킬리만자로나 마운틴 케냐는 대부분 포터가 동행한다. 일행으로 우리 가족 한 사람에 한 명씩 포터가 배정됐고 요리사 한 명이 추가되었다. 그래서 우리 가족 넷을 포함해 총 아홉 명이 등반

을 시작했다. 요리사는 식재료와 도구들을 싸들고 먼저 산장을 향해 길을 떠났고 우리 넷을 책임지는 포터들은 우리의 짐을 들고 한 걸음 옆에서 걸었다. 포터는 단순히 짐만 들어주는 것이 아니라 등반 파트너이기도 했다. 속도나 힘 조절을 도와주는 코치라고 할까? 포터들은 우리와 함께 걸으며 이런저런 얘기를 들려줬고 속도를 내면 천천히 가라고 충고해주었다. 고산에 적응하려면 천천히 움직여야 한다. 힘이 있다고 속력을 내다간 이내 쓰러지고 만다. 그러니 포터들이 가장 많이 한 말은 "폴레 폴레"였다.

첫날 밤을 지내게 될 산장은 3,300미터에 있다고 했다.

'뭐? 3,300미터?'

가이드의 말에 우리는 잠시 놀랐다. 한라산이 1,950미터, 백두산이 2,750미터인데 3,300이라니! 한 번도 올라보지 못한 높이였다. 기껏해야 뒷산 정도나 오르던 우리 가족이 그 높은 데까지 무사히 오를 수 있을까? 결론부터 말하자면 문제없었다. 마운틴 케냐를 오르는 루트는 크게 세 가지. 나로모루, 초고리아 그리고 시리몬이다. 우리는 자연경관을 감상하기 좋은 코스인 시리몬을 택했다. 그런데 시리몬 게이트^{Sirimon Gate}의 해발고도는 2,650미터. 700미터만 오르면 첫번째 산장이 나온다는 얘기다. 우리는 느긋하고도 여유 있게 산을 올랐다. 몇 번 숨이 턱까지 찼지만 어렵진 않았다. 3,000미터까지는 평범한 산이었다. 그런데 3,000미터를 넘자 나무들의 모습이 변했다. 키가 작아졌으며 잎이 굵고 단단했다. 세 시간쯤 걸려 첫번째 산장인 올드 모제스^{Old moses}에 도착했다. 먼저 도착한 팀들은 차를 끓이고 점퍼를 껴입으며 노을을 바라보고 있었다.

산장은 산 아래보다 상당히 추웠다. 전기가 없는 곳이어서 해가 지기 전에 저녁식사를 마치려고 다들 분주했다. 요리사는 내일을 위해 닭고기 요리, 카레, 차파티, 양배추와 토마토 샐러드를 준비해두었다. 식사를 마친 후엔 따뜻한 밀크티까지. 저녁을 먹는 사이 해가 지고 별이 떴다. 우리는 두툼한 파카를 꺼내 입은 후 별을 셌다. 머리 위로 낮게 드리운 하늘에 무수한 별들이 쏟아졌다. 별을 제외한 모든 것들은 너무 깜깜했고 멀리 있었기에 우리는 일찍 잠자리에 들었다. 그리고 다음날 아침 일찍 식사를 하고 우리 가족은 둘로 나뉘어 길을 떠났다. 아빠와 윤이는 정상을 향해. 나와 둘째는 산 아래 마을을 향해.

산 아래 마을에 내려간 후 이틀 내내 작은아이와 나는 구름에 가린 높은 산만 바라봤다. 준이는 침팬지나 코뿔소를 보며 놀다가도 마을 뒤로 보이는 커다란 산을 바라보며 "형이 얼마나 올랐을까?" 하고 형이 오르고 있을 부분을 가늠해보았다. 산이 험하지 않아 전문산악인이 아니라도 충분히 오를 수 있는 산이라고는 하지만 높이가 5,000미터가 넘으니 고산증이 염려됐다. 또한나는 추위와 감기. 첫번째 산장에서 잘 때 너무 추웠는지 아침 일어나니 윤이의 편도선이 조금 부어 있었다. 급하게 소금물로 소독을 하고 목감기 시럽도 챙겨갔지만 산을 오를수록 기온은 영하로 떨어질 것이었다.

마운틴 케냐 정상에 갔다왔던 사람들이 하나같이 하는 말은 "너무 추웠어요"였다. 나와 준이가 있는 산 아래는 여름 날씨지만 4,000미터가 넘어가면 빙하와 만년설이 덮여 있다고 했다. 낮에는 적도의 뜨거운 태양 아래서 산을 오르고, 밤이면 영하의 추위를 견뎌야 하는 것이다. 준이와 나는 산 아래 산장에서 머무르며 등반 팀의 소식을 기다렸다. 휴대전화 통화는 적어도 3,000미터 지점까지 다시 내려와야 가능하다. 소식을 알 수 없으니 궁금하고 걱정이 돼 밤이면 잠이 오지 않았다.

윤이가 정상으로 떠난 지 이틀이 된 날 저녁 무렵, 아이가 고산증으로 정상 등반을 하지 못했다는 연락을 받았다. 새벽 세시부터 세 번이나 등반을 시도했지만 구토와 두통으로 4,500미터까지만 올라가고 내려왔다는 것이다. 계획대로였다면 새벽부터 정상 등반을 시작해 등반이 가능한 최대 높이인 4,985미터의 레나나^{Lenana} 봉우리에서 일출을 보고 내려왔을 것이다. 하지만 컨디션이 좋지 않았던 윤이는 고산 증세까지 겹쳐 저녁식사 후 구토를 시작했단다. 회복을 위해 일찍 잠자리에 들었고 새벽에 일어나 다시 등반을 시도했다. 컨디션이 좋지 않은데도 윤이는 끝까지 오르겠다고 몸을 일으켰고 4,500미터까지 올라갔지만 다시 두통과 구토가 시작됐다. 윤이의 상태를 체크한 등반리더는 정상 등반을 할 수 없다는 결론을 내렸다. 산에서는 등반리더의 결정을 따라야 한다.

정상을 뒤로 한 채 돌아내려오면서 윤이는 속이 상해 울었다고 했다. 하지만 나는 정상 앞에 서보았다는 것만으로도 아이에게 박수를 보내고 싶었다. 그 벅차고 뜨거운 산을 가슴 가까이에 느껴보았다는 것만으로도 장하다고 말해주고 싶었다. 산에 오른 지 사흘째 되는 날, 까맣게 그을린 아이가 산에서 내려왔다. 더 많이 큰 것 같았고 더 듬직해 보였다. 정상에 올라 엄마와 동생에게 뿌듯함을 보여주고 싶었던 윤이는 우리를 보자마자 미안하다고 했다. 속상하다고도 했다. 하지만 준이는 커다란 산 같은 형에게 엄지를 들어주었다. 나도 윤이를 뜨겁게 안아주었다.

"윤아, 정말 멋지고 자랑스럽다. 산은 언제나 저기 있으니 다시 가자. 갈 수 있는 만큼 가다가 또 돌아오고 또 올라가고 그러다 보면 언젠가 정상도 오르겠지 뭐."

아이에게 단번에 정상을 오르라고 하고 싶지 않았다. 그래야 한다고 강요하고 싶지도 않았다. 다만, 그 큰 산을 가슴에 품으라고 말해주고 싶었다. 그 산을 가슴에 품었다면 이미 정상은 네 가슴에 있을 테니까.

일상에 갇힌 아이를 위한 대평원
:마사이마라 국립보호구

마사이족의 땅은 키쿠유족의 땅과 달랐다. 농사를 지을 수 없는 마른 땅인 마사이족의 마을은 온통 누런 흙먼지뿐이었다. 어쩌다 만나는 작은 관목들도 염소가 모두 먹어치워 앙상했다. 그러니 어린 목동들은 기다란 장대를 휘두르며 풀을 찾아 염소와 소를 몰아야 했다. 하루종일 걸어서 풀을 찾아다니는 중이리라. 목동들은 길에 서서 가끔씩 지나치는 차에게 손을 흔들었다. 염소와 양 그리고 소만 하루종일 바라보던 목동들은 유난히 사람들을 반기는 것 같았다. 지루한 비포장길을 달리던 윤이와 준이도 마찬가지였다. 차 안의 아이들은 창문으로 손을 흔들다가 몸을 뒤로 돌려 오래도록 손을 흔들었다. 먼지 속에 목동이 사라질 때까지. 목동은 또 우리의 차가 보이지 않을 때까지. 그렇게 양편 아이들은 서로 손을 흔들었다. 그렇게 잠깐, 만나는 것이 반가운 아이들은 그 짧은 순간을 진심으로 반가워하고 지나쳤다.

나이로비를 떠나 다섯 시간쯤 달렸을 때 푸르른 마사이마라 국립보호구가 나타났다. 끝없이 펼쳐진 대평원에 비가 내리고 있었다. 앞으로 사흘 동안, 우리는 그동안 아껴가며 본 동물들을 몽땅 보기로 했다. 작은 우리에 갇혀 있는 동물을 구경하는 것이 아니라 본래 그들이 사는 땅에 방문한 것이다. 국립보호구 입구에 들어서자 차분한 둘째가 약간 흥분한 목소리로 나를 불렀다.

"엄마, 임팔라들이에요. 꼬리 쪽에 줄이 있는 게 임팔라, 옆구리에 줄이 있는 게 톰슨가젤이에요. 와, 귀여워."

어릴 때부터 동물 책을 유난히 좋아했던 둘째는 먼발치에서 꼬리를 흔드는 작은 동물들을 보고 금세 임팔라라는 것을 알아챘다. 내 눈에

는 모두 비슷비슷해서 구분이 잘 가지 않았다. 하지만 가이드와 미리 공부한 아이들은 동물들을 척척 구별해냈다. 꼬리가 뭉툭하고 덩치가 아주 작은 사슴 같은 것은 딕딕영양이었고 발목에만 연한 갈색 줄이 있는 것은 토피영양이었으며 말의 엉덩이를 가졌으나 목둘레에 갈기가 많은 것은 검은꼬리누였다. 시원한 소나기를 맞으며 임팔라 가족들이 우리를 바라보았다. 왼쪽으론 한 무리의 얼룩말들이 보이고 더 멀리에는 목에 흰 목도리를 두른 물영양이 보였다. 오른쪽 수풀 사이로 타조 세 마리가 천천히 걷고 있었고 나무 밑에는 버펄로가 귀여운 '가르마 머리'를 하고 우리를 맞아주었다.

마사이마라에 도착한 늦은 오후, 우리는 사파리 차를 타고 천천히 동물들의 저녁을 바라보았다. 코끼리 대가족이 집으로 돌아가고 있었다. 우리는 귀가를 방해하지 않기 위해 약간 거리를 두고 나무 사이에 차를 세웠다. 그렇게 가까운 곳에서 코끼리 가족을 보는 것은 처음이었다. 코끼리의 숨소리와 발소리도 생생하게 들렸다. 코끼리 가족을 이끄는 대장은 할머니였다. 할머니와 엄마 코끼리는 가끔씩 뒤처지는 아기들을 코로 슬쩍슬쩍 밀어주었다. 그다음은 기린을 만났고 낮은 흙더미 위에 서서 두 손을 모으고 보초를 서는 미어캣을 보았다.

천천히 평원을 달리고 있을 때 가이드의 무전기로 연락이 왔다. 사자들의 저녁 사냥이 시작되었다는 것이다. 벌써 여러 대의 사파리 차들이 자리를 잡고 사자들의 사냥을 지켜보고 있었다. 가장 높은 바위 위엔 첫번째 암사자가 앉아 있었고 두 마리의 다른 암사자는 천천히 수풀 사이에서 목표물과의 거리를 좁혀갔다. 사자들의 반대편에는 임팔라 무리들이 '얼음땡놀이'를 하듯이 일제히 서 있었다. 그들 역시 사자들을 눈치챈 것이었다. 그들보다 조금 더 가까운 곳에 두세 마리의 임팔라가 서 있었다. 거리상으로 사자들의 진짜 목표물은 그 세 마리의 임팔라인 것 같았다.

사자는 천천히 거리를 좁히고 있었지만 절대거리가 상당히 떨어져 있었다. 사자들의 공격 순간을 놓치지 않기 위해 모든 임팔라들이 경계하며 뒤로 슬금슬금 물러가고 있었다. 하지만 가장 앞쪽에서 목표물이 된 임팔라 셋은 움직이지 않았다. 가이드에게 물어보니 서로 대치하고 있는 것이란다. 임팔라가 워낙 빠르기 때문에 사자도 섣불리 공격하지 못하고 사자의 사냥실력도 뛰어나기 때문에 임팔라 역시 함부로 등을 보이고 도망가지 못하는 것이었다. 배고픈 암사자들은 갈비뼈가 앙상했다. 벌써 며칠째 사냥을 못했다는 가이드의 설명이다. 한 삼십 분쯤 그들의 대치상황을 지켜보다가 우리는 조용히 되돌아왔다. 몇 시간이 걸릴지 알 수 없다고 했다.

"사자는 언제나 사냥에 성공하는 줄 알았어요. 쉽게 잡는 줄 알았지 저렇게 어렵게 협동작전을 하는 건지 몰랐어요. 동물의 왕인데 힘들게 사는구나."

"배고픈 사자도 불쌍하고 임팔라도 가엽고……. 그래도 임팔라가 잡히지 않았으면 좋겠네."

돌아오는 길, 두 아이들이 동물들 생각에 푹 빠졌다. 사자의 외로움과 고단함도, 임팔라의 위험한 삶도 아이들은 조금씩 눈치를 챘는가보다.

다음날 우리는 이른 아침부터 마사이마라를 달렸다. 해마다 6월이면 수천 마리의 버펄로들이 죽음을 무릅쓰고 건넌다는 마라 강Marra River을 보았고 탄자니아의 국경선에도 서봤다. 그 너머는 세렝게티다. 우리는 마사이마라 대평원에서 소나기 후의 커다란 무지개도 만났고 넓은 우산나무 아래서 도시락도 까먹었다. 푸른 평원을 천천히 달릴 때, 아이들은 사파리 차 위로 얼굴을 내밀고 두 팔을 벌렸다. 아이들은 마사이의 바람을 온몸으로 맞았다. 큰 소리로 야생의 소리도 힘껏 질렀다. 사방 어디를 둘러봐도 나무와 푸른 초원이었다. 하늘은 단단하고 맑았으며 구름은 군데군데 머물고 있었다. 수많은 종류의 동물이 그야말로 '자연스럽게' 그들의 마을에서 그들의 방식대로 지내고 있었으며 무엇도 그들을 가두거나 비참하게 하지 않았다. 우리는 그저 그들 사이를 지나는 또다른 생명체일 뿐이었다.

숙소로 돌아가는 늦은 오후, 길을 가로지르는 마사이기린을 만났다. 기린을 그렇게 가까이서 본 것은 처음이었다. 놀랍고 반가워서 아이들에게 말해주려고 고개를 돌리니 아이들은 어느새 잠들어 있었다. 나는 가이드에게 차를 세워달라고 부탁했다. 길을 가로지르던 기린은 잠시 서서 차를 바라보았다. 약간 망설이는 것 같았다. 우리는 마치 겁 많은 동물처럼 가만히 서 있었다. 얼마 후 한참동안 우리를 바라보던 기린이 겁을 거두고 다시 길을 가기 시작했다. 기린의 그물무늬가 저녁 햇살을 받아 황금빛 갈색으로 보였다. 평화롭고 눈부시게 아름다운 마사이마라의 저녁이었다.

보너스 여행
:이집트

케냐에 온 지 오 개월이 지나자 비자연장 시기가 다가왔다. 케냐에 들어올 때 삼 개월짜리 비자를 받아 한 번 연장했으니 곧 동아프리카를 떠나 어디로든 다녀와야 했다. 처음엔 에티오피아를 생각했다. 내가 좋아하는 커피 산지인 시다모와 모카, 예가체프를 생각하니 당장이라도 달려가고 싶었지만 아이들에겐 큰 매력이 없는 나라였다. 이후 다시 고른 나라가 이집트. 이집트 얘기를 꺼내니 윤이와 준이는 흥분하며 피라미드, 신전, 미라 이야기를 한참 쏟아냈다. 순식간에 여행지가 결정됐

다. 아이들은 이집트와 관련된 책을 찾아 읽기 시작했고 나는 저렴한 항공권을 알아봤다. 8일간의 이집트 여행을 준비하고 처음으로 케냐를 떠났다. 새벽 두시 비행기였다.

"엄마, 생각했던 것보다 작은데요?"

이상하게도 언제나 기대가 컸던 것은 작거나 볼품이 없다. 자유의 여신상이 그랬고 모나리자가 그랬다. 그중에 피라미드가 가장 심했다. 기자의 피라미드는 절대적인 크기에도 불구하고 주변의 광대한 풍경 때문에 상대적으로 작아 보였다. 스핑크스 역시. 우리가 머릿속에 그렸던 '어마어마함'은 없었다. 오히려 세계 각국에서 몰려든 관광객의 수가 더 놀라웠다. 그런데 우리의 입을 떡 벌어지게 한 것은 예상치 못했던 룩소르의 카르나크 신전이었다.

"여기서 영화 〈미이라〉를 찍었대요. 〈트랜스포머〉도……."

"와~! 엄청나다."

우리는 뜨거운 한낮의 태양도 개의치 않고 고개를 꺾어 신전의 기둥들을 올려다봤다. 터키의 에페소스보다 웅장했고 아름다웠다. 하지만 이번 여정의 백미는 맨 마지막에 있었다. 피라미드에 대한 실망을 한방에 날려버릴, 평생을 두고도 잊지 못할 아름다운 이집트의 풍경은 사막에서 진가를 나타냈다.

룩소르에서 밤 열차를 타고 카이로에 도착한 아침 우리는 사막에서 하룻밤을 보내기 위해 다시 바하리야 오아시스로 향했다. 카이로에서 다섯 시간을 달려 바하리야에 도착했고 거기서 베두인족인 타이거를 만났다. 그는 1박 2일 동안 우리를 흑사막, 크리스털 사막, 백사막으로 안내해줄 가이드였다. 오아시스에서 잠시 쉬는 동안 그는 사륜구동 지프에 짐을 싣기 시작했다. 일 리터짜리 물 열 통, 양초 세 개, 감자 한 자루, 계란 한 판, 낡은 침낭과 텐트, 바람막이와 테이블로 쓸 나무 널빤지 그리고 담요 몇 장. 짐을 다 싣고 난 후 타이거는 우리를 태우고 사막을 향해 달리기 시작했다. 한참 후 모래언덕이 나타났다. 타이거는 우리를 위해 언덕 끝까지 올라가 차를 세웠다. 윤이와 준이는 모래언덕 위를 구르며 환호성을 질렀다. 온몸에 모래가 들어가든 말든 신나서 어쩔 줄 몰랐다.

"엄마, 모래가 눈 같아요. 어떻게 이렇게 고울 수가 있지."

"준아, 굴러봐. 진짜 재밌어."

녀석들은 온통 모래 범벅이 되어 뒹굴기 시작했다. 나는 언덕 반대편에 앉아 끝없이 이어지는 모래 지평선을 바라보았다. 세상의 끝은 사막이었다. 사막을 바라보니 너무 외로워서 뒤로 걷는다는 사막의 '어린왕자'가 떠올랐다. 그 작고 동그란 등을 생각하며 오래오래 바람 앞에 서 있었다. 그때 나는 보았다. 아무 곳에도 닿지 않는 바람의 맨살. 있는 힘껏 달려와 내 앞에 머물다 가는 바람의 사랑 앞에, 나는 조금 부끄러웠다.

얼마나 지났을까? 타이거가 아이들을 불렀다. 그러고는 장난스런 얼굴로 우리를 돌아봤다.

"진짜 신나게 해줄까?"

"물론이죠!"

"자, 그럼 단단히 잡아. 눈은 감지 말고. 알았지?"

아이들이 마른침을 꼴깍 삼켰다. 나도 덩달아 가슴이 떨렸다. 타이거는 차를 사구 끝까지 조금 더 몰고 갔다. 그러더니 언덕 아래를 향해 지프의 머리를 돌렸다. '설마…….' 차는 전속력으로 언덕 아래를 향해 달렸다. 온몸이 덜덜 떨릴 정도로 모래언덕을 달려 내려가다가 평지에 다다르기 전 왼쪽으로 살짝 핸들을 꺾으니 바퀴에 걸린 모래들이 자동차를 확 덮쳤다. 타이거는 마치 낙타를 몰듯 자유자재로 자동차를 몰았다. 역시 '사막의 사람들' 베두인답다. 윤이와 준이는 완전히 넋이 나간 듯했다. 너무 신이 나서 오히려 할말을 잊었다. 잠시 후 두 녀석들은 박수를 치며 환호했다. 그후로 타이거를 보는 두 녀석들의 눈에는 존경과 감탄이 어렸다.

다음 행선지는 모래 대신 수정이 콕콕 박힌 크리스털 사막이었다. 바람이 불면 모래 사이로 하얀 크리스털들이 보였다. 아이들이 감탄했음은 말할 필요도 없다. 아이들은 타이거가 하는 일이라면 무엇이든지 엄지를 치켜들었다. 해가 질 무렵 우리는 신비한 사막으로 들어섰다. 그곳은 백사막이었다. 마치 우주의 어느 행성에 도착한 것처럼 신비한 곳이었다. 하얀 석회 바위들은 풍화작용에 의해 기괴한 모습으로 깎여 있었고 바닥은 온통 하얀 모래였다. 그래서 백사막인 것이다.

자리를 잡자 타이거는 모닥불을 피우고 저녁을 준비했다. 그러고는 자동차를 지지대 삼아 멋지게 보금자리를 만들었다. 저녁은 카레였다. 저녁을 먹고 차를 마시며 우리는 불가에 앉아 떠오르는 별을 바라보았다. 어린 시절 보았던 별들, 공해 때문에 다 사라진 줄 알았던 은하수가 흐르기 시작했다.

아이들은 모래 위에 누워 하늘을 바라보았다. 별자리 책에 나오는 별들이 다 있다며 하나둘씩 별자리를 그려갔다. 그날 나는 처음으로 사막이 크리스털을 키우고 별을 보듬고 있다는 걸 알았다. 사막이 아름답다는 어린왕자의 말도 그제야 이해했다. 별을 헤다 아이들이 먼저 잠들었다. 나는 어린 시절 보았으나 잊어버리고 있었던 내 별들을 찾아보았다. 신기하게도 거기 모두 다 있었다. 오랫동안 이 사막에서 나를 기다려온 것처럼.

인도양으로 달리는 기차
:우간다 철도

케냐에는 아주 낭만적인 기차가 있다. 이 노선은 철도가 지나가는 리프트 밸리Rift Valley와 우아신Uasin 고원 지역이 모두 우간다의 동부 지역이기 때문에 '우간다 철도Uganda Railway'라 불린다. 케냐에서는 동쪽의 끝 몸바사에서 서쪽의 끝 키수무까지 달린다. 그 중간기점이 바로 나이로비다. 영화 〈아웃 오브 아프리카〉를 보면 주인공 카렌이 이 기차를 타고 몸바사에서 나이로비까지 온다. 이 기차는 아프리카 저지대와 고원, 사바나 초원지역 그리고 마사이의 마을 등 다양한 아프리카의 풍경을 지나가기 때문에 '아프리카에서 가장 낭만적인 기차'라는 별칭으로도 불린다. 기차를 타고 가다보면 창밖으로 들판을 지나는 얼룩말이나 기린도 볼 수 있다고 한다. 상상만 해도 신나는 여행이다. 하지만 짧은 일정으로 케냐를 찾는 이들은 몸바사에 가기 위해 감히 열다섯 시간이나 걸리는 기차를 탈 엄두를 내지 못한다. 그러므로 대부분의 여행자들에게 이 기차는 그저 이루어질 수 없는 꿈일 뿐이다.

나이로비와 몸바사를 오가는 기차는 일주일에 단 세 번만 운행된다. 수요일에 기차를 타고 몸바사로 떠난 사람은 목요일 아침에 도착한다. 만일 다시 기차를 타고 오려면 토요일 기차를 타야 한다. 물론 나이로비로 돌아올 때는 기차 말고 버스를 이용할 수도 있고 비행기를 이용할 수 있는데, 버스는 시간이 많이 들고 비행기는 돈이 많이 든다. 이래저래 아프리카를 오는 여행객들은 몸바사를 포기하기가 쉽다.

나는 방학이 시작되기 전부터 기차표를 알아보고 몸바사에 내려 묵을 호텔과 이동경로를 짰다. 무엇보다 기대되는 부분은 기차 자체였다. 이층침대가 나란히 놓인 침대칸이 있는 기차. 침대에 누워 덜컹거리며

인도양을 향해 갈 생각을 하니 무척 설레었다.

"엄마, 난 식당칸이 젤 궁금해요. 기차 안에 식당이 있다니. 거기는 무슨 밥을 줄까요?"

여행을 떠나기 전날, 준이가 이불 속에서 속삭였다. 나도 궁금했다. 인터넷을 통해 사진을 보긴 했지만 사진이야 늘 현실과 조금 달랐으므로 기차가 어떤 모양일지 어떤 상태일지 궁금해하며 잠을 설쳤다. 또 한 가지 쉽게 잠들지 못한 이유는 무사히 잘 다녀올 수 있을까 하는 걱정 때문이었다.

'몸바사 해변에는 관광객을 노리는 비치 보이Beach boy가 많다는데…….'

'오래된 큰 항구도시라 때문에 사람들이 좀 거칠다는데…….'

'무엇보다 기차 안은 안전할까?'

'아이들과 잘 때 무슨 일이라도 벌어지진 않을까?'

벌써 케냐 생활이 팔 개월인데도 걱정은 여전했다. 아빠가 없는 것이 이렇게 불안한 일이란 걸 새삼 깨달았다. 기차는 일곱시 삼십분에 출발할 예정이었다. 우리는 여섯시에 역에 도착했다. 여행 가방을 든 외국인과 아이들이 제법 많았다. 예약했던 표를 좌석으로 바꾸고 기차에 올랐다. 이층침대가 나란히 마주보고 있고 그 사이에는 작은 세면대가 있다. 객실의 문은 안에서 잠글 수 있게 되어 있고 조명도 취침용, 독서용, 전체용으로 나뉘어 있었다. 아이들이 감탄했다.

"와, 집보다 좋은데! 굉장히 비싸요? 그래서 좋은 건가요?"

열다섯 시간 동안 달려 500킬로미터 떨어진 몸바사까지 데려다주는 기차요금은 저녁과 아침식사를 포함해 일인당 2,000실링(약 3만 원), 아이들은 반값이다. 윤이는 키도 크고 밥도 많이 먹지만 당시 만 12세가 되지 않아서 어린이 요금이 적용됐다. 객차 안에는 캡틴과 베딩 보이 Bedding Boy가 있었다. 캡틴은 방마다 돌며 인사를 했고 베딩 보이는 우리가 저녁을 먹으러 간 사이에 침대 시트를 깔아줄 거라고 했다. 종이 울리면 저녁시간이라는 뜻이니 식당칸으로 오라고도 알려줬다.

기차는 예정된 시간보다 삼십 분 늦은 여덟시에 출발했다. 해발 1,700미터의 나이로비에서 출발해 해발고도가 가장 낮은 몸바사까지 간다. 기차는 시내를 천천히 빠져나갔다. 나이로비가 멀어질 때쯤 어디선가 종소리가 들렸다. 저녁식사 시간을 알리는 종소리였다. 식당칸은 깔끔하고 작았지만 낭만적이었다. 4인용 테이블이 있었고 하얀 린넨 위로 하얀색 식기들이 가지런히 놓여 있었다. 저녁은 소고기, 닭고기 그리고 채식주의자용 식사, 이렇게 세 가지 메뉴가 있었다. 모두 골고루 시켰다. 먼저 샐러드가 나오고 옥수수 크림수프와 빵이 같이 나왔다. 본요리는 소고기 스테이크와 야채, 닭고기튀김과 야채, 채식주의자용으로는 인도식 야채카레였다. 훌륭했다. 기차가 덜컹거리는데도 음식이 쏟아지지 않는다며 아이들이 즐거워했다. 우리는 음식을 남김없이 먹어치웠다. 후식으로 과일 칵테일과 우유가 든 홍차가 나왔다. 차를 좋아하는 윤이와 준은 어린이용 주스 대신 홍차를 마셨다.

창밖으로 달이 떠오르고 있었다. 집에서 보던 달을 바라보니 가슴 가득했던 두려움과 걱정이 조금씩 사라지고 설렘이 채워져갔다. 조금 더 지나니 위험한 일은 하나도 생기지 않을 것 같았다. 왜 언제나 아프리카에서는 무서운 일이 벌어질 거라고 두려워하게 되는지⋯⋯. 이렇게 평화롭고 착한 사람들이 가득한데 말이다.

저녁을 먹고 방으로 돌아와 창밖을 내다봤다. 보름달 아래 마사이족 마을이 반짝인다. 기차는 자주 멈췄다. 모든 역을 다 들르는가보다. 기차가 역에 멈추면 어둠 속에서 마을 아이들의 웃음소리가 들렸다. 열차 안에 있는 외국인을 부르는 소리였다. 막상 얼굴을 보여주면 아이들은 뒤로 도망가다가 "음중구!" 하며 큰 소리로 웃는다.

저녁을 먹고 아이들과 카드게임을 했다. 우리의 여행에서 빠지지 않는 민화투와 우노. 그러고는 각자 침대로 올라가 음악을 작게 틀고 잠자리에 들었다. 아이들은 곧 잠들었지만 나는 잠이 오지 않았다. 기차는 너무 자주 멈췄고 그럴 때마다 철길 옆에 사는 잠 없는 아이들이 모두 나와 재잘재잘 떠들었다.

복도에 나가보니 달이 너무 밝다. 둥근 지붕의 마사이 집들이 여기저기 보인다. 바람에 흔들리는 캉가도 보인다. 달빛 아래 모든 것은 평화로웠고 기차는 천천히 다시 출발했다. 아무리 느리다 해도 아침이면 우리는 인도양에 닿아 있을 테지. 우리가 타고 있는 기차가 우리를 바다로 데려다준다는 사실에 가슴이 두근거리고 즐거웠다. 다음날 아침 아홉시반, 우리는 케냐의 동쪽 끝 인도양에 도착했다.

아무것도 하지 않아도 좋은 해변
:몸바사

기차는 아침 아홉시 반에 몸바사 역에 도착했다. 벌써 해가 후끈 열을 내고 있었다. 바람은 끈적했고 햇살은 따가웠다. 그래도 기차를 타고 오면서 흘깃 바라본 인도양 때문에 아이들의 마음은 온통 몸바사 해변에 가 있었다. 몸바사는 여러 지역으로 나뉘는데 기차역은 올드타운이 있는 몸바사 섬에 자리해 있고 공항은 케냐 본토인 서쪽에, 관광지로 유명한 해변들은 섬의 남쪽에서 탄자니아까지 이어지며 길게 흩어져 있다. 본토에서 몸바사 섬으로 갈 때는 다리를 건너가지만 섬의 북쪽이나 남쪽의 해변으로 갈 때는 페리를 타야 했다. 우리가 갈 곳은 몸바사 섬 아래의 디아니 비치였다. 몸바사 역에 도착해 기차에서 관광객들이 내리자 우르르 사람들이 모여들었다. 바로 택시 호객꾼들이었다. 플랫폼 안에는 관광객보다 택시 기사들이 더 많았다. 더운 공기에 늘어졌던 정신이 바짝 당겨졌다.

"절대 움직이면 안 돼. 엄마가 올 때까지 여기 딱 앉아 있는 거야. 바로 저 앞에 있을 거니까 엄마 계속 보고 있어. 알았지?"

우리에겐 디아니 비치까지 데려다줄 택시가 필요했다. 나는 아이들을 벤치에 앉혀두고 택시를 고르기 시작했다. 아무래도 마땅한 차와 기사를 고르려면 시간이 조금 걸릴 것 같았다. 무엇보다 믿을 만한 기사를 골라야 했다. 나는 나이가 좀 든 사람을 택했다. 가격은 미리 알고 갔기 때문에 흥정하느라 힘을 뺄 일이 없었다. 예상했던 가격을 말하니 그건 몇 달 전 가격이라 2,000실링 더 얹어달라고 했다. '오케이!' 나는 순순히 받아들였다. 아이들이 기다리고 있어서 흥정할 여유가 없었다. 차를 정하고 짐을 실어달라고 했다. 그런데 여기저기 짐을 싣는 차들을 보니 차를 먼저 보여달라고 하지 않은 것이 후회가 됐다. 차 상태가 천차만별이었다. 하지만 어쩌겠는가? 그는 벌써 우리의 짐을 들고 씩씩하게 걸어가고 있는데. 다행히 그렇게 오래된 차는 아니었다. 그런데 아뿔싸! 반드시 물어봤어야 하는 걸 또하나 빼먹었다!

'에어컨이 나오는지?'

나이로비는 에어컨 없어도 건조하고 바람이 시원해 괜찮지만 몸바사는 다르다. 더운데다가 습도가 높아 에어컨이 필수였다.

몸바사 섬을 빠져나와 택시를 탄 채 카 페리car ferry에 올랐는데 출항할 때까지 한참을 기다려야 했다. 태양은 뜨거웠고 창문으로는 끈적끈적한 바닷바람이 불어왔다. 우리가 탄 택시엔 에어컨이 나오지 않았다. 시간이 지날수록 아이들 얼굴이 점점 벌겋게 익어갔다. 다행히 아이들에게 기운이 조금 남아 있을 때쯤 페리는 디아니 비치가 있는 쪽에 도착했다. 마을을 달리기 시작하니 조금 시원한 바람이 불어왔다. 풍경은 나이로비와 그리 다르지 않았는데 먼지가 훨씬 더 많았다. 오랫동안 비가 오지 않았다는 얘기다. 십 분쯤 달려가니 나무 사이로 바다가 비치고 드문드문 야자수들이 보였다. 우리가 머물기로 한 리조트가 가까워지고 있었다.

열대나무들로 인해 초록으로 둘러싸인 리조트는 과할 정도로 좋았다. 사실 이번 여행은 오랜 아프리카 생활을 검소하고 알뜰하게 지내온 아이들과 나를 위한 선물이었다.

리조트에는 전용 비치가 있었고 바다가 보이는 야외 풀장이 세 개도 더 있었다. 풀장에서 수영하는 사람들을 위해 바비큐와 맛있는 칵테일도 준비돼 있다. 이곳은 몸바사에 몇 개 없는 올 인클루시브 리조트All Inclusive Resort, 즉 세 끼 식사는 물론 간식과 음료, 맥주와 와인까지 모두 제공되는 리조트였다. 그럼에도 불구하고 가격은 셋이서 하루 묵는 데

150달러. 역시나 만 12세 미만은 반값이다.

아이들에게는 천국과도 같은 사흘이었다. 아침엔 아라비아의 전통 목선인 다우Dhow를 빌려서 바다모래언덕으로 갔다. 푸르고 투명한 바닷속에 물고기들이 헤엄치며 돌아다녔고 물이 빠진 산호초 사이엔 온갖 바다생물들이 놀고 있었다. 여러 가지 색의 불가사리나 성게도 많았다. 아이들은 물안경을 끼고 스노클링 놀이를 했다. 그리고 물이 다시 찰 시간엔 해변으로 돌아가 파도를 타고 놀았다. 곱고 하얀 밀가루 같은 해변은 단단했고 놀기에 좋았다. 해가 질 무렵이면 식당으로 가서 두 시간 동안 식사를 했고 밤에는 공연을 보았다.

아이들은 잘 먹고 잘 잤다. 나이바샤 호수 옆에서 캠핑할 때도, 마운틴 케냐의 허름한 산장에서도, 작은 오두막 같은 반다에서도, 기차 안 침대에서도. 아이들은 잠자리가 바뀔 때마다 내게 말했다.

"이곳은 별이 크게 보여 좋아요."

"이곳은 하늘이 가까워서 좋은걸요."

"한국에서는 이렇게 오랫동안 기차를 타며 잘 수 없잖아요."

그뿐 아니었다. 어떤 곳은 하마 소리가 들려서 좋다고 했고, 어떤 곳은 마운틴 킬리만자로의 봉우리가 보여서 좋다고 했다. 그렇게 아무 불평 없이 케냐 여기저기를 누비며 다녔다. 사실 잠자리가 허름하고 좁고 불편해서 엄마로서 조금 미안할 때도 많았다. 하지만 아이들은 단 한 번도 불평하지 않았다. 언제나 엄지를 치켜들며 "여기가 최고!"라고 해줬다. 아프리카 어디든지 아이들에게 다 좋았지만 몸바사 해변은 아무것도 하지 않아도 되니 더 좋았다. 그냥 가만히 있기만 해도 충분했으니 이보다 더 좋을 수 없었다. 아프리카 생활자에서 여행자로, 우리는 몸바사 해변에서 평화로운 며칠을 보낼 수 있었다.

케냐의 끝
:라무

"섬 끝에서 끝까지 걷는 데 한 시간밖에 걸리지 않는대. 아주 오래전부터 이슬람과 아프리카 문화가 뒤섞인 곳이지. 그곳엔 자동차가 없단다. 대신 당나귀가 삼천 마리나 있다는구나."

우리는 더 얘기할 것도 없이 라무로 향했다. 소말리아와 가까워 위험하다는 이도 많았고 가봤자 볼 것 없다고 말하는 사람들도 있었다. 그렇다고 가보지도 않은 채 라무를 시시한 곳으로 치부하고 싶지 않았다. 우리는 수영복, 커다란 챙이 달린 모자, 선크림 등을 챙겨 라무로 갔다. 스무 명쯤 탈 수 있는 작은 경비행기는 나이로비의 윌슨 공항을 출발해 한 시간쯤 날아 라무 공항에 도착했다. 파스텔톤 키코이를 두른 맨발의 남자들이 호텔로 가는 관광객을 태우기 위해 공항에 나와 있었다. 공항에서 라무 섬까지는 작은 배를 타고 이십 분쯤 걸린다고 했다. 공항 끝에 서니 라무가 저멀리 아주 작게 보였다. 배는 덜덜덜 떨면서 파도를 헤치고 나아갔다. 십 분쯤 달리니 멀리 라무가 눈앞에 펼쳐졌다.

"엄마, 터키의 한 마을 같아요."

그랬다. 하얀 건물들은 터키나 시리아에서 봤던 그 어떤 마을들과 아주 비슷했다. 너무 비슷해서 친근했다. 케냐라고 하기엔 조금 이국적인 건물들과 깃발들, 작고 둥근 모스크까지. 그리고 저멀리 검은 차도르를 쓴 여인이 이곳의 문화를 말해주고 있었다. 숙소에 짐을 풀고 우리는 마을 탐험에 들어갔다. 삼백 년 이상 된 집 가운데 보존이 잘된 곳은 호텔로 사용되고 있었고 그 사이사이에 오랜 세월 이곳에서 살아온 주민들의 집이 섞여 있었다.

좁다란 골목 안에는 당나귀들이 쉬고 있었고 배부른 고양이들은 낮

잠을 자거나 뒹굴며 장난을 쳤다. 라무의 햇볕은 따가울 정도로 강했지
만 높은 담으로 둘러진 골목으로 들어가면 그늘 때문에 시원했다. 아랍
의 전통적인 건축 스타일이었다. 라무의 아이들은 그 골목에서 놀았다.
신발 던지기 놀이를 하다가 엄마에게 혼이 난 아이는 얼른 도망을 갔다.
동생을 업은 아이는 친구들의 이름을 부르고, 동양인이 신기한 아이는
문틈으로 빼꼼 눈만 내민 채 머리 검은 사람들을 지켜보았다. 윤과 준
은 친구를 사귀어보려고 몇 번이나 시도했지만 부끄러움이 많은 아이들
은 윤이가 말을 걸기도 전에 깔깔거리며 커다란 문 뒤로 사라져버렸고
우리는 아이들이 놀고 있는 곳을 찾아 여기저기 헤맸다. 그러는 사이
길을 잃고 말았다. 하지만 걱정이 들진 않았다. 손바닥만한 섬에서 잃어
버릴 길도 많지 않았고 무서운 일은 더더구나 없을 것 같았다. 한 가지
조금 이상하게 느껴진 것은 우리를 신기한 듯 바라보는 라무인들의 눈
빛이었다. 동양인을 본 적이 별로 없었을 사람들의 호기심과 경계심 가
득한 눈빛. 라무를 떠나는 날 비로소 알게 되었다. 그곳에 사흘 동안 머
무르면서 단 한 번도 우리 외에 다른 동양인을 본 적이 없었다. 그 흔한
중국인도 일본인도 없었다. 그 며칠 동안 노란 피부에 머리가 검은 이들
은 어쩌면 우리뿐이었는지도 모른다. 하지만 하나도 불편하지 않았다.

　라무는 한 번도 경험해보지 못한 다른 세상을 느끼게 해주었다. 당나귀
를 타고 골목골목 걷는 것도 좋았고 파리를 쫓으며 생선구이를 먹는 것도
좋았고 코코넛 주스를 배부르게 먹을 수 있는 것도 괜찮았다. 마주 오는
이와 어깨가 부딪힐 만큼 좁은 골목길을 헤매는 것도 즐거웠고 두꺼운 나
무에 이슬람 문양을 새겨 대문을 만드는 아저씨들을 보는 것도 흥미로웠
다. 발바닥이 아플 만큼 걷다가 지쳐 호텔로 돌아가면 바람의 길목에 낮
잠을 잘 수 있는 데이베드Day Bed가 놓여 있었다. 바람 속에서 잠깐 빠져
드는 낮잠은 황홀했고 코코넛과 망고를 넣은 카레는 달콤한 이국의 맛이

가득했다. 밤이면 시원한 바람이 바다에서 불어왔다. 그 바람이 살갗에 닿을 때면 한없이 편안했다. 그렇게 사흘을 라무에서 보냈다. 언젠가 우리가 다시 쉴 곳을 찾아간다면 그곳의 이름은 아마 '라무'일 것이다.

세상에 없던 마을
:키수무

케냐의 서쪽 빅토리아 호수의 마을 키수무까지는 기차로 열다섯 시간이 걸린다. 나는 아이들의 마지막 방학이 시작되기 한 달 전부터 이 여행을 준비했다. 키수무는 엄마 혼자 아이 둘을 데리고 가기엔 큰 용기가 필요한 여행지였기에 미루고 미뤘던 곳이다. 나이로비 대학 병원에서 말라리아 예방약도 사고 뿌리는 모기약도 몇 통이나 준비했다. 물이 많은 곳이니 당연히 모기도 많다. 모든 준비를 마쳤는데도 선뜻 떠날 용기가 나지 않았다. 외지인이 잘 찾지 않는 곳인데다 한국인 중 그곳에 가봤다는 사람을 찾기도 어려웠다. 『론리 플래닛』에도 정보는 많지 않다. 닷새간의 일정으로 계획한 여행에는 키수무와 열대우림인 카카메가Kakamega, 우간다와 접경지대이며 세계 마라토너들의 연습장으로 알려진 엘도레트Eldoret가 있었다. 끝없이 이어진 차밭과 푸른 옥수수밭도 보고 싶었고 바다처럼 넓은 호수도 보고 싶었다. 아이들은 낙농으로 유명한 엘도레트에서 우유와 치즈 만드는 모습을 보고 싶어했다.

가야 할 이유가 많았지만 막상 출발 전날이 되니 용기가 나지 않았다. '가도 괜찮을까?'에서 '꼭 가야 하나?'로 질문이 바뀌고 있었다. 사실 여행에 필요한 모든 것들은 갖춰져 있었다. 딱 하나 부족한 게 있다면 옆에서 부추기는 격려나 용기였다. 누군가 내게 "꼭 가봐" "가보니까 진짜 좋더라"라고 한마디만 보태주면 용기가 나겠는데…… 하루종일 갈까 말까 몇 번이나 망설였다. 그때, 몇 년 전 엘도레트에서 나이로비로 오셨 다는 수녀님 한 분이 떠올랐다. 얼른 전화를 드려 엘도레트가 어떤 곳인 지 아이들과 가도 괜찮을지 물었다. 수녀님의 대답은 망설임이 없었다. 꼭 가보라고, 정말 아름다운 곳이라고 했다. 특히 성베네딕트 수녀원에 는 한국인 신부님이 잠시 묵고 계시니 연락해보라고도 하셨다. 신부님 께 연락을 드리니 엘도레트에 머무는 동안 수녀원에서 지내도 좋다고 하셨다. 같이 봉사할 만한 곳도 알아봐두신다고 했다. 마치 우리를 기다 리고 있었던 것 같았다. 망설였던 속마음이 들킬까봐 얼른 가방을 챙겨 떠났다.

몸바사 여행에서 장시간 기차여행을 경험해본 덕분인지 아이들은 익 숙하게 행동했다. 우리가 머물 침대칸을 찾아 각자 이층침대로 올라갔 다. 아이들은 작게 노래를 불렀고 기차는 노을 지는 나이로비를 천천히 떠났다. 몸바사를 갈 때와는 반대로 서쪽을 향해 달렸다. 제일 먼저 우 리가 가장 좋아하는 곳인 나이바샤 호수가 나왔고 조금 더 가니 플라밍 고로 유명한 나쿠루 호수가 보였다. 달빛에 비치는 키쿠유 마을의 양철 집들을 지나 기차는 아주 느리게 키수무를 향했다.

세상에 없던 마을로 우리는 가고 있다. 아니 세상에 분명 있었으나 우 리가 알지 못했던 곳, 한 번도 보지 못한 케냐의 서쪽으로 가고 있다. 여 행이란 이런 것이다. 떠나지 않았다면 절대 만나지 못했을 풍경과 사람을 만나는 것. 세상에 존재하고 있는 것을 서로 마주보고 알아봐주는 것. 우리는 지금 처음 만나는 마을로 간다. 잊지 못할 그 이름은 키수무다.

호수와 바다 사이
:피시 빌리지

우리는 이런 호수를 본 적이 없다. 파도도 치고 물새도 날고 이따금 수평선 저멀리서 커다란 배도 들어온다. 바다 같은 호수. 그 호수 위에서 아이들과 배를 타면서도 마음속으로는 아직도 믿지 못한다. 이렇게 넓은데 호수라니……. 더군다나 호수를 끼고 세 나라의 국경이 만나고 있다. 그런 내 마음을 눈치챈 것처럼, 우리를 안내해주기로 한 키수무의 동네청년, 데이비드(케냐엔 데이비드가 참 많다)는 전체 호수 중 케냐가 차지하고 있는 면적은 단 6퍼센트라고 알려준다. 절반은 탄자니아가, 나머지 44퍼센트는 우간다가 갖고 있단다. 하지만 수원지가 케냐에 있기 때문에 케냐를 일컬어, '빅토리아 호수의 엄마'라 부른다고 한다. 그 말을 하는 데이비드의 얼굴에 자랑스러움이 가득하다. 하지만 아이들은 호수의 크기에 먼저 압도되어 이미 넋을 잃은 상태다. 한술 더 떠 윤이는 맛을 봐야겠단다.

"아무래도 호숫물을 좀 찍어 먹어볼까봐요. 진짜 믿기지가 않아."

"그래, 형이 한번 먹어봐."

데이비드는 손가락을 뻗어 물을 찍으려는 아이들을 말렸고 나는 멀리 호수를 바라보며 웃었다. 짠물이 아닌 건 분명하다. 호숫가의 널따란 바위 위에는 옷을 훌렁 벗고 몸을 씻는 이들이 많다. 엄마는 하루종일 뛰어 놀다 돌아온 아이들의 장난기를 씻기고, 일을 마친 남자들은 고단함을 씻는다. 멀리서 손을 흔드는 꼬마도 있다. 저멀리 사람들이 모여 앉아 있는 곳, 연기가 나는 그곳은 막 잡은 물고기를 구워 파는 노천 식당이란다. 저녁은 아직 이른데도 사람들이 많다. 이런저런 풍경을 보는 사이 우리를 태운 작은 배는 항구 근처로 서서히 들어간다. 저멀리 우뚝

선 배가 보인다. '우후루.' 독립이라는 뜻의 스와힐리어다. 배 위엔 교복을 입은 학생들이 가득하다. 학생들의 하얀 셔츠가 바람에 날려 눈이 부시다. 배가 떠나기를 기다리며 낮에 있었던 시시콜콜한 얘기를 하던 학생들은 동양인 가족을 발견하고 먼저 인사를 한다.

"잠보?"

"잠보~ '지성 박' 알아? 그는 한국인인데 우리도 한국인이야."

"와우~ 그래. 한국인!"

내가 먼저 한국인이라고 말을 건넨 데는 다 이유가 있다. 윤이 때문이다. 큰아이 윤은, 아프리카에서 만나는 사람들 대부분이 우리를 중국인이라고 부르는데 많은 불만을 갖고 있다. 가끔 장난기가 많거나 유머가 있는 케냐인들은 '니하오~ 쏭쑤와 치치엥 자쿠망' 이런 식으로 엉터리 중국말을 건네기도 한다. 그럴 때면 윤이는 약이 올라 "우린 한국인이라고!" 하며 소리친다. '지성 박'의 나라에서 왔다는 말에 우후루 배 위의 학생들이 휘파람도 부르고 엄지도 치켜든다. 중국인이냐는 말은 꺼내지도 않는다. 큰아이는 그제야 우쭐한 마음이 드는지 축구를 좋아하느냐는 학생들의 질문에, '잘한다'고 답해준다. 학생들과 헤어지고 우리는 어부들의 마을, '피시 빌리지'로 갔다. 그쪽 물가에도 그물 말리는 사람들, 엄마를 따라 나왔다가 목욕하는 아이들, 하루 일과를 일찍 끝내고 물장구 치는 청년들이 있었다. 누가 먼저랄 것도 없이 그들도 손을 흔들어주었다. 조금 멀어서 '한국인'이라고 알려줄 수는 없었지만 오랫동안 손을 흔들어주는 걸로 보아 반가운 마음을 읽을 수 있었다. 마을 아이들은 더욱 용감하게, 적극적으로 호기심과 반가움을 표시해줬다. 특히 집 앞에서 몸을 씻고 있던 두 꼬마 숙녀들은 두 동양인 소년들에 관심을 많이 보였다. 그녀들의 시선이 그걸 말해줬다. 마을에 머무는 동안 윤과 준은 마당에 흩어져 노는 병아리들과 오리와 강아지들의 뒤를 따랐고,

나는 동네 아이들에게 사진을 찍어서 보여주었다. 그리고 우리는 오랫동안 호숫가에 앉아 있었다. 믿기지 않을 만큼 넓고 아름다운 호수 위로 천천히 해가 내려가고 있었다. 두렵고 불안했던 케냐 서부 여행의 첫날이 그렇게 저물고 있었다.

새로운 곳에 왔다는 것만으로도 윤과 준 그리고 나는 마음이 뿌듯했다. 오기 전엔 두려웠지만 막상 와보니 두려움은 한순간도 느껴지지 않았다. 그저 아름다웠다. 사람들이 좋았고 친절했다. 특히 자신의 고향을 외국인인 우리에게 보여주고 싶다고 기꺼이 시간을 내준 데이비드가 고마웠다. 그 마음을 눈치챈 걸까? 우리를 안내했던 데이비드가 뿌듯하고도 자랑스러운 눈길로 우리를 바라본다. 나는 그에게 엄지를 치켜들어주었다.

'데이비드, 네 희망처럼 많은 이들이 너의 고향으로 여행을 올 거야. 와서, 키수무가 얼마나 아름다운지 볼 거야. 그때 네가 또 안내해주렴.'

저녁 여섯시, 키수무의 호수가 황금으로 빛나기 시작했다.

케냐의 마지막 열대우림
:카카메가 열대우림

여행책에 보면 키수무에서 카카메가까지는 마타투를 타고 대략 한 시간 반이 걸린다고 쓰여 있다. 하지만 실제 걸린 시간은 두 시간도 넘었다. 너무 힘들었다. 한국에서처럼 잘 닦인 고속도로를 우등고속버스를 타고 달린다면야 두 시간이든 세 시간이든 좋지만 이건 마타투다. 백 년은 묵은 것 같은 승합차 마타투는 14인승이지만 스무 명도 넘게 탄다. 그걸 타고 케냐 서부의 시골 동네를 다 돌며 가다 서기를 두 시간 이상

반복해 결국 카카메가 타운에 도착했다. 하지만 우리가 가려는 곳은 카카메가 열대우림. 타운에서 다시 열대우림까지 가려면 어찌해야 하느냐 물으니 이걸 타라 저걸 타라 말이 많다. 이미 아이들과 나는 덜 마른 빨래처럼 구겨지고 지쳤다. 여기서 또 실랑이를 벌이면 열대우림은커녕 아무데도 못 갈 것 같았다.

그냥 가장 착해 보이는 기사가 있는 마타투를 탔다. 요금도 달라는 대로 줬다. 이십 분쯤 달렸을까? 안내원이 차 문을 열더니 내리란다. 허허벌판이다. 눈을 동그랗게 뜨고 여기가 어디냐고 물으니 열대우림 국립공원 바로 앞까지 가는 차가 아니니까 내려서 좀 걸으란다. 이런. 한푼이라도 벌려고 비슷한 동네니 그냥 태운 것이었다. 나는 혹시나 아이들이 지치거나 불안해할까봐 신나는 표정을 지었다.

"오케이! 조금만 걸으면 된다니까 걷자. 어때?"

"좋아요, 엄마. 마타투 타는 것보다 걷는 게 훨씬 나아요."

뒷자리에 앉아 엄청난 덩치의 루오족에게 눌렸던 윤이는 걷는 게 백배 낫다며 앞장서 걸었다. 준이가 걱정이었다. 말이 조금이지 한참 걸을지도 모르는데 어쩌나? 덜컹거리는 마타투 때문에 이미 멀미도 많이 한 상태였다. 그때 커다랗고 멋진 지프가 우리 쪽을 향해 달려오고 있었다. 본능적으로 차 옆구리에 쓰인 글씨를 읽었다.

'카카메가 열대우림 레인저.'

삼림 감시원이다. 됐다! 길을 막아 차를 세우고 인사를 했다.

"하바리 야꼬? 우리는 나이로비에서 열대우림을 보러 여기까지 왔어요. 좀 태워줄 수 있어요?"

그 말을 하고 차 안을 쓰윽 보니 이미 만원이다. 짐칸에라도 탈 심정으로, 아니 준이라도 어떻게 밀어넣어보려고 사정을 했다. 그러자 마음씨 좋은 레인저들은 준이는 무릎에 앉히고 윤이와 나는 맨 뒷자리의 짐

옆에라도 앉겠느냐 물었다. 당연하지. 우리는 큰 소리로 "아싼티 사나(너무 고마워요)!"를 외치고 트렁크 쪽으로 올라탔다.

열대우림에 도착하니 마을에 사는 루오족 아가씨가 나와 우리를 안내해준다고 한다. 헬스게이트 국립공원은 마사이족들이 안내를 해주는데 이곳은 루오족이 담당한다. 오래전부터 그들이 사는 마을이므로. 그녀가 제시한 트레킹 코스는 세 시간, 여섯 시간, 하루, 이틀 등 다양했다. 우리는 세 시간짜리로 정했다. 저녁까지는 엘도레트에 도착해야 하기 때문에 공원관리소에 네시까지 돌아와야 했다.

나는 오토바이를 개조한 뚝뚝 두 대를 예약해놓고 트레킹을 떠났다. 열대우림으로 들어가니 하늘이 보이지 않았다. 울창한 나무들에 가려 한낮인데도 숲속은 어두컴컴했고 나무 위를 날듯이 뛰어다니는 흰망토 원숭이들도 많았다. 우리는 무식하게도 열대우림은 그냥 울창한 숲이겠거니 했다. 하지만 그곳은 나무들의 소리 없는 전쟁터였다. 한 나무 사이를 비집고 자라면서 본래 있던 나무를 둘로 가라놓는 나무, 숙주가 되는 나무에 뿌리를 칭칭 감고 살면서 수십 년에 걸쳐 끝내 생명을 빼앗아버리는 나무, 햇빛을 차지하기 위해 생명을 건 나무들의 '쟁취'가 처절한 곳이었다.

열대우림을 걷는 동안 루오족 아가씨는 여러 가지 나비와 새를 관찰할 수 있게 도왔다. 카카메가의 열대우림에는 400여 종의 나비와 330여 종의 새가 있단다. 그중에서 가장 우리의 눈을 끈 것은 초록색 나비와 보라색 나비였다. 아이들이 지치는 기색을 보이면 현명한 루오족 아가씨는 신비한 나비가 있는 장소나 원숭이 군락지 쪽으로 슬쩍 자리를 옮겨 아이들의 눈을 반짝이게 해줬다.

우리는 첫번째 언덕에 올라 끝없이 이어지는 카카메가의 열대우림을 바라보고 발걸음을 돌렸다. 트레킹을 마치고 관리소 앞으로 돌아오는데

저멀리 먹구름이 몰려왔다. 열대우림 날씨의 특징은 늦은 오후만 되면 장대비가 내린다는 것이다. '우림'이니까. 먹구름을 본 지 몇 분 되지 않아 굵은 빗방울이 뚝뚝 떨어지기 시작했다. 하지만 우리는 열대우림을 떠나야 했다. 그래야 엘도레트로 가는 막차를 탈 수 있었다. 그런데 빗속에서 뚝뚝을 타고 버스 타는 데까지 갈 수는 없었다. 시간은 없고 교통수단도 마땅치 않고…… 하는 수 없이 레인저에게 다시 부탁을 했다. 아까 타고 왔던 차를 좀 태워줄 수 없겠느냐고…… 그는 한참 여기저기 전화하며 다른 레인저들과 상의했다. 사적으로 차를 쓰는 게 규칙상 부담스러웠던 것 같았다. 그러는 사이 천둥이 몇 번 내리치고 비는 더 거세졌고 시간은 자꾸 흐르고 있었다. 잠시 후 그는 결심한 듯 말했다.

"내가 데려다주고 올게. 이들은 외국인이야. 카카메가를 보기 위해 온 손님이라고. 그러니까 안전하게 보호하는 게 맞아. 그치?"

그는 다른 레인저들에게 동의를 구한 뒤 우리를 차에 태웠다. 차 시간에 맞추기 위해 지프는 빠른 속도로 빗속을 달렸다. 그리고 버스정거장에 멈춰서 마타투를 기다렸다. 비는 점점 거세졌다. 잔뜩 겁을 먹은 우리를 보더니 그가 말했다.

"여긴 위험한 곳이에요. 한국이랑 달라요. 하지만 내가 마타투에 태워줄 테니까 걱정 말아요. 다른 사람한테는 내 일본인 아내와 아이들이라고 할게요. 알았죠?"

엘도레트로 가는 마타투가 서자 그는 기사와 차장에게 갔다. 아마도 우리 가족을 소개하려는 모양이었다. 그는 빗속에 서서 기사에게 얘기를 하고 돌아왔다. 그는 마타투로 우리의 짐을 싣고 그다음 준이와 나를 기사 옆 보조석에 앉혔다. 윤이는 뒤에 앉았다. 그는 운전기사와 안내원에게 신신당부를 했다. 나의 일본인 가족이니 엘도레트까지 무사히 데려다주길 바란다고. 그리고 그는 모두가 들으라는 듯 큰 소리로 내게 말했다.

"허니Honey, 조심해서 가요. 그리고 엘도레트에 도착하면 전화해요. 같이 못 가서 미안해!"

"걱정 마요. 도착하면 전화할게요."

그는 준이의 머리를 한번 쓰다듬어주었다. 아버지다운 행동이었다. 연기는 완벽했다. 그는 완전히 젖은 채 마타투 밖에 서서 손을 흔들었다. 마타투는 떠났고 그는 점점 멀어졌다. 비는 잦아들 줄 몰랐다. 안타깝게도 그의 전화번호는커녕 이름도 물어보지 못했다. 아이들과 내가 기억하는 것은 걱정 가득했던, 따뜻하고 책임감 넘쳤던 그의 눈빛이다. 무사히 엘도레트에 잘 도착했다고 덕분에 아무 탈 없이 잘 왔다고 그에게 알려주고 싶었다.

덕분에, 당신 덕분에 우린 무사히 엘도레트에 도착했고 여행을 마쳤어요. 당신에겐 직접 말할 수 없지만 다른 이들에게 말해줄게요. 케냐의 서쪽 카카메가에 가면 열대우림을 지키는 다정하고 든든한 당신이 있다고 말예요.

마라토너들의 연습장
:엘도레트

카카메가에서 엘도레트까지 빗속을 세 시간이나 달렸다. 나는 몇 번이나 하느님께 기도했는지 모른다.

'무사히 엘도레트에 도착하게 해주세요.'

우리가 탄 마타투는 폭삭 가라앉기 일보 직전의 골동품급 상태였다. 내가 앉은 자리는 창문이 올라가지 않아 비를 맞으며 달려야 했다. 문짝도 아슬아슬했다. 슬라이딩 도어가 닫히지 않아 차장은 문을 반쯤 연 채로 차에 매달려 서서 갔다. 이미 정원의 두 배를 초과한 것도 문제였 지만 사람보다 더 많은 짐이 실려 있어 위태로워 보였다. 짐은 당연히 마 타투 지붕 위에 얽어맸다. 그리고 트렁크 쪽 문에도 짐을 매달았다. 이 렇게 많이 싣고서 도대체 이 낡은 차가 앞으로 나갈 수 있을까 싶은데 가긴 간다.

그뿐 아니다. 내려달라면 서고 손을 흔들며 태워달라는 사람이 있으 면 다 태워준다. 승객들은 하나같이 짐을 들고 있다. 짐 하나가 빠지고 나면 어김없이 다음번 승객이 더 많은 짐을 싣는다. 짐을 매다느라고 시 간도 하염없이 흘러간다. 그래도 뭐 불평하는 사람은 아무도 없다. 그만 태우라거나 빨리 가자는 이도 없다. 그저 가져온 옥수수를 뜯어먹거나 옆 사람과 인사를 하고 얘기를 트고 잡담을 나누거나 잠을 잔다. 늘 그 렇듯이 그냥 멍하니 창밖을 바라보는 이들도 많다.

마타투에 타고 있는 사람 중 아마도 내가 가장 불안해했던 같다. 엘 도레트에서 기다리는 사람도 있고 목적지도 알고 가는데 마음이 놓이지 않았다. 이 고물 같은 마타투가 혹시 폭우 속에 무슨 일이라도 생기지 않을까? 마타투 저쪽 뒤에 아무렇게나 매달려 있는 짐을 누가 뚝 떼어 가거나 달리다가 데굴데굴 구르지는 않을까? 뒷자리에 덩치 큰 사람들 사이에 끼어 앉은 윤이가 얼마나 힘들까? 별별 생각이 다 들었다. 그러 는 사이 케냐 서부의 이런저런 시골 마을들을 돌고 돌아 차는 엘도레트 로 들어가고 있었다. 그곳엔 우리를 기다리는 가브리엘 신부님이 계셨 다. 얼마나 반가웠는지……. 아버지를 만난 것처럼 반갑고 고마웠다. 그 리고 우리는 신부님이 계시는 성베네딕트 수녀회의 수녀원으로 갔다. 2박 3일간 그곳에 머무를 예정이었다.

"어서 와요. 어서 와."

"고생했지요? 배고프지 않아요?"

한참 저녁준비를 하고 계시던 수녀님들이 우리를 반겨주셨다. 처음 만나는 현지 수녀님들이지만 마치 오랫동안 알고 지낸 것 같았고 윤이와 준이도 금세 수녀님들과 친해졌다. 저녁을 먹는 동안 아이들은 한국말로 '안녕하세요?'도 알려드리고 학교에서 무얼 배우는지, 어느 곳을 여행했는지도 세세하게 들려드렸다. 수녀님들은 모처럼 방문한 손님이라며 귀한 닭요리를 저녁으로 준비해주셨다. 아이들은 마치 사흘이나 굶은 것처럼 무엇이든 잘 먹었다. 양배추볶음도 맛있었고 토마토샐러드도 신선했다. 닭고기구이는 쫄깃했고 우갈리는 따뜻했다. 한국 아이들이 아프리카 음식을 맛있게 먹는 걸 보니 신통하다며 수녀님도 흐뭇하게 바라보셨다. 우리는 엘도레트까지 오는 동안 불안하고 힘들었던 마음을 내려놓고 신나게 저녁을 먹었다. 식사 후 나는 모처럼 아이들을 따뜻한 물에 씻기고 깨끗한 시트가 깔린 침대에 나란히 누웠다. 그 어느 날보다도 길고 긴 하루였다. 힘든 하루였지만 감사할 게 더 많은 하루이기도 했다. 아이들은 "아, 좋다!"라고 중얼거리더니 금세 곯아떨어졌다. 나도 잠이 몰려왔다. 무엇보다 나이로비를 떠난 후 처음 맞는 깊고 달콤한 잠이었다.

엘도레트의
세 가지 선물

"엄마, 여기까지 왔으니까 나도 뭔가 하고 싶어요."

여행 가방을 챙기며 내가 '풍선 아트' 도구들을 준비하자 윤이도 뭔가 하고 싶다고 했다. 자기도 현지 아이들과 함께할 수 있는 것이 있으면 좋

겠다는 거였다. 글쎄⋯⋯. 뭘 할 수 있을까? 나는 기차를 타고 가는 동안 풍선으로 알라딘 칼이나 왕관 만드는 것을 윤이에게 가르쳐줬다. 하지만 그리 반기는 눈치는 아니었다. 엄마가 봉사할 때 옆에서 돕는 게 아니라 자신만이 할 수 있는 게 있었으면 하는 눈치였다. 도착한 다음날 아침, 우리는 '거리의 아이들' 모임에 가기로 돼 있었다. 아이들과 함께 축구도 하고 춤도 추고 빵과 우유를 먹으며 토요일을 보내는 거라고 했다. 거리의 아이들은 집도 가족도 없는 아이들이다. 강제로 시설에 넣을 수도 있지만 그러면 아이들이 도망을 치기 때문에 천천히 자연스럽게 공동생활에 적응할 수 있도록 하기 위한 하나의 프로그램이었다. 거리의 아이들이 모여 축구를 한다는 말에 윤이의 눈이 반짝 빛났다.

"저도 같이 축구할 수 있어요?"

"당연하지. 아이들이 무척 좋아할걸."

그렇게 해서 윤이는 거리의 아이들과 함께 축구를 하게 됐다. 길지 않은 시간이었지만 윤이는 아이들과 어울려 함께 공을 따라 뛰고 땀을 흘리고 골이 들어가면 함께 함성을 질렀다. 윤이가 축구를 하는 동안 나는 축구를 하지 않는 어린아이들 그리고 여자아이들과 함께 춤을 추었다. 음악이 시작되자 아이들이 달라졌다. 생기 없던 눈이 반짝이고 얼굴엔 웃음이 가득하다. 엉덩이와 어깨가 반대로 박자를 맞춰가고 뼛속부터 흥을 타고난 듯 몸놀림이 장난이 아니다. 다섯 살, 여섯 살짜리들의 춤도 한국에서라면 정말 〈스타킹〉에 나갈 정도다. 아이들의 춤사위에 기가 질려 나는 고작 박수나 치면서 아이들의 춤을 거들었다. 솔직히 춤을 추라고 할까봐 걱정이었다. 혹시라도 누군가 왜 춤을 추지 않느냐 물으면, '한국은 동방예의지국'이라는 유머를 날려주리라. 하지만 음악 소리는 시끄러웠고 나는 '동방예의지국'이라는 영어를 할 줄 몰랐고 더욱더 중요한 것은 한국인 아줌마의 춤을 보고 싶어하는 아이들의 의지가 대단했다는 것이다. 그것도 아주 간절히.

아이들은 내 팔을 끌고 빙 둘러 선 원의 중앙으로 데려갔다. 아이들이 보기에도 내가 영 춤에 소질이 없어 보였는지 자기들을 따라 하란다. 아이들은 쉽다고 따라 하라고 하지만 고백하건데 다시 태어난다 해도 그건 불가능한 동작이었다. 혹시 이효리로 태어난다면 모를까? 이제 코흘리개 작은 아이들까지 나를 부추긴다. 에라, 모르겠다. 웃음거리가 되면 어떠랴 싶어 뻣뻣한 몸을 이끌고 춤을 추었다. 정신줄을 살짝 놓고 아이들과 춤을 추는 거다.

축구는 생각보다 길었다. 아무리 춤을 춰도 아이들은 여전히 공을 따라 뛰고 있었다. 얼마나 지났을까? 축구가 끝나고 윤이가 흠뻑 젖은 모습으로 나타났다. 숨은 가쁘고 얼굴은 붉게 상기됐지만 모처럼 아주 맑은 얼굴이었다. 축구가 끝나자 아이들은 빵과 우유를 받아먹으러 우르르 몰려갔다. 다행히 춤도 끝났다.

빵을 먹는 아이들에게 손을 흔들고 우리는 어린이 병원으로 갔다. 그곳엔 에이즈나 소아암 등으로 오랫동안 병원에 머물러야 하는 아이들이 있었다. 거기서 나는 아이들을 다섯 명씩 여러 그룹으로 나누어 '풍선 아트' 수업을 했다. 제일 먼저 가장 어린 아이들이 왔다. 알록달록 풍선을 꺼내자 아이들의 입가에 미소가 가득했다. 나는 한 손으론 작은 펌프를 꺼내들고 다른 한 손으론 풍선을 들고 아이들의 콧기름도 살짝 묻혔다. '무슨 일이 벌어질까?' 아이들은 눈도 깜빡이지 않고 나를 바라본다. 나는 마치 마법사가 된 것처럼 과장된 몸짓을 하며 펌프로 바람을 넣었다. 작고 길쭉했던 풍선이 순식간에 아이들 코앞까지 커졌다. 아이들은 놀라워 입을 막으며 웃는다. 풍선이 터질까봐 귀를 막거나 눈을 감는 아이들도 있다.

분위기가 그쯤 되면 슬슬 풍선을 묶어 강아지도 만들고 꽃도 만들어

아이들에게 건넨다. 아이들은 세상에서 가장 큰 보물을 얻은 것처럼 기쁜 얼굴로 풍선을 받아든다. 아픈 주사도, 쓴 약도, 밀려오는 통증도 아이들은 잠깐 잊는다. 그래서 환해진 얼굴을 보면 나는 눈물이 나도록 좋다. 가장 어린 아이들이 풍선을 들고 물러서자 이번엔 일곱 살쯤 된 아이들이 왔다. 그 아이들에겐 직접 가지고 놀 수 있는 알라딘 칼을 만들어줬다. 혼자서 서른 명 가까운 아이들의 풍선에 바람을 넣어주다보니 콧등에 땀이 맺혔다. 그때 아기들을 돌보던 윤이가 슬쩍 다가와 바람 넣는 걸 도와준다. 어떤 아이는 꽃을 만들어달라고 했고 어떤 아이는 강아지를, 어떤 아이는 왕관을 만들어달라고 했다. 그렇게 해서 다섯 팀의 아이들이 모두 풍선 하나씩을 갖게 되었다.

하루종일 봉사를 한 윤이와 준이에게도 선물을 하나 주기로 했다. 다음 목적지는 아이들이 가장 가고 싶어했던 '엘도레트 우유 공장'. 『론리플래닛』에 있는 주소를 들고 물어물어 찾아갔는데 토요일이라 공장 견학을 할 수 없단다. 아이들의 실망이 이만저만이 아니었다. 공장매니저는 이미 우유가공이 끝났다고 다음에 오라고 했다. 하지만 포기할 수가 없었다. 우리에겐 마지막 케냐 여행이었기 때문이었다.

"우리는 나이로비에서 여기까지 우유 공장과 치즈를 보러 왔어요. 이 아이들을 실망시키지 말아주세요."

준이도 애절한 눈빛으로 간절한 마음을 보냈다. 그 눈빛이 통했는지 매니저는 공장 견학을 허락했다. 휴일 준비를 위해 중단됐던 우유가공 기계가 다시 돌아갔다. 우리는 파스퇴르 살균과 균질 작업을 보았고 신선한 우유 한 잔을 마실 수 있는 기회도 얻었다. 이름하여 '엄청나게 신선한 우유Extremely Fresh Milk'. 나이로비에서 마시던 우유와는 전혀 맛이 달랐다. 케냐 소고기와 우유에서 나던 특유의 누린내도 나지 않았다. 고소하고 크림맛이 감돌았다. 나이로비에도 이런 우유가 있다면 다시 우유를 마실 수 있을 텐데……. 하지만 이 우유는 이 지역에서만 판단다. 냉장유통이 불가능하기 때문인 듯했다. 아이들이 우유 만드는 과정을 너무 즐거워하자 담당직원은 크림치즈 만드는 곳으로 아이들을 데려갔다. 무게에 맞춰 통에 치즈를 담고 뚜껑을 닫는 것도 해보게 하고 크림치즈맛도 보여줬다. 한 숟가락 맛을 본 윤이가 엄지를 치켜들며 쓰러질 듯 감탄을 하자 직원은 아예 숟가락으로 푹푹 떠먹을 수 있도록 치즈 통을 갖다주었다.

원래 이 공장은 어마어마한 '치즈 숙성실'이 유명해 『론리 플래닛』이라는 책에 소개되었다. 하지만 담당자가 퇴근을 해서 숙성실 안은 볼 수 없었고 다만 대표적인 치즈들은 맛볼 수 있게 해주었다. 먼저 인도의 향신료인 커민이 송송 들어간 기자치즈가 나왔다. 톡 쏘는 향과 고소한 뒷맛이 일품이었다. 아이들이 좋아한 치즈는 모차렐라와 레드 하이랜드. 이밖에 체다와 고다 등 여러 가지 치즈가 나왔는데 이름도 다양했고 맛도 색달랐다. 마지막 하이라이트는 아이스크림. 딸기, 바닐라, 초코맛이 전부였지만 신선하고 맛있었다. 그날 저녁은 엘도레트에서의 마지막 밤이었다. 우리는 식사를 마치고 수녀님들과 함께 실컷, 정말 질리도록 실컷 아이스크림을 먹었다. 엘도레트가 우리에게 준 추억처럼 달콤하고도 잊지 못할 맛이었다.

**아프리카니까
해보는 거야!**

아이들에게
꼭 해줄 일들

1_ 아이가 지루해한다면, 골목길을 걸으며 처음 본
꽃을 찾아내기.
2_ 아이에게 용기를 주고 싶다면, 케냐에서 가장
높은 마운틴 케냐에 오르기.
3_ 아이와 오래 대화를 하고 싶다면, 15시간짜리
몸바사행 기차 타기.
4_ 아이를 환호하게 하고 싶다면, 새벽 호수에 나가
플라밍고의 춤을 바라보기.
5_ 아이에게 생명의 소중함을 느끼게 하고 싶다면,
이른 아침 얼룩말과 함께 자전거 타기.

엄마가
꼭 해볼 일들

1_ 노을을 바라보며 터스커 맥주 마시기.
2_ 카렌 블릭센의 카페에 앉아 오전 내내 책 읽기.
3_ 자신을 위해 장미 100송이 사기. 우리나라 돈으
로 1만 원이면 충분하다.
4_ 케냐의 음악축제에서 신나게 흔들기.
5_ 중고시장인 토이 마켓에 가서 단돈 5,000원으로
옷 한 벌 사기.

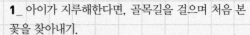

아프리카는 아이들을 달라지게 한다

1_ 편식이 사라져요. 뭐든지 맛있게 많이많이!

2_ 컴퓨터 게임을 하지 않아요. 그런 게 세상에 있다는 것도 잊어요.

3_ 키가 쑥쑥 자라요. 윤이는 10센티미터나 자랐어요.

4_ 머리가 베개에 닿으면 바로 잠들어요. 9시면 꿈나라로!

5_ 영어로 잠꼬대를 해요. 알아들을 순 없지만……

6_ 형과 아우 사이가 좋아져요. '절친' 사이로 변하지요.

7_ 엄마를 무지무지 잘 도와줘요.

8_ 뭐든지 '제가 할게요!' 불평이 사라져요.

9_ 병뚜껑만 있어도 잘 놀아요.

10_ 새처럼 일찍 일어나요. 아침 6시면 기상!

11_ 종이 한 장, 물 한 컵도 귀하게 쓰고 아껴요.

12_ 세계 어느 나라 사람과도 금방 친구가 돼요.

Naivasha Lake

마운틴 케냐 등반

정상까지 등반을 하려면 최소 2박 3일 혹은 3박 4일의 시간이 필요합니다. 아이가 만 8세에서 12세 사이라면 4박 5일을 권합니다. 고산 증세는 그곳에 적응하는 시간과의 싸움입니다. 너무 높은 곳에 갑자기 가게 되면 몸이 적응하지 못해 문제가 발생됩니다. 천천히 오르면서 충분히 쉴 수 있다면 그 정도의 높이는 충분히 극복할 수 있습니다. 실제 우리가 등반할 때 몇몇 국제학교에서 학년 단위의 수련회를 온 것을 보았는데 이들은 4박 5일 정도의 일정으로 천천히 쉬면서 산을 올랐습니다. 아이들과 '함께' 오르는 것이 목표이므로 무리하지 않았습니다. 그것이 가장 좋은 방법이라고 합니다. 비용은 국립공원 1일 입장료를 포함해 3박 4일이면 성인이 500달러 정도 듭니다. 하지만 모든 여행 상품이 그러하듯 언제, 어느 정도의 인원으로 어떤 수준으로 가느냐에 따라 비용은 많이 달라집니다. 등산을 잘 다니지 않던 사람도 충분히 오를 수 있는데 다만 겨울철 옷과 침낭, 등산화 등 등산장비 준비는 필수입니다. 산 근처 여행사나 나이로비의 여행사에서 빌려주기도 합니다.

케냐에서의 8일간 여행 코스 제안

야생을 좋아하는 아이와 함께하는, 달려라 케냐, 나이로비!

첫째날 : 나이바샤

– 나이로비 도착 후 바로 나이바샤로 이동.

– 그레이트 리프트 밸리 전망 바라보기.

– 나이바샤 호수에서 배 타며 플라밍고와 펠리컨, 하마와 물수리 보기, 호숫가에서 놀고 있는 기린과 얼룩말과 인사.

– '피셔 맨 캠프'에서 나무를 사서 모닥불.

– 반 야생의 '반다'에서 텐트를 빌려 캠핑.

– 새벽에 하마와 인사.

– 헬스게이트 국립공원에서 자전거를 빌려 타고 계곡 1시간 탐험하기.

– 점심식사 후 마사이마라로 이동.

★ 캠핑이나 숙박이 가능한 곳
1) Fisherman's Camp : www.fishermanscamp.com
2) Elsamere Conservation Centre : www.elsamere.com

둘째날 : 마사이마라

– 노을 게임 드라이브 후 저녁식사.

– 새벽 게임 드라이브와 낮 게임 드라이브 후 나이로비로 이동.

★ 마사이마라 국립공원은 전문 가이드와 차량이 필요하다. 현지 여행사를 통하면 다양한 가격과 일정을 비교해보고 정할 수 있다.

셋째날 : 나이로비

– 저녁에 도착해서 야마초마(염소 바비큐) 먹기.

넷째날~여섯째날 : 마운틴 케냐 등반

– 아침 출발, 레나나 피크 등반 후 하산, 나이로비로 출발.

★ 정보를 얻고 도움 받을 곳
  1) Mountain Club of Kenya : www.mck.or.kr/mount−kenya
  2) Mountain Rock Safaris Camps : www.mountainrockkenya.com

일곱째날 : 나이로비

− 카렌 박물관을 보고 5분 거리의 승마장에서 가족 승마 체험(1시간).
− 나쿠마트 정선 쇼핑, 토이마켓, 레나나 로드(Lenana Rd.)의 '레스토랑 오스
  트리아'에서 저녁식사.

여덟째날 : 출국

− 13시간 후 한국 도착.

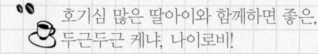

호기심 많은 딸아이와 함께하면 좋은,
두근두근 케냐, 나이로비!

첫째날 : 나이로비

− 기린센터에서 기린에게 밥 주기, 기린 산책.
− 점심식사 후 윌슨 공항으로 이동, 라무행 탑승.
− 라무 도착 후 호텔에 짐 풀고 해변까지 산책.
★ Giraffe Centre : www.giraffecenter.org

둘째날〜넷째날 : 라무

− 라무 해변에서 놀기.
− 라무 타운 골목골목 산책.
− 맹그로브 숲 3시간 여행, 도우배 타기.
− 아침 수영, 점심식사 후 공항으로 이동.
− 오후에 나이로비 도착, 천천히 타운 구경하기, 마사이 마켓, 시티 마켓 다운
  타운의 자바 하우스에서 저녁과 커피.
★ 이동 및 숙박
  1) 항공사 : AirKenya / Kenya Airways 두 항공사가 매일 운항한다.
  2) 나이로비의 현지 여행사에서 비행기와 호텔 등을 예약할 수 있다.

다섯째날 ~ 여섯째날 : 마사이마라

– 마사이마라로 출발, 노을 게임 드라이브.
– 새벽 게임 드라이브와 낮 게임 드라이브 후 나이로비로 이동.

일곱째날 : 나이로비

– 카렌 박물관, 카렌 카주리, 가족 승마 체험(Karen horse ridding club).
★ 정보
  1) 세 곳 모두 카렌 지역에 있으며 서로 5분 거리에 위치하고 있다.
  2) 카주리(Kazuri) : 1975년 영국인이 케냐의 미혼모들의 경제적 자립을 위해 시작했다
  는 도자기 액세서리 공장. 흙으로 색색의 구슬을 만들어 구워서 액세서리를 만드는 모
  습을 볼 수 있다. 방문하면 공장의 매니저가 나와 친절하게 공장의 구석구석을 무료로
  안내해준다.
  3) 카렌 승마클럽 : 카렌 박물관 가기 바로 전에 승마장이 있다. 1시간에 어른을 기준으
  로 1,400실링(한화 약 2만 원)으로 신나는 승마를 체험할 수 있다. 물론 초보자도 할 수
  있도록 강사가 한 명씩 말을 잡아준다. 30분은 마장에서 연습하고 30분은 카렌의 한적
  한 거리를 말을 타고 걸을 수 있다.

여덟째날 : 출국

– 13시간 후 한국 도착

힐링이 필요한 여자친구들끼리 떠나는,
깔깔깔 케냐, 나이로비!

첫째날 : 나이로비

– 도착해서 바로 카렌으로 이동.
– 카렌 박물관, 카주리 공예 관람 후 다운타운으로 이동.
– 시티 마켓에서 기념품 사기, 맞은편의 티 하우스에서 밀크티 한 잔, 나이로
  비 시내 구경 후 저녁 기차(7시 30분 발차) 탑승.
– 기차에서 저녁식사, 노을 바라보며 터스커 맥주 마시기, 음악을 들으며 인도
  양으로 고고!
★ 카렌 박물관(Karen Blixen Museum) : 영화 〈아웃 오브 아프리카〉의 원작을 쓴 작가

이며 주인공인 카렌 블릭센의 집을 박물관으로 공개하고 있다. 영화에서 메릴 스트립이 살던 바로 그 집이다. 안에 들어가보면 그녀가 입었던 옷이나 쓰던 가구, 그녀의 그림 등이 전시돼 있다.

둘째날~넷째날 : 몸바사

– 택시를 빌려 몸바사 올드타운, 포트 지저스 구경, 디아니 비치 리조트로 이동.
– 몸바사 해변 즐기기.
– 도우배 타고 바다로 나가 해변에서 스노클링.
– 리조트 극장에서 쇼 보고 아프리카 춤추기.
– 셋째날 점심식사 후 공항으로 이동(첫날 타고 들어간 택시 운전사에게 부탁해서 떠나는 날 공항까지 이동).
– 저녁에 나이로비 도착.
★ 이동 및 숙박
　1) 기차 : 다운타운의 기차역에서 화, 목, 일요일 저녁 7시 30분에 출발한다. 일등석은 저녁과 아침이 포함돼 있다. 예약은 기차역 입구의 'Booking Office'에서 할 수 있다.
　2) 리조트 예약은 현지 여행사를 통해 할 수 있다.

다섯째날~여섯째날 : 마사이마라

– 다음날 아침 마사이마라로 이동. 노을 게임 드라이브.
– 새벽 게임 드라이브와 낮 게임 드라이브 후 나쿠루 호수로 이동.
★ 정보
　사파리 투어를 신청할 때 돌아오는 길에 나쿠루 호수에 들를 것을 당부한다. 일정에 따라서 가는 길에 나쿠루 호수를 먼저 들를 수도 있다.

일곱째날 : 나쿠루

– 나쿠루 호수에서 배를 타며 핑크 플라밍고와 코뿔소를 만난 후 나이로비 공항으로 이동.

여덟째날 : 출국

– 13시간 후 한국 도착.

할아버지와 손자까지 온 가족이 함께하는, 감동의 케냐, 나이로비!

첫째날 ~ 둘째날 : 암보셀리

– 나이로비 도착 후 바로 암보셀리로 이동, 마운틴 킬리만자로를 보며 코끼리 게임 드라이브, 텐트 로지에서 자고 새벽에 일어나 킬리만자로의 만년설 봉우리 보기, 이른 아침 게임 드라이브, 점심식사 후 나이로비로 출발.

★ 정보

1) 전문 가이드가 동행해야 게임 드라이브를 제대로 할 수 있다. 보통 현지 여행사에 의뢰하면 차량과 기사 겸 가이드가 함께 여행을 하게 된다. 호텔의 종류와 가격이 다양해서 취향대로 골라서 예약할 수 있다.

2) 마운틴 킬리만자로를 가장 가까이서 볼 수 있는 국립공원이 바로 암보셀리. 손에 잡힐 듯 가까워 만년설을 이고 있는 우후루 봉우리를 벅차게 바라볼 수 있다.

셋째날 : 나이로비

– 카렌 지역 구경(《아웃 오브 아프리카》의 무대가 되었던 카렌의 집과 데니스의 무덤이 있는 은공 언덕).

★ 정보

한 지역을 천천히 둘러보는 것이므로 현지 택시를 빌려서 타고 다니는 것도 방법이다.

넷째날 : 리무르 & 나이바샤

– 이른 아침 키암부의 커피밭을 둘러보고 리무르 쪽으로 차를 돌리면 끝없이 이어지는 차밭, 리무르에 있는 브레켄 허스트에서 산책 후 1박.

– 아침식사 후 나이바샤로 출발, 그레이트 리프트 벨리, 나이바샤 호수에서 워킹 사파리 후 마사이마라로 이동.

★ 정보

1) 마사이마라 게임 드라이브 여행을 예약할 때 키암부의 커피밭과 리무르의 차밭을 들러 브레켄 허스트에서 1박을 미리 상의하도록 한다. 일반적인 상품이 아니다. 하지만 모두 마사이마라 국립공원으로 가는 길에 있기 때문에 가능한 일정이다.

2) 브레켄 허스트 : 리무르의 자연 속에 자리잡은 컨퍼런스 센터로 조용하고 아름다운 영국 시골 동네에 와 있는 느낌을 받을 수 있는 곳이다. 숙박은 물론 저녁이나 아침까지 포함할 수 있고 밤에 벽난로도 이용할 수 있다. 여유롭고 평화로운 아프리카의 자연을

느끼고 싶다면 이곳에서 하루를 묵어보자. 그 어느 여행객도 하지 못한 경험을 할 수 있을 것이다. www.brackenhurst.com

다섯째날 ~ 여섯째날 : 마사이마라

– 노을 게임 드라이브 후 1박.
– 새벽 사파리, 낮 사파리 후 1박.

일곱째날 : 나이로비

– 아침식사 후 나이로비로 출발.
– 점심경 나이로비 도착, 천천히 타운 구경하기, 마사이 마켓, 시티 마켓 다운타운의 자바 하우스에서 저녁과 커피.

★ 정보
  1) 택시를 타고 다운타운을 한 바퀴 천천히 돌아본 후 '코이낭게 스트리트(Koinange St.)'에 있는 시티 마켓에서 내린다. 시티 마켓은 마사이 기념품을 파는 곳이다. 간단히 쇼핑을 한 후 시티 마켓 건너편에 있는 '차이 하우스(Chai House)'에 가서 색다른 티를 마셔보자.
  2) 자바 하우스(Java house) : 나이로비에서 자주 눈에 띄는 카페다. 가장 유명한 카페기도 하다. 다운타운에는 '마마 엔기나 스트리트(Mama Ngina St.)'에 있다. 그냥 사람들에게 '자바 하우스'가 어딨는지 물으면 다 안다. 가서 맛있는 케냐AA와 함께 식사를 해보자.

일곱째날 : 출국

– 13시간 후 한국 도착.

킬리만자로의 만년설을 보는 두 가지 방법

1. 암보셀리 국립공원에서 코끼리와 함께 킬리만자로 보기

케냐에서 동남쪽으로 4시간 30분쯤 지나면 암보셀리 국립공원이 나옵니다. 만년설을 배경으로 한 코끼리 사진은 대부분 그곳에서 찍은 거죠. 마운틴 킬리만자로와는 단 3킬로미터밖에 떨어지지 않아 손에 잡힐 듯 가깝게 보입니다. 텐트로 된 로지가 있어서 야생의 느낌도 물씬 나고, 저녁이면 마사이들의 공연도 볼 수 있습니다. 새벽에 텐트 밖이 웅성거려서 나가보면, 만년설이 있는 제일 높은 봉우리인 우후루 피크가 구름에서 살짝 나타납니다. 킬리만자로를 보면 너무 크고 든든해서 그 산에 기대고 싶다는 생각을 하게 될 거예요.

2. 탄자니아의 모시(Mosh)까지 가기

나이로비에서 8시간 달리면 탄자니아의 모시까지 갑니다. 중간에 국경을 넘어가지요. 작은 승합버스가 호텔 앞까지 데려다주어서 편합니다. 다운타운의 터미널에서도 고속버스가 매일 아침 운행합니다. 요즘은 비행기로도 갈 수 있습니다. 시간은 없지만 케냐까지 왔으니 킬리만자로에 꼭 발을 디디고 싶다면 왕복 모두 비행기를 이용하거나, 갈 때만 호텔 승합차를 이용해보세요. 단 하루를 머물다 와도 그 감동은 잊을 수 없답니다.

★ 정보

1) 임팔라 셔틀 서비스 : 실버스프링호텔(Silver Spring Hotel)에서 하루 두 번 출발하며, 도시까지 8시간 소요. 일반 버스보다 약간 비싸지만 편리하다는 의견이 많아요. www.impalashuttle.com

2) 트레킹 : 모시에 가면 현지 여행사들이 많아서 바로 예약하고 일정을 잡을 수 있어요. 만일 불안하다면 나이로비의 현지 여행사에서도 예약하고 갈 수 있지만 많은 여행객들이 모시 현지에서 구하는 것을 추천한답니다. 여행 시점에서 가장 최근 『론리 플래닛』을 참고하세요. 그리고 킬리만자로 국립공원의 입장료는 해마다 달라지므로 꼭 확인하세요.

그들은 머물러 있으나, 머무는 사람들이 아니었지.
물과 풀을 찾아 온종일 걸어야 했어.
걸어간 만큼 반드시 다시 돌아와야 하지만
그 걸음을 멈출 순 없었어.

걷지 않으면 아무것도 살아남을 수 없거든.
그들에게 운명이나 삶은
그렇게 한 걸음씩만 견디는 시간,
그렇게 한 순간씩만 견디는 시간.

그러니 그들에게는 아직 오지 않은 내일보다
오늘이 가장 중요하지.
그들은 바로 '마사이'야.

아프리카에 산다는 것

케 냐 의   일 상

첫 비가
내리던 날

나이로비 곳곳에 흩어져 일을 하는 이들은 대부분 일용 노동자들이다. 그들이 받는 일당은 300실링에서 500실링 정도. 한국 돈으로 약 5,000원에서 7,000원 정도다. 하지만 나이로비의 대중교통수단인 마타투의 요금은 왕복 300원 정도. 일당에 비해 큰돈이다. 그래서 이들은 하루에 두세 시간씩 걷는다. 나의 집 앞 붉은 흙길은, 그들의 집과 나이로비를 연결해주는 '지름길'이며 밥을 주는 길이다.

아이들이 스쿨버스를 타고 떠난 후, 나는 우산을 들고 붉은 흙길 사거리로 갔다. 차파티 장사를 하기 위해 피운 장작 연기가 비를 맞아 땅 위에 낮게 깔리고 있었다. 비 맞은 나무들이 평소보다 더 많은 연기를 피우며 타들어가기 시작해 흙길은 안개 속에 싸인 듯했다.

연기가 가라앉자, 나무 타는 냄새가 온 마을을 감싸안았다. 지나던 사람들이 잠시 멈춰서 몸을 녹이며 새들처럼 아침 인사를 시작했다.

내가 좋아하는 집 앞 사거리에는 여러 장수들이 있는데, 가장 부지런한 사람은 바로 이 차파티 할머니다. 가장 먼저 나와서 가장 늦게 집으로 들어간다. 어쩌다 밤에 할머니 집 앞을 지나칠 때도 할머니는 숯을 피우며 길가에 앉아 있었다. 작고 어두워서 할머니는 그림자처럼 보이지만 숯불에 어른거리며 비치는 얼굴은 언제나 할머니다.

이른 아침에도 다른 이들이 불을 피우기 시작할 때, 할머니는 벌써 음식을 만들어 팔 준비를 하고 있다. 요즘 들어 할머니는 판매품목을 몇 가지 늘렸는데 차와 만다지 그리고 콩을 끓인 스튜다. 커다란 실패처럼 생긴, 전선을 감아두는 나무틀도 몇 개 얻어다놔서 멋진 테이블 역할을 하고 있다. 가까이 가보니 할머니의 숯불 화로 위로 커다란 냄비

가득 무언가가 끓고 있다. 아침 인사를 하고 살며시 불가에 앉았다. 며칠 전 할머니를 찍어 사진을 몇 장 뽑아드린 후부터 우리는 가까운 이웃이 됐다. 산책을 하거나 집을 나설 때 언제나 할머니 점포 앞을 지나가게 되는데 그럴 때마다 우리는 손을 흔들어 인사를 한다. 나는 할머니 앞에 앉아 묻는다.

"하이 니 니니(이게 뭔가요)?"

할머니는 대답 대신 웃는다. 아마도 내 서툰 스와힐리어 때문일지 모른다. 내가 다시 한번 묻자 할머니가 답한다.

"하이 니 차이(차이 한잔 줄까)?"

그리고 "티tea?"라고 덧붙인다. 오가는 사람들은 5실링을 내고 차이를 마신다. 차이는 우유보다는 물이 많고 차보다는 설탕이 더 많이 들어간다. 불가에 서서 한잔 마시면 몸도 녹고 허기도 잊고 일석삼조겠다. 할머니가 손자더러 음중구에게 줄 잔을 하나 가져오라는 것 같았다. 소년이 컵 중에 가장 낡지 않은 것으로 가져왔다. 할머니는 내게 차를 한잔 줄 모양이었다. "차이? 에웨 차이?" 하고 묻는다. 나는 "기도고"라고 답했다. 조금만 달라고. 한 모금 마셔보니 입이 들어붙을 정도로 끈적끈적하게 달다. 내가 차이를 마시는 게 좋았던지 할머니는 자꾸 웃는다.

장작 위로 비가 조금씩 떨어져서 연기가 많아진다. 아침 일곱시 반, 반갑고 그리웠던 비가 일찍 그친다. 사람들의 걸음이 더 빨라진다. 흙길 위로 가볍고 빠르게 사람들이 걸어간다.

고맙게도 먼지가 하나도 나지 않는다. 이렇게 우기가 시작되는 거겠지. 식물도 동물도 사람도 놀라지 않게 조금씩 양을 늘려가며……. 아주 조금, 그렇지만 고맙고 반갑게. 오늘은 첫 비가 내렸다.

전기가
나갔다

"엄마, 무서워요."

작은아이가 내 옷소매를 꼭 쥐었다. 아이들과 나는 식탁에 둘러앉아 촛불을 켜고 가만히 앉아 있어야 했다. 그러다 정전이 오래 지속되면 일찍 자는 수밖에 없었다. 텔레비전도 볼 수 없고 음악도 들을 수 없으니 너무 조용했다. 처음엔 그 정적이 많이 무서웠다. 우리는 촛불을 들고 양치질을 했다. 흔들리는 촛불과 거울에 비친 서로의 얼굴이 낯설었다. 그래서 더 무서웠다. 겨우 세 걸음 떨어진 욕실에 갈 때도 우리는 셋이서 꼭 붙어서 갔다. 같이 양치질을 하고 같이 세수를 하고 조용히 침대로 들어가 잠을 청했다. 어떤 날은 일곱시, 초저녁에도 잠자리에 들었다. 전기가 없으면 할 수 있는 일이 없고 무서워서였다.

케냐에서는 비가 오면 전기가 나간다. 5층 우리 집 창에서 나이로비 시내를 바라보면 저멀리 대통령이 사는 동네만 훤하다. 그 앞부터 우리 집까지 모든 동네가 어둠 속에 잠겨 있다. 낮에는 말할 것도 없고 밤에도 전기가 자주 나갔다. 비가 오면 전기가 자주 끊어지기 때문에 해가 남아 있을 동안 서둘러 저녁을 먹어야 했다. 어쩌다 식사시간을 놓쳐버리면 촛불을 켜고 밥을 먹어야 하는 날이 많았다. 그러다보니 어둠에 익숙해지기 시작했다.

어느 날인가 발코니에 나가 하늘을 보니 별이 가득했다. 나이로비 자체도 원래 어두운데 정전까지 되니 완전한 어둠이 깔렸고 하늘의 별들이 더욱 반짝였다. 가끔씩은 아이들과 마당으로 내려가 하늘을 올려다보며 달을 찾기도 했다. 그러고 있으면 밤에 누가 우리 집에 쳐들어올 것 같다는 불안감이 조금씩 사라졌다. 적어도 아파트 안에서만큼은 안

전하다는 것을 믿게 되었다. 그러고 나니 어둠도 더이상 무섭지 않았다.

어둠에 익숙해진 후 우리는 자주 발코니에 나가 하늘을 보고 나이로비의 밤을 바라보았다. 하늘과 가까이 있다는 느낌이 들었고 세상이 아주 고요했다. 완전히 어두운 세상에 있다는 것이 가끔씩은 편안하게 느껴졌다. 처음엔 당황하고 불평했던 아이들도 정전을 자연스러운 현상으로 받아들이게 되었고 즐기게 되었다. 완벽한 어둠 속에 있으면 세상의 소리들이 더 잘 들렸다. 그 소리들을 들으며 가만히 나이로비를 바라보았다. 이상하게도 환할 때보다 오히려 더 편안했다.

꼼꼼한
하우스메이드

케냐의 흙은 마치 커피콩을 갈아놓은 것처럼 검붉은색이다. 내가 살던 집의 앞길은 포장이 되지 않은 붉은 흙길이었다. 아침 여섯시면 그 흙길 위로 두런두런 사람들의 소리가 들려온다. 나는 언제나 그 생경한 이국의 언어에 잠에서 깼다. 눈을 반쯤 감은 채 창밖을 내다보면 푸른 미명 속으로 걸어가는 사람들이 보였다. 그들은 모두 한 방향으로 걸어가고 있었고 저녁 다섯시가 되면 반대 방향으로 걸어간다. 그 길 한쪽 끝에는 동아프리카 최대 빈민지역인 키베라와 카왕가레가 있다. 아프리카 최대의 빈민지역과 나이로비의 도시빈민지역이 이들이 사는 곳이다. 반대편 끝에는 나이로비의 부촌이 있다. 그러니까 그들은 매일매일 걸어서 일을 하러 가는 것이었다.

케냐에 머문 지 석 달이 될 무렵, 그 길을 걸어 우리 집으로 오게 된 한 사람이 있었다. 그녀의 이름은 마거릿이었다. 작은 집, 단출한 살림,

하우스메이드(가사도우미)가 필요할 리 없었지만 그녀는 일할 곳이 필요하다고 했다. 일하던 집의 주인이 몸바사로 이사를 가기 때문이었다. 세 아이를 학교에 보내려면 하루도 쉬면 안 된다고 했다. 남편은 칠 년 전 마타투 사고로 세상을 떠나서 아이들은 온전히 그녀가 책임져야 한다고 했다. 그녀는 키가 크고 체격이 좋은 루이야족이었는데 미소는 착했고 눈빛은 절실했다. 나는 그 자리에서 일을 허락했다.

서른여덟 살인 그녀는 성실하고 착했다. 하지만 그녀가 오고부터 나는 작은 경계와 의심을 하기 시작되었다. 일의 특성상 집 안 구석구석을 알고 있는데다 수시로 빈집에 남아 일을 하기 때문이었다. 더구나 주변에서 들려오는 '충격 실화'들은 대중없이 말랑한 내 마음에 경고를 보냈다. 삼 년, 오 년씩 집안일을 돌보던 하우스메이드가 어느 날 갑자기 모든 귀중품을 들고 도망쳤다는 얘기, 열쇠를 복사해뒀다가 안방을 마음대로 드나들며 조금씩 물건에 손댄다는 얘기, 설탕이나 밀가루, 세탁용 가루비누 같은 것을 조금씩 퍼간다는 얘기까지. 사람들은 조심해서 나쁘지 않고 초보 외국인은 당하기도 쉬우니 늘 조심하라고 당부했다.

그러고 보니 그녀가 오고부턴 정말 설탕이 푹푹 줄어드는 것 같았다. 화장지 한 롤이 없어지기만 해도 혹시? 양말을 찾지 못해도 혹시? 아무렇게나 둔 지갑을 찾지 못해도…… 너무 피곤했다. 긴장과 의심이 한 달쯤 지속되자 나는 완전히 지쳤고 일정 부분은 포기했다. 그리고 생각을 바꾸었다. 귀중품은 잘 간수하고 다른 것들은 가져가든 말든 그냥 두자. 필요하니 가져가겠지. 그리고 우리가 다 먹지 못할 것 같은 빵이나 과일은 미리 따로 챙겨서 집으로 돌아갈 때 들려주었다.

그녀와 함께하는 시간이 길어질수록 나는 그녀를 조금씩 알아갔다. 마거릿은 엄격하기로 소문난 인도인 집에서 오랫동안 일했다. 그 습관이 몸에 배서 스스로에게 엄격했다. 냉장고 청소나 목욕장 정리도 알아서

하고 감자튀김이나 도넛 같은 간식을 만든 뒤 허락받지 않고는 맛도 보지 않았다. 꼭 맛을 볼 일이 있으면 숟가락으로 국물을 떠서 자신의 손바닥에 살짝 부은 후 맛을 본다. 주인의 숟가락을 쓰지 않기 위해서다. 예전 집에서 그렇게 배웠다고 했다. 그래서 나는 그녀의 식기들을 따로 준비해줬다. 그래도 그녀는 언제나 맛을 볼 때면 손바닥에 음식을 올려놓고 맛을 봤다. 물론 물건에도 전혀 손을 대지 않았다. 오히려 시간이 지날수록 얼마나 살림을 잘하는지, 얼마나 손끝이 매운지, 얼마나 요리도 잘하는지 알게 되었다. 아, 그리고 또 한 가지! 빨래를 할 때면 춤을 추고 청소를 할 때면 노래도 흥얼거리는 매력적인 사람이라는 것도.

우리는 가끔 차를 마시며 수다를 떨기도 했고 맵지 않은 라면을 끓여 나눠먹기도 했다. 하지만 그녀와 가까워질수록 우리가 케냐를 떠날 날도 가까이 다가왔다. 그녀에게 믿음이 가자 난 그녀를 위한 '준비'를 시작했다. 그녀가 오래 일할 수 있는 곳 그리고 제대로 대우받으면서 일할 수 있는 곳을 찾기 시작한 것이다. 그러려면 한국인 가정이 좋겠다는 생각이 들었다. 그런 생각을 가지고 틈날 때마다 된장찌개, 짜장, 불고기 등 한국 요리를 조금씩 맛보이고 가르치기 시작했다. 솜씨 좋은 그녀는 곧잘 요리를 배웠다.

"엄마, 한국 갈 때 마거릿도 데려가면 안 돼요?"

마거릿이 해주는 간식에 폭 빠진 윤이와 준이는 그런 헛된 바람도 가졌었다. 다행히 케냐를 떠나기 전에 여행 사업을 하는 한국인 가정에 마거릿을 소개시켜줄 수 있었다. 마지막 인사를 하던 그날, 나는 속으로 빌어주었다. 새로 일하게 된 집에서 실수하지 않고 헛된 욕심 갖지 않기를. 착실하게 일해서 아이들 셋을 모두 고등학교까지 졸업시키길. 그때까지 건강하게 지내길. 아이들만은 꼭 공부시켜서 고생하며 살지 않도록 해주고 싶다는 그녀의 소박하고도 중요한 그 꿈은 우리의 할아버지,

아버지 세대가 꾸었던 꿈이기도 하다. 그 덕분에 우리에게도 변화가 있었다. 이제는 케냐 차례다. 그녀가 붉은 흙길을 한 걸음 한 걸음 걸어오며 다짐하듯 꾸었을 그 꿈이 이뤄지기를 나는 빌고 또 빌었다.

세상의 모든 중고품 혹은 구호품
: 토이 마켓

그곳에 가면 없는 게 없다. 한국의 어린이집 가방부터 해병대 모자까지. '오! 필승 코리아!'가 적힌 붉은 악마 티셔츠도 있고 폴로나 아르마니 같은 세계적인 브랜드도 있다. 전 세계인이 보낸 구호물자나 재활용품 통에 넣었던 옷과 신발, 가방이 모이는 곳이 바로 토이 마켓Toy Market이다. 그랬다. 나도 처음엔 이름만 보고 장난감 가게인 줄 알았다. 그런데 마치 옛날 남대문시장처럼 다닥다닥 붙은 가게에 깨끗이 빨린 옷들이 걸려 있었다. 거대한 중고시장이었다.

이 가게에는 나름대로 규칙과 전문성이 있었다. 양말만 전문으로 파는 곳도 있고 속옷만 파는 곳도 있었다. 처음엔 심심해서 갔다가 나중엔 아이들 신발이 필요할 때, 막 입을 등산복이 필요할 때도 자주 갔다. 운 좋은 날엔 100실링짜리 예쁜 셔츠도 사고 300실링짜리 카디건도 샀다. 물론 내가 지불한 값이 현지인이 내는 가격에 비하면 무척 바가지였다고 들었다. 그래도 나는 즐거웠다. 내가 산 물건들은 그만한 가치가 충분히 있었다.

케냐에 있으면서 그런 토이 마켓이 나이로비에만 있는 게 아니라 곳곳에, 어디든지 있으며 그것을 통칭 토이 마켓이라고 부른다는 걸 알았다. 키수무에 있는 토이 마켓에는 유난히 붉은 악마 티셔츠가 많았다. 시장

통에 있는 식당의 여종업원은 노란색 티셔츠를 입었는데 '기호 2번'이라
는 글씨가 한국어로 선명하게 쓰여 있었다. '범야권 단일후보'라는 문구
와 함께. 그게 한국말이라 알려줬더니 그녀는 얼른 다른 종업원들을 불
렀다. 모두들 같은 티셔츠를 입고 있었다. 그녀들의 기호는 2번이었다.

처음 토이 마켓에 갔을 때 나는 아무것도 사지 못했다. 살 게 없다는
생각만 들었다. 사실 남이 입던 옷을 굳이 살 필요가 있나 하는 생각에
건성으로 돌아보다가 왔다. 하지만 살다보니 필요한 때가 생겼다. 예를
들면 학교에서 음악 발표회를 위해 노란색 긴팔 티셔츠를 준비하라고
할 때, 발표회가 끝나고 나면 다시 입지 않을 테지만 행사를 위해 필요
한 옷이니 토이 마켓에서 사는 거다. 저렴하게, 한국 돈으로 천 원쯤 주
고. 몇 번 가다보니 유명 브랜드의 축구양말도 눈에 띄고 축구화도 보인
다. 학교에서 교복과 함께 신을 만한 까만 구두도 있고 해변에 가면 입
을 반바지도 근사한 게 많다. 윤이와 준이도 처음엔 시큰둥하더니 점점
자신들이 좋아하는 품목을 찾게 되었다. 어떤 날은 축구공을 샀고 어떤
날은 근사한 핼러윈 복장도 샀다. 그렇게 토이 마켓의 진가를 알게 되자
우리는 토이 마켓의 진정한 마니아가 되었다. 점점 케냐인이 다 되어간
다는 생각이 들었다.

케냐에서는
뭘 먹고 사나

"뭘 먹고 살았어요?
"한국 음식은 하나도 못 해먹었죠? 재료가 없어서."
케냐에서 일 년 동안 살았다고 했을 때 제일 많이 받았던 질문이다.

어머, 어쩌나? 배추김치, 깍두기는 물론 오징어볶음과 족발도 먹었는데……. 부추전과 오이지까지도. 그것도 직접 요리해서. 세계 어디나 그럴 테지만 케냐에서 가장 많이 볼 수 있는 아시아인은 중국인이다. 아마 케냐인이 가장 잘 알고 있는 아시아의 나라도 중국일 것이다. 우리가 거리를 다닐 때 제일 많이 듣는 인사가 '니하오'였던 걸 보면 짐작할 수 있다. 최근에는 나이로비를 관통하는 8차선 고속도로를 중국이 무상으로 깔아주고 있어 곳곳마다 붉은 깃발이 걸려 있다. 중국 식당도 많고 교민도 많으니 장에 가면 중국 식재료가 풍성하다.

배추, 무는 물론이고 부추, 시금치, 청경채, 마늘, 고추도 아주 흔하다. 마늘 같은 경우는 케냐산과 중국산 중에서 고를 수도 있다. 다만 고춧가루는 구하기가 힘들어 한국에서 가져간 고춧가루에 현지에서 산 붉은 고추를 갈아서 김치를 담갔다. 젓갈은 태국 요리에 많이 들어가는 '피시 소스Fish source'를 대신 쓰면 된다. 다만 아쉬운 점은 모양은 비슷하지만 맛이 조금 다르다는 것. 공도 들이고 온갖 재료를 다 넣었건만 뭔가 허전하다. 배추맛도 조금 다르고 양념맛, 소금맛도 다르니 완전히 한국식 김치가 될 순 없었다. 그래도 김치를 담가놓으면 마음이 든든했다. 어쩌다 가까이 지내는 교민 집에서 오이김치나 열무김치를 얻어오면 그렇게 행복할 수 없었다. 케냐에 와서 아이들의 먹성도 덩달아 좋아졌다. 한국 음식은 물론이고 케냐 음식과 인도 음식도 아주 잘 먹었다.

"엄마, 오늘 학교급식에서 차파티랑 기데리가 나왔는데 너무 맛있었어요."

"나도 다 맛있어서 맨날 두 번씩 먹어."

사실 케냐에 가서 나는 오랫동안 고기를 잘 먹지 못했다. 특히 소고기와 염소고기. 그리고 우유에서는 특유의 냄새가 나서 잘 먹지 못했다. 그런데 아이들은 냄새를 못 느끼는지 한국에 있을 때보다 가리지 않고 뭐든 잘 먹었다. 학교 식당에서 일주일에 두 번씩 나오는 아프리카식 식사도 맛있다고 했다. 심지어는 밥도 맛있다고 했다. 밥냄새가 집안에 퍼지면 코를 킁킁거리며 맛있는 냄새가 난다고 좋아했다. 나이로비에는 한국 쌀집이 세 군데 있는데 모두 우간다에서 수입한 쌀을 판다. 케냐 쌀은 인도 쌀처럼 길고 훌훌 날아가는 쌀이다. 우간다 쌀이 가장 한국 쌀과 비슷해서 차지고 통통하다. 당연히 한국인은 우간다 쌀을 선호한다. 10킬로그램에 2만 원 정도였으니 가격은 한국과 비슷하다. 한국 쌀이 있다는 건 곧 떡을 만들 수도 있다는 뜻. 쌀집에서는 떡도 해서 팔았는데 떡볶이떡, 가래떡, 떡국떡, 바람떡, 인절미 등 없는 게 없었다. 케냐에는 특별한 간식이 없는데다가 한국 음식이 귀하다는 생각에서인지 아이들은 떡도 좋아했다. 어쩌다 쌀을 사러 같이 가게 되면 아이들은 떡부터 찾았다.

한국에서는 먹지 않던 것 중 케냐에서 즐겨 먹게 된 것이 있는데 바로 초코파이였다. 나이로비에는 나쿠마트Nakumatt라는 한국의 이마트 같은 대형마트가 있는데 그곳에 가면 초코파이를 구할 수 있었다. 처음 그 빨간 박스를 보고 얼마나 반가웠는지. 아이들 학교에선 오전 간식을 각자 싸오게 했는데 싸줄 것이 마땅찮았다. 대형마트에 있는 과자 중 먹을 만한 것은 대부분 유럽에서 수입한 고급쿠키나 비스킷, 크래커 종류였는데 케냐 물가로 치면 상당히 비쌌다. 작은 초코칩 쿠키 한 상자가 가사도우미의 하루 일당 정도.

난 아프리카에 있을 때만이라도 너무 우리가 할 수 있는 대로 살지 말자고 생각했다. 돈을 아끼기 위해서라기보다 미안해서였다. 생각 없이 척척 그 돈을 지불하기가 참 미안했다. 아무튼 그래서 선택한 간식이 초코파이다. 오랜만에, 그것도 타국에서 먹는 맛이 예술이었다. 아이들도 감탄했다. 왜 군대에 가면 초코파이를 좋아하게 되는지 알 것도 같았다.

세상에서 가장 무서운 곳
:기콤바

기콤바Gikomba는 무서운 곳이라고 했다. 그러니 가볼 생각일랑 꿈에도 말라고 했다. 아프리카에 오래 산 교민들조차 절대 얼씬도 하지 않는 곳이니, 행여 호기심이 발동한다고 해도 꾹 참으라고 했다. 정말 위험한 곳이라고. 하지만 그곳엔 손재주 좋은, 캄바족이 모여 나무를 깎아 얼룩말도 만들고, 기린도 만들고, 커다란 사자도 만든다고 한다. 가보고 싶어졌다. 가봐야 했다.

그곳도 사람 사는 곳이다. 이른 아침 불쑥 마을로 들어가니, 동양인

아줌마가 신기한지 그저 손을 흔들어댄다. "잠보"라고 인사해주었다. 무엇보다 나무향기가 좋았다. 그들은 서로 자기가 만든 것을 봐달라고 했다. 맘에 들면 하나 사달라고……

내 뒤를 졸졸 쫓아다니던 얼룩말 의자를 만드는 아저씨. 캄바족에 대해 설명해주던 조합장 아저씨. 사진을 찍었으니 이름을 알려주겠다던 사자 만드는 아저씨. 그리고 자신이 좋아하는 남자와 사진을 찍어달라고 수줍게 말하던 처녀. 나는 그들과 친구가 됐고 몇 번이나 그곳에 가서 조각품도 사고 그들에게 사진도 프린트해서 갖다주었다.

그렇다고 항상 내가 주기만 한 것은 아니었다. 그들은 '친구'인 내게 다른 사람보다 좋은 가격을 불렀고 내 차의 배터리가 방전되어 꼼짝 못하게 되었을 때는 한 시간이 넘도록 낑낑대며 차를 고쳐주기도 했다.

어떤 때는 터무니없는 가격을 불러 내 눈 흘김을 받아야 했지만 대부분 그들은 시내의 가게에서 사는 것보다 조금 싼 값에 자신들의 '작품'을 팔았다. 이곳을 이용하면서 좋은 점은 무엇보다도 만든 사람에게 직접 돈이 간다는 사실이었다. 중간에 수수료 떼먹는 사람도 없으니 누이 좋고 매부 좋은 일이다. 친구들이 케냐에 놀러오면 모두 데리고 가서 물건을 팔아주었다.

한번 기콤바에 가본 사람들은 그곳을 좋아하게 된다. 명랑하고 사교적인 아프리카인들의 진짜 얼굴을 만날 수 있기 때문이다. 이들은 기억력도 좋아 내가 갈 때마다 내 이름을 불러주고 "잠보" 하고 인사해준다. 그리고 하나도 무섭지 않은 얼굴로 새 작품을 구경하라고 나를 이끈다. 재주 많은 캄바족, 자랑스러운 나의 아프리카 친구들이다.

다시 케냐에서
차를 산다면

"나이로비의 도로는 일 년 내내 공사중이야. 한번에 포장을 좀 잘하면 좋을 텐데. 안 그래?"

"모르는 말씀! 저것이 바로 내일의 일자리 창출이야."

"일자리라고?"

"그럼, 도로 보수하느라고 일 년 내내 일자리가 있잖아. 그리고 부자 나라로부터 원조도 받을 수 있고……."

하루 동안 운전을 해준 톰의 말이었다. 일리가 있는 말이다. 케냐라면 가능한 일일 것 같았다. 내가 본 나이로비의 주도로는 일 년 내내 보수 공사중이었다. 아스팔트는 아주 얇게, 정말 쥐포 한 장만큼 깔았다. 그것도 구멍이 난 곳만 흙으로 메운 다음 아스팔트를 얇게 펴 까는 것이다. 그러니 비가 많이 오거나 무거운 트럭이 지나가면 도로는 금세 뻥 뚫렸다. 공사는 일 킬로미터 간격으로 매일매일 진행됐다. 앞쪽을 깔고 나면 다음주엔 그다음 일 킬로미터를 또 깔았다. 일 년도 못 되어 내가 다니는 길을 또 깔기 시작했다. 벌써 한 바퀴를 다 돈 것이다.

그래도 보수를 할 수 있는 주요 도로나 고속도로는 사정이 나은 편이다. 고속도로나 주도로를 벗어나 집으로 돌아가는 지선들은 엉망이었다. 구멍을 피해 운전하느라 마치 지뢰 피하기 게임을 하는 것 같았다. 어쩌다 구멍이 있는 걸 미처 발견하지 못하면 머리가 천장까지 닿을 정도로 쿵, 하고 덜컹거렸다. 타이어도 금세 구멍이 난다. 아스팔트 위를 달려도 언제나 비포장 느낌을 준다. 처음엔 멀미가 나고 힘들더니 몇 달 지나니 익숙해졌다. 오히려 한국에 돌아오니 도로가 너무 넓고 부드러워 양탄자 위를 달리는 것 같았다.

"엄마, 도로가 너무 넓어요."

"이런 도로가 케냐에도 있으면 좋을 텐데……."

케냐에 있는 동안 우리 가족이 탔던 차는 작은 세단이라 아이들과 타고 다니기엔 무리 없고 연비도 좋았고 승차감도 훌륭했다. 하지만 다시 케냐에서 산다면, 그래서 차가 필요하다면 작은 사이즈의 SUV를 택하겠다. 차량이 높기 때문에 울퉁불퉁한 도로에서 받는 하부의 충격도 덜하고 길이 아닌 곳도 갈 수 있고 비포장길을 만나도 끄떡없기 때문이다.

케냐에서는 일본차가 중고차 중에 가장 인기가 많고 되팔 때 값도 많이 떨어지지 않는다고 한다. 일 년 동안 차를 탄 후 되팔 때 나는 살 때 가격에서 천 달러 정도를 뺀 금액을 받았다. 물론 케냐 실링으로 받아서 다시 달러로 바꾸는 과정에서 환차손이 좀 컸지만 달러로만 계산해본다면 일 년 동안 천 달러 정도 지불한 셈이다. 케냐는 대중교통수단이 잘 발달되지 않아 안전하지 않기 때문에 단순 여행이 아니라 거주를 위해서라면 차가 반드시 필요하다. 그리고 차가 있어야 여기저기 구석구석 케냐를 잘 볼 수 있다. 구석구석 보지 않으면 진짜를 만났다고 할 수 없으니 차는 꼭 필요한 필수품이다. 케냐에서는.

케냐인은 커피를 마시지 않는다

1953년 이전, 케냐인은 커피를 어떻게 마시는지 몰랐다. 커피나무를 심고 가꾸고 붉은 체리를 따고 또 펄핑을 하고 씻고 말리고……. 그 수많은 과정을 일일이 손으로 해내면서도, 자신들이 수확한 '커피콩'이라는 것이 어떻게 '커피'가 되어 사람들이 마시는 것인지 몰랐던 것이다.

그도 그럴 것이 1953년 이전까지는 케냐에서 커피를 볶는 것이 법으로 금지되었다고 한다. 영국과의 협약 때문이었다. 농사는 이 땅에서 짓지만 단 한 알의 커피콩도 케냐 안에서는 볶을 수 없다! 불행인지 다행인지, 커피콩은 날것으로 먹을 수 없다. 곡식이라면 무엇이든 잘 먹는 쥐도 커피콩은 건드리지 않는단다. 커피콩을 볶을 수 없다는 것은 먹을 수 없다는 것을 뜻한다. 그러니 수많은 커피 농장의 케냐인조차 커피콩으로 무엇을 하는지 몰랐던 것이다.

나이로비에서 가장 오래된 커피숍이라는 '커피 하우스'. 이 가게는 아무래도 1953년에 생긴 것 같다. 간판에 적힌 창업년도의 숫자 중 마지막 하나가 지워져 있다. 'since 1953'인지 'since 1958'인지 모르겠다. 점원에게 물어보니 본인도 자세한 것은 모른단다. 1953년경 케냐에서도 커피를 볶을 수 있게 되었다. 하지만 1970년대까지도 커피를 볶으려면 국가의 허가가 있어야 했다. 그래서 커피는 케냐인의 음료가 될 수 없었던 것이다.

커피 하우스는 나이로비 곳곳에 들어와 있는 '자바 하우스Java House'나 '도르만스Dormans' 같은 커피숍들과는 분위기가 전혀 달랐다. 자바 하우스나 도르만스가 외국인이 북적이고 무선인터넷 서비스가 제공되며 잘 꾸며진 인테리어와 재즈나 팝송을 틀어주는 카페인 것에 비해, 커피 하우스는 그저 부담없이 들어갈 수 있는 스낵바 같은 느낌이었다.

벽면엔 커피 농장의 여러 공정들과 풍경들이 그려져 있고 가게 한쪽엔 작은 로스팅 기계와 초창기 커피 농장의 사진도 있다. 그 그림을 바라보는 재미도 있고 여기저기 앉은 손님들을 구경하면서 케냐인에게 커피가 어떤 음료인지 생각해보게 된다. 여전히, 케냐인은 커피보다 차를 더 좋아한다. 한 시간 가까이 앉아 있는 동안 커피를 시키는 사람은 거의 보이지 않았다.

커피맛은? 물론 좋다. 내가 마셨던 커피 하우스의 하우스 커피는 신맛이 조금 강하고 무거웠지만 향기가 오래 남았다. 커피를 너무 곱게 갈은 것 같은 생각도 들었다. 왜 케냐인은 커피를 잘 마시지 않느냐는 내 질문에 대부분의 케냐인이 이렇게 답했다.

"커피는 마셔도 배도 안 부르고 잠도 안 오고 그래서 싫어요!"

"케냐AA는 비싸잖아요. 그러니까 외국에 팔아야죠. 우리는 차를 마시면 되니까……."

커피와 닭
:티카 커피 농장

얼마나 달렸을까? 부서지고 사라지고 무너진 집들과 도로들 사이, 흙먼지를 쓰고 한참을 달려서야 나는 티카에 도착했다. 하지만 한 시간 두 시간이 지나도 안내를 해주겠다던 '그녀'는 나타나지 않았다. 어디쯤이냐며 전화를 걸면 역시나 가고 있으니 조금만 기다리라고 한다.

그것이 아프리카의 시간이다. 그렇게 나는 두 시간을 길가에 서 있었다. 완전히 지쳐갈 무렵 드디어 그녀가 나타났다. 우리는 커피 농장으로 향했다. 티카 타운을 지나, 우측으로 펼쳐지는 파인애플 농장을 지나 농장들이 모여 있는 입구에 섰다. 하지만 오전 내내 비가 내려 농장 입구는 진흙탕이 되었고 우리는 차에서 내려 잠깐 걸었다. 멀리 보이는 낮은 나무들이 주변이 커피 농장임을 증명하고 있었다.

얼마를 걷다보니 반갑게 나를 맞아주는 세 사람, 커피가공 공장의 공장장과 커피 농장 대표 그리고 마을의 이장쯤 되는 어른이었다. 이십 년도 더 된 것 같은 낡은 자주색 재킷을 단정하게 걸쳐 입은 공장장 벤이 먼저 손을 내밀었다.

먼길을 잘 왔다며 다른 두 사람을 소개해주었다. 마을의 이장쯤 되어 보이는 그는 1943년에 티카에서 태어났고 일흔을 바라보는 지금까지 커피 농사를 짓고 있다고 했다. 오랜 커피 농사로 거칠어지고 검게 물든 그의 손이 내 손을 쥐었다. 그리고 듬성듬성한 치아로 나에게 미소를 보내주었다. 우리는 함께 커피가공 공장으로 걸어갔다.

입구엔 낮은 커피나무들이 줄줄이 서 있었고 저 멀리 붉은색 펄핑 기계가 보였다. 붉은색의 둥근 펄핑 머신……. 〈아웃 오브 아프리카〉 영화에 나왔던 모습 그대로다. 이곳은 아직까지 같은 형태의 기계를 사용하고 있었다. 그 커다란 녀석을 보는 것만으로도 나는 가슴이 벅찼다. 그동안 얼마나 많은 커피체리들이 저 속을 뒹굴며 껍질을 벗겨냈을까? 그 커피들은 모두 다 어디로 갔을까?

커피는 수확된 지 24시간 내에 과육이라 불리는 커피 껍질을 벗겨내야 한다. 잘 익은 커피체리를 따서 이 커다란 기계 속에 넣으면 물과 함께 들어간 커피콩은 기계 속을 돌면서 과육을 벗는다. 흘러간 커피콩은 발효를 위해 비닐에 싸서 보관된다. 발효가 시작된 지 72시간 정도 지나 손으로 비벼보아 속껍질이 벗겨질 정도가 되면 원두에 붙은 과육을 깨끗이 씻어낸다.

그러고 나면 하얀 깍지가 있는 파치먼트 커피Parchment Coffee가 된다. 이 커피콩을 햇볕에 잘 말리고 나서 속껍질인 파치먼트를 벗겨내는 과정인 탈각을 거친다. 하지만 내가 처음 티카에 갔을 때 기계는 멈춰 있었다. 나이로비 저 반대편에 있는 키암부Kiambu에 비해 티카의 대수확기는 5월에서 8월, 11월에서 2월은 소수확기다. 그래서 일주일에 한 번만 기계를 돌린다고 한다.

건조대까지 모두 보고 나니, 나를 위해 준비해둔 커피를 한잔하자고

한다. 작은 회의실 같은 곳으로 들어가니 벽에 오래된 사진이 걸려 있다. 테이블 위에는 마가린을 바른 식빵과 하얀색 컵이 준비돼 있다. 케냐의 커피 농장에서 마시는 커피라……. 들뜬 마음으로 커피잔을 바라보았다.

커피 주전자를 들고 있던 루시라는 여인은 내게 우유나 설탕을 타느냐 묻는다. 나는 고개를 저었다. 워낙에 라떼를 좋아하긴 하지만 케냐에 온 후론 거의 블랙만 마셨다. 루시는 귀하디귀한 것을 꺼내는 듯 작은 바구니에서 무엇인가를 꺼내더니 내 컵에 넣고 물을 붓고는 휘휘 저어준다. 이런! 그녀가 내게 준 것은 다름 아닌 인스턴트 커피였다.

수십 년간, 아니 대대로 커피를 재배했어도 이들에게 커피는 남의 음료다. 알고는 있었지만 막상 커피 농장에서까지 인스턴트 커피를 대접받으니 조금 당황스러웠다. 그녀가 인스턴트 커피를 타서 한 대접이나 따라주자 모두들 기대에 찬 눈으로 내 컵만 바라본다. 맛있게 다 마시라는 은근한 압력이다. 벌컥벌컥 알 수 없는 맛의 커피를 마시는 나를 바라보는 그들의 표정이 아주 흐뭇하다. 잠시 후 공장장 벤이 커다란 수탉한 마리를 들고 온다. 커피와 닭이라…….

그런데 그가 내 이름을 다정히 부르더니 수탉을 내민다. 이장과 농장 대표 아저씨도 자랑스럽고도 다정한 눈빛으로 수탉과 나를 번갈아 바라본다. 박수라도 칠 기세다. 나는 벤에게 물었다.

"웬 닭이에요?"

"이것은 나의 손님인, 미시즈 양에게 주는 선물이며 마음의 표시예요."

쓰윽 내미는 수탉. 아무리 태연한 척하려 했으나 수탉은 정말 난감했다. 나는 마음만 받겠다고 극구 사양하며 난처한 표정을 지었다. 그리고 나를 커피 농장으로 안내해준 사람을 바라보았다. 그런데 그녀의 답이 더 나를 옴짝달싹 못하게 했다.

"미시즈 양, 받아요. 받지 않으면 저 사람들이 아주 슬퍼할 거야. 내가 들어줄 테니 가져가요."

수탉은 두 발이 꽁꽁 묶인 채 차 트렁크 속으로 들어갔다. 벤과 마을 사람들은 언제든지 그곳에 와서 커피를 보라고 말해주었다. 언제나 기다리고 있겠다고……. 농부들과 함께 커피나무 사이를 걸으니 내 것이 아닌데도 마음이 든든했다. 요즘 한국에서 케냐AA 값이 점점 오르는 게 떠올라 생두 가격이 좋지 않느냐 물으니 답은 정반대다.

"커피 농사는 이제 돈이 되지 않아요. 평생 지어온 커피 농사를 이제 그만해야 할 것 같아요."

예전엔 그야말로 커피나무가 황금나무이자 대학나무였는데 요즘엔 값이 떨어져 나무를 베어내는 농가가 많다는 얘기다. 한국에서는 케냐 AA가 없어서 값이 하늘 높은 줄 모르고 올라가는데 말이다. 아무리 소비자들이 지불하는 커피값이 비싸도 농부에게 돌아가는 돈은 너무 적다. 산지 가격은 오르지 않고 대신 이익을 보는 이들은 커피 경매회사와 유통업자다. 그래서 세계 곳곳의 커피산지에서 공정무역을 시도하지만 케냐는 커피를 국가에서 전량 수매 후 판매하니 공정무역도 쉽지 않을 것이다. 힘들게 찾아간 커피 농장에서 슬픈 현실을 보게 돼 마음이 무거웠다. 내가 어떤 도움이라도 돼주고 싶었다.

집으로 돌아와 발코니에 수탉을 풀어놓고 식빵을 잘라서 주었다. 배가 고팠는지 식빵 네 덩어리를 게눈 감추듯 먹어치웠다. 다음날 새벽 다섯 시. 우리 집 발코니에서 우렁차게 울리는 수탉 울음소리에 잠이 깼다. 녀석의 목청은 너무나 훌륭했다. 아마도 녀석이 살았던 동네가 오늘 아침엔 조용하지 않았을까 싶다. 다음날 녀석은 우리 집을 떠났다. 아파트라서 더 둘 수가 없었다. 그렇다면 그 닭은 어찌되었을까? 궁금하겠지만 말할 수 없다. 녀석이 어찌되었는지는 끝까지 비밀에 부치기로.

니에리, 푸르른 언덕의 마을

"이틀만 시간을 내줄래? 내 고향에 널 데려가고 싶어."

앞집 친구인 키유리의 엄마이며 아파트 주인이기도 한 조이가 내게 제안을 했다. 그녀의 고향에 가자고 말이다. 그녀의 고향은 니에리, 708킬로미터의 타나 강이 시작되는 곳이고 케냐의 푸르른 삼림지역인 에베데어 산맥이 우뚝 솟은 작은 마을이다. 무엇보다 커피가 많이 생산되는 지역이라 꼭 가보고 싶었지만 방법도 엄두도 나지 않았던 그곳, 니에리를 조이가 데려다주겠다고 했다. 아니 내게 보여주고 싶다고 했다. 여행을 위해 두 아이를 인도인 친구인 팜벨의 집에 슬립오버를 보내고, 나와 조이는 그날 오후, 길을 떠났다. 나이로비를 지나 커피 대학이 있는 루이루Ruiru를 지나니 델몬트 파인애플 농장이 끝없이 펼쳐지는 티카Thika가 나타났다. 한 시간쯤 달렸을까? 붉은 흙 사이로 빽빽한 나무들이 숲을 이룬다. 하늘을 향해 곧게 뻗은 유칼립투스를 지나쳐 달리며 조이는 내게 고향의 이야기를 들려줬다.

"나의 외할아버지는 키쿠유족 족장이었어. 그리고 나의 엄마는 외할머니가 낳은 단 하나의 딸이었지. 니에리를 떠나고 싶어하는……."

엄마의 피를 이어받아 항상 도시를 갈망했던 어린 조이는 엄마 대신 니에리의 외가에서 자랐다. 족장의 외손녀였으므로 부러울 것도, 가질 수 없는 것도 없는 특별한 소녀로 살았다. 호기심이 강하고 열망이 컸던 소녀는 니에리 출신 여자로는 최초로 대학에 진학했으며 그후 공무원이 되어 자신의 꿈을 펼치다 은퇴를 했다. 물론 그녀의 인생은 케냐의 일반적인 사람들과 완전히 다른, 그러니까 상류층 인생이었다. 하지만 그녀에게도 갚고 싶은 인생의 빚이 있다고 했다. 고향이 여전히, 아직도 너무 가난하다는 것이다. 그녀는 내게 고향의 푸르른 계곡과 언덕, 그리고 착한 사람들과 커피를 내게 보여주고 싶다고 했다. 나이로비를 떠난 지 한 시간 반이 지나자 주변의 풍경이 달라졌다. 나무는 울창했고 작은 강들이 자주 나타났다. 고속도로 주변엔 쌀을 파는 노점들이 나타났고 강에서 잡은 물고기를 파는 사람들도 눈에 띄기 시작했다. 주변의 산도 점점 높아진다. 내가 산이 많다고 하니, 조이는 웃으며 답한다.

"이 정도 높이는 산이 아니고 언덕이야. 우리는 3,000미터 이하는 그냥 다 언덕이라고 불러. 마운틴 케냐 정도는 돼야 산이지."

니에리에서 마운틴 케냐까지는 지척이다. 5,199미터의 높은 산을 품었으니 3,000미터 이하는 언덕이라 해도 되겠다 싶었다. 집을 떠난 지

두 시간 반, 가파른 경사길을 구불구불 한참 동안 올라가니 그녀의 고향집이 보였다. 해는 벌써 높은 언덕들 뒤로 뉘엿뉘엿 넘어가고 있었다. 그녀의 집에는 마을에 사는 친척들 몇몇이 도착해 우리를 기다리고 있었다. 친척들이 닭을 잡고 차파티를 구워 저녁을 준비해주었다. 전기가 들어오지 않는 곳이라 서둘러 저녁을 시작했지만 식사를 끝낼 때쯤은 완전히 어두워졌다. 식사를 마치고 우리는 5분 정도 떨어진 조이의 친척집에 갔다. 중년의 두 부부와 소년과 소녀가 우리를 맞았다. 외지인이 왔다는 소식을 들었는지, 소년과 소녀는 수줍은 눈으로 나를 보았다. 아이들 손에는 학교에서 배우는 사회과부도 같은 것이 들려 있었다. 조이가 나를 소개해주자 그들의 질문이 이어졌다.

"한국에서 왔다고요? 그게 어디예요?"

"도대체 어디 근처에 있는 나라예요?"

우리는 세계지도를 펴놓고 제일 먼저 중국을 찾고 그다음 한국을 찾았다. 아프리카의 반대편, 한 번도 들어보지 못한 나라. 한국은 아이들한테 그런 나라였다. 한국인들은 무엇을 먹고 사는지 무엇을 입고 어떤 말을 하며 사는지 내게 물었다. 나는 아이들에게 간단한 인사를 가르쳤고 나도 그들의 언어를 몇 개 배웠다. 수다가 이어져 소년과 소녀의 엄마는 찐 고구마와 차이를 내왔고 배가 부르면서도 우리는 즐겁게 먹었다. 집으로 돌아갈 시간이 되자 소년과 소녀가 작은 랜턴을 들고 나와 조이를 집까지 데려다줬다. 그런데 조이의 집에 도착하고 보니 소년과 소녀 둘이서 집으로 돌아가기에는 위험해 보였다. 밤짐승 때문이었다. 조이와 나는 아이들만 보낼 수가 없어서 다시 소년과 소녀의 집까지 둘을 바래다주었고, 거기서 다시 소년과 소녀 그리고 그들의 아버지가 우리를 데려다주었다. 하마터면 밤을 샐 뻔한 이 밤 배웅은 그렇게 끝이 났다. 조이와 나는 대문 앞에 서서 그들의 랜턴이 멀어질 때까지 바라보았고 어둠 속에서 소년과 소녀는 우리에게 인사를 보냈다. 인사는 메아리처럼 이어졌다.

"잘 자요."

"응, 너희들도 잘 자."

"네, 잘 자요."

"그래, 잘 자."

"이제 들어가세요."

"응, 잘 가."

깊고 깊은 숲속, 니에리의 어두운 밤은 따뜻하게 깊어갔다. 어둠 속의 인사는 마음에 남아 잠이 들 때까지 나근나근 자장가를 불러주었다. 세상으로부터 아주 멀리 떨어진 것 같았지만 이상하게도 마음만은 더없이 포근하고 따뜻한, 니에리에서의 첫 밤이었다.

〈아웃 오브 아프리카〉에서 봤던 풍경
: 은공 언덕

은공 언덕은 그 어느 곳에서도 볼 수 없었던 멋진 전망을 가진 곳이었다. 남쪽으로는 동물들이 사는 광활한 초원이 저멀리 마운틴 킬리만자로까지 뻗어 있고 동쪽과 북쪽으로 공원처럼 생긴 언덕 지대가 숲을 등지고 펼쳐져 있다. 이 동북쪽은 키쿠유족 보호구역으로, 기복이 심한 땅이 160킬로미터 떨어진 케냐 산까지 이어져 있으며, 네모진 작은 옥수수밭과 바나나숲, 목초지가 모자이크를 이루고, 원주민 마을에서 군데군데 푸른 연기가 피어오르며 두더지가 파놓은 뾰족한 흙 두둑의 작은 무리도 보인다. 하지만 서쪽으로는 저 아래에 달 표면

처럼 메마른 아프리카 저지대가 누워 있다.

— 카렌 블릭센, 『아웃 오브 아프리카』 중에서

시내에서 삼십 분쯤 달려 카렌이라는 마을에 가면 카렌 블릭센이 마지막으로 살았던 집을 박물관으로 꾸민 '카렌 박물관'이 있다. 영화 〈아웃 오브 아프리카〉에 나오는 바로 그 집, 그대로다. 카렌의 역을 맡은 메릴 스트립이 기쿠유 원주민들과 이야기를 나누고 애인인 로버트 레드포드(데니스 피트)와 와인을 마시고 책을 읽었던 바로 그 집. 그 집을 그대로 영화의 무대로 촬영했고 또 박물관으로 공개하고 있다. 넓은 정원을 가로질러 걸어가는 동안 시간은 거꾸로 흘러간다. 영화에서 보던 그대로 완벽하게 재연돼 있다. 그뿐 아니다. 케냐인 영어 해설자가 동행해 소설가인 카렌 블릭센에 대한 여러 가지 이야기도 들려준다. 집 안에는 그녀가 사용했던 가구나 집기들도 있고 각국의 언어로 번역된 그녀의 소설, 그리고 무엇보다 그녀의 사진이 여러 장 있다. 처음 놀라는 것은 집이 영화에서 본 것보다 작다는 것이고 두번째 놀라는 것은 카렌이라는 소설가가 그녀의 고향인 덴마크에서는 지폐의 모델이 될 만큼 국민적인 작가라는 것이다. 그리고 세번째는 노벨문학상에 두 번이나 후보로 올랐으나 헤밍웨이와 알베르 카뮈에 밀려 수상하지 못했다는 것이다. 하지만 무엇보다 가장 놀라운 것은 그녀가 얼마나 사랑스럽고 아름다운지, 메릴 스트립이 얼마나 실제 카렌과 다른가 하는 것이다.

카렌 박물관 마당에 서서 집을 마주보고 서서 왼쪽 하늘을 바라보면 저 멀리 네 개의 봉우리가 보인다. 그곳이 바로 은공 언덕이다. 영화나 책에서 보면 카렌이 데니스와 함께 사자를 잡은 곳이기도 하고 데니스의 무덤이 있는 곳이기도 하다. 특히 소설을 보면 그 언덕에 대한 풍경이 자세히 나와 있어 그녀가 얼마나 그곳을 특별히 여기고 있는 잘 알 수 있다. 물론 〈아웃 오브 아프리카〉라는 영화나 책을 좋아하는 사람이라면 한번쯤 그 언덕으로 달려가고 싶었을 것이다.

'도대체 어떤 곳일까? 아직도 있을까?'

나도 그랬다. 나이로비의 지형에 익숙해지고 낯선 곳에 대한 두려움이 어느 정도 가셨을 때쯤 은공 언덕을 향했다. 언덕이 시작되는 작은 갈림길에 섰을 때 나는 깜짝 놀랐다. 카렌이 이곳에서 살았던 1930년대 그대로였다. 그녀가 묘사한 풍경과 하나도 다르지 않았다.

언덕을 오르기 위해 차에서 내리면 한차례 몸살을 겪을 수도 있다. 드물게 찾아오는 관광객이나 낯선 이들을 기다리는 동네아이들이 먼저 달려온다. 아이들의 손에는 마사이 기념품이 들려 있다. 모두들 하나만 사달라고 손을 내민다. 아이들과 한바탕 흥정을 하며 기념품을 사고 몇 발자국 걸으면 우산나무 아래 마사이족 복장을 한 할머니가 앉아 있다. 그녀도 종일 꿰어 만든 구슬목걸이나 팔찌 같은 기념품을 판다. 그녀가 목에 두르고 있는 것을 보면 다 예쁘다. 다시없을 것 같은 색의 조합이고 신비한 아름다움도 느껴진다. 물론 그것들이 그녀의 검은 손목에 둘러져 있을 때 더 아름답다는 것은 집에 돌아와서야 깨닫지만 말이다.

언덕을 오르면 나이로비가 한눈에 보이고 그만큼의 바람이 고스란히 몰려온다. 풀을 찾아 올라온 양과 염소들도 낮게 풀을 뜯는다. 나이로비의 반대편은 카렌이 달 표면 같다고 표현한 아프리카 저지대가 펼쳐진다. 마른 우산나무 사이로 드문드문 양철집이 보인다. 우리가 머릿속에 그리던 전형적인 아프리카의 모습이다. 그 언덕에 앉아 한참동안 바람을 맞으니 비로소 아프리카의 한가운데에 와 있다는 생각이 든다.

가끔씩 나는 아이들과 그 언덕을 찾았다. 어떤 날은 주먹밥과 샐러드를 싸들고 소풍을 가기도 했고 어떤 날은 노을빛으로 물드는 저지대를 바라보며 터스커 맥주를 마시기도 했다. 아이들은 언덕 끝까지 올라갔다가 뛰어내려오는 것을 재미있어했고 그러다 지치면 나무에 매어둔 그네를 탔다. 휴식이 필요할 때 우리는 은공 언덕을 찾았다. 그곳에 가면 세상의 모든 일에 고개 끄덕일 수 있는 너그러운 바람이 분다. 아프리카의 바람이다.

사랑이 답이다
: 호프 하우스

————

윤이가 열 살이 되던 해부터 우리 가족은 한 달에 한 번씩 양로원에 가서 어르신들과 시간을 보냈다. 사실 양로원 봉사는 순수한 봉사라기보다는 윤이를 위한 '치료'였다. 초등학교 2학년 가을, 과잉행동을 보이는 것 같다는 선생님의 말에 아이를 데리고 대학병원의 정신과에 진료를 갔다. 의사 선생님의 질문은 뻔했고 아이의 답은 쾌활했다. 그것이 문제였다. 의사는 치료를 받는 게 좋겠다고 했다. 하지만 아이의 손을 잡고 돌아오는 길에 나는 마음속으로 다짐했다. 다시는, 절대로 아이를 데리고 그런 이유로 병원에 가지 않겠다고 말이다. 사실 윤이에 대한 주변의 반응은 크게 두 가지였다. 개구쟁이지만 긍정적이고 쾌활하니 괜찮다는 쪽과 학습에 지장을 줄 수 있을 정도의 과잉행동이니 미리 치료를 받는 게 좋다는 쪽이었다. 남편과 나는 '개구쟁이' 쪽으로 결론을 내렸다. 그리고 몇 가지 우리만의 치료방법을 세웠다. 그중 하나가 양로원 가족봉사였다. 윤이는 타고난 싹싹함과 친화력으로 금세 양로원에 꼭 필요한 존재가 되었다.

케냐에 와서는 영아원에 봉사를 다녔다. 케냐에서는 임신부의 80%

이상이 집에서 출산하는데 출산과정에서 임신부가 사망하는 비율이 우리나라보다 120배나 높다. 케냐 나이로비에 있는 호프 하우스는 그렇게 엄마를 잃은 아기나 버려진 영아들을 데려와 돌이 되기 전에 입양을 보내는 곳이다. 사실 처음 영아원에 갈 때는 조금 걱정도 되었다. 돌도 안 지난 아기들을 잘 돌볼 수 있을지, 도움이 되는 일을 할 수 있을지. 하지만 나의 걱정은 첫날부터 완전히 사라졌다. 윤이와 준이는 아기들과 잘 놀아주며 한몫을 단단히 했다. 눈 맞추고, 이름 불러주며, 우유 먹여주고, 트림 시켜주고, 보행기 밀어주고, 똥 싼 아기 찾아내고. 특히 아기를 좋아하는 윤이는 이름을 하나하나 불러가며 놀아주었고, 궁둥이를 토닥여 잠을 재웠다. 한참을 놀아주고 돌아갈 시간이 되었는데 윤이는 자리를 뜨지 못했다. 안고 있는 아기가 아직 칭얼거린다는 거였다. 일행들이 모두 차로 돌아간 지 한참 만에 윤이가 돌아왔다. 아기를 재우진 못했지만 울진 않는다고 했다.

"잘 놀아야 할 텐데……."

윤이는 몇 번이나 영아원 골목을 바라보았다. 집으로 돌아오는 내내 그리고 밤이 되어서도 윤이와 준이는 아기들 얘기뿐이었다. 빨리 주말이 되어 다시 영아원에 가고 싶다며 잠이 들었다. 다음날 나는 윤이의 일기장에서 이런 글을 읽었다.

아기들마다 특징이 있다. 이안은 무표정이고, 피터는 뒹굴기를 좋아하고, 데이비드는 내 품에 얼굴을 비비는 걸 좋아하고, 에스더는 잘 웃는다. 나는 아기들이 너무나 귀여워서 살짝 뽀뽀도 했다. 얼마나 귀여운지 나는 이 사랑스런 아기들을 입양하고 싶었다. 그것도 셋 다! 아기들이 벌써 보고 싶어져 밤인데도 아이들을 보러 가고 싶다. 내 귀에서 아기들 우는 소리가 들린다. 아기들이 걱정된다.

윤이의 글을 읽는데 가슴이 뭉클해지고 따뜻해졌다. 아이의 마음에 생긴 또다른 사랑이 보였다. 이 '사랑'만 있으면 앞으로 자라는 데 아무런 걱정이 없을 것 같다. 어떤 일을 하든지 돈을 위해 하지 않고 명예나 권력을 위하지 않고 오로지 사람에 대한 사랑으로 한다면, 그것만큼 좋은 것이 또 있을까?

케냐에 오면서, 아이들의 마음에 무엇을 심어줄까 고민도 생각도 많았다. 부끄럽지만 아프리카를 보면서 아이가 의사나 외교관 같은 직업을 꿈꾸기를 바라기도 했었다. 어떤 가치관을 가진 사람으로 자랄 것인가 하는 '본질'이 아니라 구체적인 직업이라는 '현상'에 더 초점을 두었던 것이다. 그런데 오늘 아이의 일기장에서 그 답을 얻었다. 아이들의 마음에 진정한 '사랑'을 심어주는 것. 세상을 향한 아낌없는 사랑을 심어주는 것, 그것이 답이었다. 아이들은 엄마보다 먼저 그 길을 찾아내고 있었다.

저를 좀
지켜주세요

아이들의 두번째 방학동안 여기저기 여행을 많이 다녔다. 케냐 구석구석은 물론 이집트까지. 여행은 너무 좋았는데 몸이 좀 이상했다. 무기력증에 가깝도록 몸에 기운이 사라지고 피곤했다. 책을 읽기도 힘들 정도로 멍해지기까지 했다. 어깨에는 아기 곰 한 마리가 올라타고 있는 것 같았다.

'이상하다. 이상하다.'

속으로 생각했다. 그러던 어느 날 밤, 몸이 으슬으슬해지고 머리가 아팠다. 감기가 오려는 것 같아 핫팩을 껴안고 일찍 잠자리에 들었다. 그런데 오한이 오기 시작했다. 두 시간쯤 지나자 경련까지 시작됐다. 온몸이 수축과 이완을 반복했고 열이 39도를 넘었다. 순간적으로 스쳐가는 불길한 생각. 말라리아. 공포가 밀려왔다. 열대열 말라리아는 뇌를 공격해 속수무책으로 생명을 앗아가기도 하는 무서운 질병이다. 두 달 전, 한국인 한 분이 수단에서 말라리아에 걸려 나이로비 병원으로 이송됐던 것이 떠올랐다. 그분은 그날 밤을 넘기지 못했다. 말라리아는 세계 각지에서 매년 백만 명 이상 사망하는 무서운 질병으로 말라리아 백신을 개발하면 노벨상을 탄다고 할 정도였다.

황열병은 예방주사가 있어서 출국 전에 맞았지만 말라리아는 예방약이 없다. 말라리아 치료약의 용량을 줄여 예방약으로 먹는 방법이 최선이다. 그러나 약이 너무 독해서 간이나 위에 부담도 많이 되고 환각 증세까지 일으킬 수 있어 장기체류자에게는 맞지 않는 편이다. 약을 먹는다고 다 예방되는 것도 아니다. 먹었던 약과 다른 종류의 말라리아모기에 물리면 예방 효과도 없다.

다행히 고산지대인 나이로비는 말라리아 안전지대라고 해서 마음을 놓고 있었다. 그런데 도대체 어디서, 언제 걸린 것일까? 아이들은 괜찮을까? 진짜 말라리아일까? 꼬리에 꼬리를 물고 불길한 생각이 떠올랐다. 누구에게라도 부탁하고 싶었다. 저를 좀 지켜주세요.

집 가까운 곳에 사는 지인께 연락해 응급실로 달려갔다. 늦은 밤이라 거리엔 차가 하나도 없었는데도 응급실로 가는 길은 이상하게 멀게 느껴졌다. 발작이 오는 몸을 누르고 있으니 차창 밖으로 살아온 날들이 영화처럼 스쳐지나갔다. 돌이켜보니 감사한 날이 더 많았다. 삶의 모퉁이 모퉁이마다 소중한 사람들이 있었다. 그 얼굴들을 떠올리니 조금씩 공포가 수그러들기 시작했다.

혈액검사 결과, 말라리아였다. 감염된 적혈구가 파괴되기 시작해 빈혈도 심하다고 했다. 전형적인 말라리아 증상이었다. 의사는 나이로비를 떠난 적이 있는지 물었다. 한 달 전 마사이마라에 갔고, 그다음엔 라무엘 갔고, 마운틴 케냐와 나이바샤 호수도 갔다. 답을 하다보니 참 많이도 쏘다녔구나 싶었다. 가장 마지막 여행이 2주 전 나이바샤 호수였다. 의사는 '그때'일 거라고 했다. 하지만 다행히도 아이들이나 함께 동행했던 이들은 모두 아무런 증세가 없었다. 말라리아는 면역력이 떨어지거나 영양 상태가 나쁘면 쉽게 걸릴 수 있다고 한다. 생각해보니 뭐든지 잘 먹는 아이들과 달리 나는 식사를 거른 날도 많았고 특유의 냄새 때문에 고기나 우유도 먹지 않아 몸무게가 줄고 있었다.

응급실에서 돌아와 약을 먹고 여전히 자고 있는 아이들 사이에 누웠다. 독한 말라리아 약 때문에 몇 번이나 까무룩 땅속으로 꺼지는 것 같았고 몸이 개미처럼 작아지거나 커다란 바위에 눌리는 듯한 환각 증세도 있었다. 하지만 아이들이 무사하니 다행이고, 또 아이들 곁에 다시 돌아올 수 있으니 다행이라는 생각뿐이었다.

다음날부터 기운을 차리려고 노력했다. 약을 먹기 위해 다른 때보다 밥도 많이 먹고 그동안 잘 먹지 않던 고기도 먹었다. 조금이라도 피곤하면 지체 없이 쉬었다. 엄마가 아픈 것을 안 아이들이 머리맡을 맴돌며 머리를 만져주고 볼을 대어보며 열을 잰다. 행여 엄마가 어찌될까 싶어 눈빛 가득 두려움이 서려 있다. 내가 아니라 아이들을 위해 기도했다. 내일은 조금 더 가벼워지기를.

에스더,
늘 행복하렴

———————

　말라리아를 겪은 후 몸을 회복하느라 한 주를 건너뛰고 2주 만에 아기들이 있는 호프 하우스에 갔다. 그새 아기들이 많이 컸다며 윤이와 준이가 아기들을 안아보고 만져보고 이름을 불러줬다. 그런데 두 아들 녀석이 눈이 그렁그렁해져 나를 찾는다. 폴과 미카엘이 보이지 않는다고……. 가슴이 쿵쾅거렸다. 간혹 아파서 병원에 가거나 입원해 있다는 아기들이 있었으므로.

　한국에서 양로원을 다니다보면 겨울이 지나고 봄을 맞을 때쯤 보이지 않는 어르신들이 있었다. 처음에는 어르신들이 보이지 않으면 수녀님을 찾아 여쭤봤었다.

　"그 어르신은 어디로 가신 건가요? 안 보이시네요."

　그때마다 대답은 한가지였다.

　"편안한 곳으로 가셨어요."

　두세 번 이어지는 수녀님의 같은 대답에, 다시는 그런 질문은 하지 말아야겠다고 다짐했다. 그래서였을까? 아기들이 보이지 않는다는 말에 순간적으로 정신이 아득해졌다. 혹시나 다른 방에 있는 건 아닐까 싶어 이 방 저 방을 다니며 아기들을 찾았다. 그때 한 보육사가 뭔가 눈치챘는지, 지난 금요일에 좋은 가정으로 입양되었다고 얘기해주었다. 윤이와 준이는 폴과 미카엘을 못 보는 거냐며 속상해했지만 나는 속으로 얼마나 가슴을 쓸어내렸는지 모른다.

　윤이와 준이가 특별히 예뻐하는 아기가 있었는데 이름은 에스더다. 생후 4개월쯤 되었을 때 에스더를 처음 보았다. 첫 만남인데도 에스더는 오빠들을 보고 잘 웃었다. 칭얼거리는 것도 없이 안아주면 좋아했고 눈

을 맞췄다. 나이가 어린 준이는 규정상 혼자서 아기를 안거나 돌볼 수 없도록 되어 있었는데 보육사들은 특별히 에스더만은 예외로 해주었다. 에스더를 안지 못할 때는 준이도 같이 옆에 누워서 옹알이도 받아주고 '까꿍' 하면서 놀아줬다.

점점 시간이 흐르면서 준이는 에스더의 우유병을 들어주거나 잠깐씩 안아줄 수도 있게 되었다. 준이가 가면 보육사들은 "에스더야, 오빠 왔다!" 하며 에스더를 데려다주었다. 에스더 때문에라도 우리는 주말마다 호프 하우스에 갔다. 일주일 내내 너무나 보고 싶었기 때문에 여행에서 돌아와 시간이 없어도 잠깐 들러서 에스더와 아기들을 보고 집으로 돌아갔다. 그렇게 하루하루 아기들과 정이 쌓였고 아기들은 한 주 한 주 무럭무럭 자랐다.

딸이 하나 있었으면 했다. 자신은 없었다. 잘할 수 있을지도 알 수 없었다. 언제부턴가 에스더를 데려가라는 보육사들이 말이 아프게 들리기 시작했다. 그들은 그렇게 좋아하고 사랑하면서 왜 데려가지 않느냐고 물었다. 용기가 없다는 말 대신 한국은 케냐와 다르다고 답했다. 모든 사람들이 유모차를 미는 나보다는 아기 에스더만 볼 거라고……

에스더는 하루하루 자라 옹알이를 시작하고 비행기 자세를 배우고 혼자 앉을 수 있게 되었다. 새로운 것을 할 때마다 윤이와 준이는 박수를 보내주었다. 세상에서 가장 똘똘한 아기라고 칭찬도 해주었다. 그래도 집으로 돌아갈 땐 우리끼리만 갔다. 아기 침대에 잠든 에스더를 뉘이고 도망치듯 나올 땐 언제나 마음이 아팠다.

만 9개월이 되던 어느 날 에스더는 새 부모님을 만났다. 잘된 일이니 좋은 일이라고 축하해줘야 하는데 입양 소식을 듣고는 딸을 잃은 것 같아 몰래 울었다. 에스더가 보육원을 떠나는 날, 그동안 찍어둔 사진과 축하카드를 새 부모에게 보냈다. 그들이 보지 못한 에스더의 더 어린 시절을 보여주고 싶었다. 그리고 알려주고 싶었다. 당신들은 정말 행운이라고……

에스더야, 에스더야, 사랑 많이 받고 잘 자라라. 마음속으로 빌고 또 빌었다.

수확기로 접어든 케냐의 커피 농장.
아침 비를 맞고
붉은 커피 열매들이 선명하게 반짝입니다.
거친 손의 아낙들이 한알 한알 커피 열매를 따지요.

누군가의 휴식이 되기 위해,
누군가의 사색이 되기 위해,
커피들이 우리를 만나기 위한
첫걸음을 시작합니다.

이 멀고 먼 아프리카에서 말이지요.

잘 왔다, 아프리카!

아 이 들 과 엄 마 의 성 장 일 기

공부는
잘했나요?

　케냐에 '공부'를 하러 간 건 아니었다. 이 사실은 분명히 하고 싶다. 단지 영어공부가 목적이었다면 대부분의 엄마들이 그렇듯이 캐나다, 미국 혹은 호주를 택했을 것이다. 아이들을 국제학교를 보낸 것은 현지 학교를 갈 수 없어서였고 영어로 된 수업이 그나마 아이들이 따라갈 수 있는 언어였기 때문이었다. 물론 부모님들을 안심시키기 위해 전면에 내세웠던 건 '국제학교'라는 이점이었고 사실 '일 년 동안 영국 학교를 다니니 영어가 좀 늘지 않을까?' 하는 기대도 약간 했었다. 아프리카에 영어 때문에 온 것은 아니었지만 영어도 이득을 좀 볼 거라는 기대가 없을 수는 없었다.

　결론을 말하자면 이득을 아주 많이 봤다. 하지만 그만큼 고통이 뒤따랐다. 한국에서는 뒹굴뒹굴 유치원에 다니다가 느닷없이 케냐에서 영어로 가르치는 학교에 입학을 하게 된 초등학교 1학년 준이와 6학년의 고급영어를 감당해야 하는 윤이에게 영어는 고통이었다. 하지만 아프리카라는 선물을 얻기 위해서는 어쩔 수 없었다. 그래도 다행인 것은 두 아이 모두 가랑비에 옷이 젖듯이 자연스럽게 영어로 친구를 사귀고 영어로 수업을 하고 시험을 보게 됐다. 아이들이 영어 환경에 적응하는 데 육 개월 정도가 걸렸고 그다음 육 개월은 또래의 친구들과 거의 비슷하게 학업을 따라갈 수 있었다.

　첫 학기 동안 윤이의 수학이나 과학 성적은 보통 수준이었다. 하지만 영어는 숙제를 하는 데도 시간이 너무 오래 걸렸고 작문과 고전문학이 특히 어려웠다. 물론 제2외국어로 배우는 프랑스어와 아프리카 공용어인 스와힐리어도 기본적인 것만 맞히는 정도였다. 둘째인 준이는 형보다는 첫 학기 성적이 좀 나았다. 1학년이라 어려운 문제가 없는데다 말하기가 아닌 읽고 쓰는 문제라서 부담이 덜했다. 프랑스어나 스와힐리어도 숫자, 색, 요일 등을 묻는 단순한 문제였다.

첫 학기를 마치고 나는 영어 선생님께 한 가지 부탁을 했다. 윤이가 6학년 영어를 따라가기 힘드니 틈틈이 4, 5학년 영어를 집에서 공부하고 선생님께 검사를 받겠다는 거였다. 선생님은 4, 5학년 아이들이 공부했던 교재를 주셨고 일주일에 한 번씩 윤이가 한 숙제를 봐주기로 했다. 교재는 문법과 단어로 나뉘어 있는 간단한 내용이었다. 공부도우미를 구해서 집에서 4, 5학년 영어공부를 조금씩 해나갔다. 그러면서 수학이나 과학은 점점 상위권이 되었고 수학은 최고 성적을 받기 시작했다.

준이는 읽고 쓰는 데 문제가 없지만 다만 말하기를 어려워해서 친구들과 자주 놀도록 해줬다. 반 친구들의 생일 파티에도 적극적으로 참석하고 토요일 아침부터 두 시간 동안 방영되는 어린이 만화도 특별히 볼 수 있도록 허락해주었다. 방과후에는 학교에서 하는 방과후 수업 중 수영, 인라인, 기타를 배웠다. 놀면서 자연스럽게 영어를 듣고 말하는 동안 영어에 대한 두려움이 조금이라도 사라질 수 있을 것 같아서였다.

3학기 때는 영국 국가시험도 보았다. 준이는 3학년으로 올라갈 수 있는 학습능력이 충분한지를 평가하기 위한 시험이었고 윤이는 중학교 진급 테스트였다. 영국에서 직접 시험지를 받아서 시험을 봤고 그 성적은 영국의 학교로 전학을 가거나 진학을 할 때 자료로 쓰인다고 했다. 윤이와 준이, 모두 수학 과목에서 우등상을 받았다.

3학기 때부터 준이는 집에서도 영어로 말을 하게 되었고 윤이는 반의 리더 역할도 잘해냈다. 일 년 정도 고생이 끝나고 나니 아이들이 공부하는 데도 자신이 많이 생긴 것 같았다. 학교 친구들과도 골고루 친밀하게 지내게 되면서 아이들은 대인관계에서도 큰 자신감을 얻었다. 아프리카에서도 이렇게 친구를 사귀고 학교를 다녔으니 세계 어느 나라에 가

더라도 문제없을 것 같았다.

무엇보다 아이들은 세상을 배웠다. 친구 사귀는 법을 배웠고 다른 나라의 문화와 언어를 배웠다. 그것이 가장 큰 공부였다. 그래서 나는 '아이들이 아프리카에서 공부는 잘했어요?' 하고 물으면 언제나 큰 소리로 '그럼요, 정말 잘했어요' 하고 답한다.

애들은
푹 재우세요

3학기의 가장 큰 미션은 아무래도 영국 국가고시였다. 아이들의 학교는 영국식 국제학교로 Key stage 1, Key stage 2, Key stage 3, 이런 식으로 학제를 분류하는 영국식 시스템을 따르고 있었다. 우리나라로 치면 유치원과 초등학교 1학년이 Key stage 1이고 2학년부터 6학년까지가 Key stage 2, 그리고 중학교 과정이 Key stage 3이다. 시험에 통과하지 못한 학생은 진급을 할 수 없었다. 3학기는 2학년과 6학년들의 시험이 있었다. 학기 초부터 시험 날짜와 시험에 대한 안내가 계속되었다. 나는 뭘 어떻게 준비해야 하는 건지 몰라 조금 당황했다. 학기가 시작되고 2주 정도가 지나니 학교에서 학부모들을 불렀다.

"시험 준비를 어떻게 해야 한대요?"

"어렵지 않을까요?"

케냐 엄마들도 중요한 시험 앞에서는 패닉 상태처럼 보였다. 어떤 얘기를 들려줄지 엄마들은 잔뜩 긴장한 채 교장 선생님과 학습부장 선생님의 발표를 들었다. 이야기의 요지는 이랬다.

"시험은 앞으로 4주 후에 봅니다. 그래서 지난주부터 모의시험을 풀어

보면서 아이들과 시험 준비를 하고 있어요. 그러니까 집에서 할 역할이 있어요. 우선 아이들을 푹 재우세요. 잠을 잘 자야 다음날 학교에서 공부하는 데 집중력이 떨어지지 않아요. 그리고 아침밥도 충분히 먹여주세요. 머리를 많이 쓰니까 단백질이 있는 음식으로요. 그리고 절대 시험에 대한 스트레스를 주지 마세요. 부모님들도 스트레스 받지 마시고요. 공부는 선생님들이 다 알아서 시킬 겁니다. 저희가 전문가예요. 그러니까 믿고 맡기시면 됩니다. 아셨죠?"

아, 얼마나 듣고 싶었던 말인가! 엄마는 학교와 선생님을 믿고, 그저 꼬박꼬박 밥 잘 챙겨주고 잠 잘 재우면 된다니! 이 얼마나 고마운 말인지. 당연한 말인데도 한 번도 듣지 못한 말이었다. 시험이 닥치면 한국의 학생들은 학원으로, 과외수업으로 끌려다니고 집에서도 일찍 잠들지 못한다. 아이들만 고통스러운 게 아니라 엄마도 마찬가지다. 환한 얼굴로 돌아가는 케냐의 엄마들이 무지무지 부러운 날이었다.

학교가 교육의 전문가가 아니라고 생각하는 순간, 학교 교육은 여지없이 무너진다. 빵집이 빵의 맛과 질을 책임질 수 없을 때, 떡볶이집이 그 맛을 담보할 수 없을 때처럼. 내가 겪어본 결과 한국에서는 학교를 교육의 전문가로 보지 않는다는 점이 문제였다. 학교에서 받는 학습이 부족하다고 판단하고 사교육으로 그 부족분을 채우기 때문이었다. 아이들은 학원에서 수학을 배우고 학교에서는 그것을 평가한다. 대부분의 아이들이 학원에 다닌다는 전제하에 교육하는 학교는 점점 가르치기보다는 평가하는 기관으로 자신을 변형시켜나갔다. 물론 경제에서 말하는 '도둑의 딜레마'도 문제다. 내 아이가 다른 아이보다 조금 더 먼저 학습하면 선두에 나설 수 있을 거라는 엄마들의 계산. 하지만 문제는 모든 엄마들이 그 계산을 하기 때문에 학교가 끝나면 아이들은 교실만 옮겨 그대로 학원에 가 앉아 있다. 이렇게 되면 엄마들은 아이를 학원에 안 보낼 수도 없다. 모두가 다니고 있으니까 '내 아이만' 빠져나올 수 없는 것이다. 이런 상황에서 빠져나온다는 것은 뒤처짐을 의미하기 때문이다. 하지만 그 고리를 엄마든 아이든 학교든 제도든, 끊어내지 못하면 아이들은 영원히 학원을 떠돌게 된다.

케냐의 학교에서 "아이들은 푹 재우세요"라는 선생님의 말씀을 들으며 감동했던 것은 다른 것 때문이 아니었다. 학교가 할 일과 가정이 할 일을 정확히 인식하고 있는 것에 울컥 마음이 움직였다. 학교가 교육의 전문가니까 비전문가인 부모가 그것을 대신하기 위해 애쓰지 말라는 것이다. 대신 가정은 아이를 잘 보호하고 안정감 있게 지낼 수 있게 하며 학교에서 받는 학습을 감당할 수 있도록 도와주라는 것이다. 그것이 가정의 역할이라는 것이다. 물론 아이들이 다녔던 학교가 일반적인 케냐의 공교육이 아니기 때문에 케냐의 교육이 우리보다 낫다고는 할 수 없다. 그런 비교는 애초에 불가능하다. 하지만 그것이 어떤 학교든 간에, 어떤 나라든 간에 학교와 가정의 역할을 제대로 선을 그어준다니 이보다 더 좋을 수가 있을까 싶다. 엄마와 아빠가 아이들의 사교육에 쏟는 에너지를 다른 곳에 쓸 수 있다면 얼마나 가정은 평화로워지고 여유로워질까? 그런 가치관을 가진 학교가 있다면 아프리카가 아니라 지구 끝이라도 찾아가고 싶었던 적이 얼마나 많았던가, 문득 떠올랐다.

챔피언의 자전거를 빌리다

한국에 돌아와 자전거를 볼 때마다 아프리카 생각이 난다. 그 바람과 그 햇살과 그 푸른 하늘. 그리고 두 개의 커다란 바퀴를 굴리며 얼룩말과 같이 달리던 두 아이들. 그때 아이들의 뒷모습을 바라보며 '참 잘 왔다'를 몇 번이나 되뇌었는지. 그리고 엉덩이를 띄운 채로 힘차게 자전거를 굴리며 결승점을 향해 달려오던 까맣게 그을은 윤이가 떠오른다.

윤이는 '2011년 오프로드 바이크 챔피언Offroad Bike Champion'이었다. 세 번째 학기의 운동경기는 '오프로드 자전거 대회'였는데, 울퉁불퉁한 풀숲과 물웅덩이, 작은 언덕이 있는 코스를 다섯 바퀴 먼저 돌고 학교로 돌아오는 경기였다. 윤이는 학교 친구들 모두가 인정하는 자전거 선수였다. 다섯 살 때부터 이리저리 부딪히고 넘어져가면서도 험한 길만 골라서 자전거를 탔다. 게다가 힘까지 좋아서 바람을 가르며 휙휙 속도를 냈다.

그런데 한 가지 문제가 있었다. 자전거가 없다는 것! 주변의 교민들과 이웃에게 알아봤지만 자전거가 있는 집이 없었다. 아프리카인에게 자전거는 참으로 유용하고 고마운 운송수단이며 교통수단이지만 외국인인 우리에게는 좀 달랐다. 길을 가다가 만일 누군가 길을 막고 자전거를 달라면 바로 줘야 했다. 게다가 울퉁불퉁한 케냐의 길은 자전거를 타고 다니기에 너무나 위험했다. 찻길은 매연도 심하고, 마음 놓고 자전거를 탈 공간이 없기 때문에 자전거를 가지고 있는 사람도 드물었다.

자전거가 없는 자전거 선수라……. 윤이는 자전거가 없어서 자전거 대회에 나가지 못한 불운한 선수가 될 지경에 처했다. 자전거를 빌려줄 만한 데가 있을지 의문이었지만, 자전거 대회에 나갈 적합한 자전거가 있을지는 더 의문이었다. 그런데 어느 날 우리가 사는 아파트에 멋진 MTB 자전거가 한 대 세워져 있는 것이 보였다. 나는 아스카리에게 누구의 자전거냐고 물었다. 사실 그 자전거가 누구의 것이든지 빌리고 싶었다. 아니 빌려야만 했다. 크기도, 기능도, 딱 윤이에게 맞는 자전거였다.

"조셉, 저 자전거 누구 거지? 엄청 좋아 보이는데……."

"저거 왕년 자전거 선수 젠가 거야. 요즘 우리 아파트에 공사하러 다녀."

그럼 그렇지. 선수용 자전거였구나. 나는 젠가가 나오기를 기다렸다. 얼마 후 단단하고 다부진 근육과 긴 다리의 젠가가 나타났다. 역시 루오족이었다. 나는 아주 조심스럽게, 그에게는 분명 보물 1호일 '그' 자전거를 빌릴 수 있는지 물었다. 그는 누가, 왜 이 자전거가 필요한지 다시 내게 물었다.

"윤이라는 아들이 있는데 자전거 선수예요. 일주일 후 자전거 대회가 열리는데 자전거가 없어서……. 일주일 정도 연습하고 토요일에 대회에 참가하면 좋겠는데요."

"정말 잘 타요? 우승할 가능성은 있는 아이예요?"

우승할 가능성이 없으면 빌려주지 않겠다는 눈치였다. 그때 스쿨버스에서 윤이와 준이가 내렸다. 아파트에 들어서자마자 윤이의 시선이 자전거에 꽂혔다. 윤이의 눈과 입이 단번에 커졌다.

"와! 대단하다. 엄마 이 자전거 누구 거야?"

나는 젠가를 가리켰다. 두 남자의 눈이 마주쳤다.

"한번 타봐도 돼요?"

젠가는 자전거 높이를 맞춰보더니 윤이에게 자전거를 건넸다. 윤이가 미끄러지듯이 아파트를 한 바퀴 돌고 돌아왔다. 윤이가 돌아올 때까지 젠가의 눈은 한 번도 윤이를 놓치지 않았다. 젠가는 기어 작동법과 주의 사항을 윤이에게 꼼꼼히 알려줬다. 그리고 한 가지 약속을 받고 자전거를 빌려줬다. 약속은 반드시 우승할 것!

다음날 아침, 젠가는 사십 분 거리의 윤이 학교까지 자전거를 직접 타고 와서 빌려주고 갔다. 자전거 대회가 있던 날에도 학교에 와주었다. 그리고 마치 코치처럼 늠름하게 서서 윤이가 자전거 타는 모습을 지켜봐주었다. 나무 그늘에 서서 단단하게 팔짱을 낀 채 윤이를 바라보던 젠가는 루오족의 용사처럼 정말 듬직했다. 윤이가 결승점에 들어오자

그는 엄지를 치켜들었다.

'오프로드 자전거 대회'의 트로피는 윤이 차지였다. 왕년의 자전거 챔피언이라는 루오족의 용사 젠가 덕분이었다.

키베라
영화학교

3학기가 되자 아이들을 학교에 보낸 후 나는 일주일에 두 번 키베라에 갔다. 동아프리카 최대 빈민가로 불리는 키베라, 그곳의 '키베라 영화학교 Kibera Film School'에서 다큐멘터리를 가르치기로 했기 때문이었다. 영화학교 설립은 미국인 감독이 2008년 〈키베라 키즈〉라는 영화를 찍으면서 주민들에게 한 약속이었다. 주민들은 영화를 찍는 내내 촬영팀을 도왔고 직접 출연도 했다. 촬영을 무사히 마치고 성공을 거두자 감독은 약속대로 영화학교를 만들었다. 그곳에선 일 년에 두 학기씩 스물네 명의 학생에게 무료로 영화를 가르친다. 학생들은 키베라에 거주하는 십대 후반에서 이십대에 이르는 청년들이다. 이미 여러 나라에서 키베라 영화학교에 관심을 갖고 장비를 보내는 등 물질적으로 지원해주고 있지만 가르칠 선생님은 늘 부족하다. 영화를 배우고 싶은 아이들은 언제나 배움에 목말라 있다. 그래서 영화나 방송계에서 일하는 전문가들이 이곳에 오게 되면 자신의 이력을 소개하고 하루이틀 정도 특강을 해주고 간다.

영어로 다큐멘터리를 가르칠 생각을 하니 머릿속이 복잡했다. 이건 또 무슨 용기인가 하면서 첫 수업을 했다. 학생들은 무엇이든 들을 준비가 돼 있었으므로 서툰 내 영어도 이백 퍼센트 알아들어주었다. '말'이란 원래 듣고 싶으면 더 잘 들리는 법이다. 그런데 용감하게 첫 수업을 시작하며 나는 깨달았다.

'학생들보다 어쩌면 내가 더 많이 배우겠구나. 고정관념으로 가득한 내 머릿속에 새로운 세계가 펼쳐지겠구나.'

학생들은 철저히, 흑인이며 빈민인 자신들의 상황에서 세상을 보았다. 그러니 내가 생각했던 비유와 상징은 그들에게 통하지 않았다.

첫 수업의 주제는 'Who am I?'였다. 자신이 누구인지 아는 게 중요했다. 자신을 알지 못하면 영화감독도 그 무엇도 될 수 없다고 말해줬다. 아이들은 지난 시절을 떠올리기도 하고 키베라의 구석구석을 생각하며 나는 누구인지, 나는 무엇을 말하고 싶은지 고민하기 시작했다.

두번째 수업 시간에 학생들에게 왜 영화감독이 되고 싶은지 물었다. 그랬더니 학생들은 이렇게 답했다.

"루저loser라는 생각으로 상처받으며 살아온 내 자신과 이웃들에게 영화를 통해 희망을 주고 싶어요."

"아무것도 할 수 없다고 생각했었는데 영화를 할 수 있대요."

"내가 살고 있는 곳을 보여주고 싶어요. 가난한 우리에게도 행복이 있단 걸 보여주고 싶어요."

그러면 됐다. 그 마음이면 되겠다. 감독이 되든 되지 못하든, 좋은 영화를 만들든 못 만들든 그것은 나중의 일이다. 그것이 목표는 아니다. 다만 그 마음이면 되겠다. 이 세상에 생명을 받아 태어난 이유를 알고 자신이 누구인지, 무엇을 하고 싶은지 찾았다니 됐다 싶었다. 나는 몇 번이나 속으로 그랬다.

나의 첫 제자였던 에드워드. 여섯 살부터 키베라에서 자란 그는 고등학교도 채 마치지 못했다. 열 살 이전엔 새아버지의 구박에 못 이겨 고물을 주우러 다니느라 학교에 갈 시간이 없었고 열 살 이후엔 너무 가난해서 학교에 낼 수업료가 없었다. 그의 꿈은 영화감독이다.

그는 전기가 없어 영화는커녕 텔레비전조차 보지 못했다. 단 한 번도 빈민지역을 벗어나지도 못했다. 그런데 어느 날 보게 된 영화 한 편이 그에게 꿈을 준 것이다. 내가 키베라는 무엇이냐고 물었을 때 그는 내게 이렇게 답했다.

"키베라. 당신들은 이곳을 '빈민가'라 부른다. 하지만 나는 '고향'이라 부른다."

'나는 누구인가'라는 질문 아래 그가 만든 첫 영화는 자신의 어린 시절을 극으로 재연한 슬픈 이야기였다. 그 영화에서 나는 그의 가능성을 보았다. 나는 그에게 말했다.

"네가 얼마나 굉장한 걸 갖고 있는지 아니? 너에겐 무궁한 이야기가 있어."

그는 어리둥절했고 자신이 가진 능력을 잘 믿지 못하는 눈치였다. 나는 그에게 짧은 다큐멘터리를 만들게 했다. 지금은 그의 두번째 영화를 기다린다. 나는 바란다. 편집을 마쳤다는 소식이 곧 오기를, 또 그의 영화를 많은 이들과 볼 수 있기를…….

렛 미 컴

한때 나에게는 아주 느린 운전기사가 있었다. 첫번째 기사인 래니가 사고를 내고 한 달 만에 떠난 이후 두번째로 만난 기사인 그의 이름은 에이모스였다. 키가 190센티미터 정도 되는 그야말로 기골이 장대한 키쿠유족이었으며 두 아이의 아빠였다. 아내와 결혼하면서 처가에 주기로 한 6만 실링(약 30만 원)은 갚았으나 함께 주기로 했던 네 마리의 염소 중 두 마리는 아직 갚지 못했다고 했다.

그가 가장 자주 하는 말은 "가는 중이에요"였다. 출근시간이 지났는데도 나타나지 않아 안절부절못하며 전화를 걸면 늘 이렇게 말했다.

"마담, 렛 미 컴Let me Come. 가고 있어요. 거의 다 왔어요."

아무래도 아이들 학교에 늦을 것 같아 답답한 내가 또 묻는다.

"에이모스, 몇 분이나 더 걸릴까? 오 분? 십 분?"

"글쎄. 십 분쯤."

하지만 그는 십 분이 지나고 이십 분이 지나도 오지 않는다. 아마도 아직도 '오는 중'일 거다. 정확한 시간이나 거리의 개념이 없다는 것을 알면서도 물어본 내가 바보다.

내가 만난 아프리카인은 대부분 시간과 거리에 대한 개념이 없었다. 정확한 거리보다는 체험으로 습득한 시간과 거리의 개념을 더 많이 쓰기 때문일지 모른다. 최근엔 케냐인에게도 휴대전화가 많이 보급되어 시계 대신 사용을 많이 하고 있지만 정확히 어느 정도 걸릴 것인지 시간과 거리를 계산하고 가늠하는 데는 여전히 서툴다. 그것은 학력의 고하나 경제적 수준과 아무런 관계가 없는 것 같았다. 관공서의 국장도 삼십 분쯤은 예사로 늦었고 아이 친구의 엄마들을 만날 때도 늘 시간약속은 지켜지지 않았다. '5분쯤 후에 도착해요'라고 전화를 걸어준 사람도 5분 안에 나타나지 않는 것이 예사였다. 1990년까지만 해도 우리나라에도 '코리안 타임'이 있었다. 비슷하다. 이들도 '케냔 타임'이라고 부른다.

에이모스의 또하나의 특징은 잘 움직이지 않는다는 것이었다. 내가 아이들과 국립공원이나 관광지 같은 곳에 갈 때 그는 목적지에 도착하면 차 안에서 나오지 않았다. 커다란 몸집의 그는 작은 차 안에서 대부분의 시간 동안 낮잠을 자거나 나무 그늘에 앉아 있었다. 어쩌다 아주 색다른 공원, 얘기는 들어봤지만 입장료 때문에 가보지 못한 곳에 가면 밖으로 나와 조금 걷다가 그냥 바라본다. 하루종일이라도 그렇게 앉아 있다. 어쩌면 농사를 짓는 키쿠유족만의 특징일지 모른다는 생각이 들었다. 소나 염소를 치는 마사이족 같았으면 풀을 찾아 걷듯이 내내 걸었을 텐데 한자리에 머무르며 농사를 짓는 부족이라 그런지 잘 움직이지 않는다.

〈아웃 오브 아프리카〉의 주인공 데니스의 무덤이 있는 은공 언덕에 갔을 때, 커다란 나무그늘에 앉아 멀리 탄자니아 쪽을 바라보던 그의 뒷모습이 떠오른다. 내가 아이들과 언덕 높이 올라갔다 오는 동안, 그는 커다란 바위처럼 그렇게 거기 앉아 있었다. 시간이 흘러가는 것을 지켜보겠다는 각오라도 한 듯이 그는 오랫동안 움직이지 않았다. 그의 뒷모습을 본 후론 그에게 뭔가를 재촉하는 것이 미안해졌다. 그는 나와 다른 시간의 속도를 살고 있는지 모른다는 생각이 들었다.

'렛 미 컴.'

그게 인간적인 속도일지도 모르겠다.

세상에
좀 알려줘요

"마담, 우리 얘기 좀 세상에 알려줘요."

내가 사랑하는 붉은 흙길 위에서 차파티와 우갈리를 파는 조나단. 그가 오늘 아침엔 말을 걸었다. 조나단은 내가 커다란 카메라를 자주 들고 다니니까 기자인 줄 알고 있다. 그래서 아프리카 얘기를 세상에 알려달라는 것이다. 그가 장사를 하는 이 길은 종일 먹을 것을 찾아, 일자리를 찾아 걸어갔던 이들이 몸을 뉘일 오두막 같은 집으로 다시 돌아가는 길

이다. 전기도 없고 물도 나오지 않는 양철 지붕의 손바닥만한 집으로 돌아가는 길. 옥수수 반쪽도 사 먹을 돈이 없어서 사 분의 일 쪽으로 잘라 달라고 수줍게 말하는 가난한 이들. 차비를 아끼기 위해 하루 세 시간씩 걸어다니는 이들에게 이 붉은 흙은 축복 같은 '지름길'이다. 그런데 이 붉은 흙길이 대로가 된단다. 이번엔 일본에서 길을 포장해준단다. 이미 주요 도로는 중국이 다 공사를 시작했고 어떤 데는 이미 끝났다. 5,000원의 일당을 받기 위해 하루종일 일하는 이들은 중국과 일본이 왜 이리 앞다퉈 케냐에 도로를 만들어주는지 짐작도 못한다. 알 시간도 없다. 자동차도 버스 탈 돈도 없는 이들에게 이렇게 넓은 대로는 언감생심이다. 무슨 일이 벌어지고 있는 것인지 알 수는 없지만 분명한 건 그로인해 그들은 '지름길'을 잃는다. 그것만은 그들도 확실히 안다. 이제 그들은 더 일찍 일어나야 하고 더 많이 걸어야 한다. 이제 지름길 주변에서 밀크티와 구운 옥수수, 땅콩을 팔던 이들은 장사할 곳을 잃는다. 당장 생계를 걱정해야 한다. 공사가 본격적으로 시작되면 좌판을 옮겨야 한다며 조나단은 내게 부탁한다.

"우린, 너무 열심히 일하는데 너무 가난해요. 죽도록 걷고 죽도록 일해야 겨우 먹고사는데……. 이 도로는 왜 만드는 거래요? 그 이유 좀 밝혀주세요."

아프리카인을 볼 때 가장 안타까운 것은, 그들 스스로 '천천히' 문명을 만들 기회를 갖지 못했다는 것이다. 사유 속에서 철학이 깃들고 간절한 '요구'가 '발명'으로 이르기까지 충분한 시간을 갖지 못했다는 것. 이들은 어쩌다 한번 저 먼 데 있는 친구에게 소식을 전하고 싶다든지 엄마의 목소리를 듣고 싶다는 생각을 해보았을 뿐이다. 달나라로 수학여행을 갈 수 있는 시대가 언젠가 올지도 모른다고 우리가 생각했듯이 말이다. 그냥 말도 안 되지만 한번 해볼 수 있는 상상이었을 뿐인데 어느 날 갑자기 휴대전화라는 게 물밀듯이 밀려왔다. 그리고 '필수품목'이 돼버렸다. 단 몇 년 만에 상상이 현실이 돼버린 이 엄청난 간극. '문명'을 무기처럼 휘두르는 이들이 마침내 그들에게 원하는 것은 간단하고 분명했다.

'우리의 새로운 시장이 되어주오.'

나는 조나단에게 다른 말을 할 수 없었다. 그저 한국에도 그런 시절이 있었다고밖엔 해줄 말이 없었다. 이 불공평한 게임은 게임을 만든 이들에게만 우선권과 우승권이 있는 알고 보면 잔인한 게임이다. 하지만 이 게임 속에 발을 디딘 이상 도망갈 방법은 없다. 무서운 가속도만 있을 뿐이다. 공정한 무엇인가를 찾아내려는 사람들이 훗날 나타날 테지만 큰 도움은 되지 않는다. 다만 위로가 될 뿐이다. 이 게임은 탄생부터가 그렇다.

아침에 일어나 한가하게 오전을 보냈다. 무엇을 잃을 수 있다고 생각한 시간이 아니었다. 단순했고 평화로웠다. 그냥 보통의 날처럼 아침을 먹고 책을 읽다가 허리를 펼 겸 발코니로 나갔다. 저 먼 숲과 더 먼 야야센터Yaya Center를 바라보며 눈의 피로를 풀었다. 그리고 늘 그랬던 것처럼 붉은 흙길을 바라보았다.

'이런……'

커다란 나무 세 그루가 사라지고 없다. 지름길을 걸어가던 이들이 잠시 차이를 마시면서 쉬는 곳, 주변 공사장에서 일하는 인부들이 단돈 200원에 점심을 해결하는 곳. 그 커다란 나무가 사라졌다. 그러니 그늘도 사라졌다.

일본이 새로 깔기 시작하는 대로를 위해서 길 가운데 있던 나무들은 사라져야 했다. 할머니의 집도 할머니의 작은 호텔도 사라졌다. 할머니가 기대 쉬던 작은 아보카도 나무도 사라졌다.

양배추와 콩을 팔던 제인의 노점도 사라졌다. 화덕을 놓고 차파티를 팔던 조나단의 오픈 레스토랑도 사라졌다. 모두 다 사라졌다. 그 자리엔 대신 커다란 포클레인이 우뚝 서 있다.

하루아침에 모든 풍경이 바뀌어버렸다. 아이들이 학교에서 돌아오면 뭐라고 말을 해줘야 할지……. 아프리카도 이렇게 쉽게 무엇인가를 허물고 부순다는 것을 아이들이 이해할 수 있을지 모르겠다.

에스더의
새 가족

에스더가 살고 있는 집은 부루부루BuruBuru라는 동네에 있다고 했다. 에스더에게 남겨둔 사진과 카드를 받고 새아빠가 우리 가족을 집으로 초대했다. 케냐에 오래 산 건 아니지만 처음 듣는 동네였다. 물어물어 찾아가다보니 생각했던 것보다 조금, 아니 많이 외진 동네였고, 생각보다 가난한 동네였다. 어쩌면 난, 에스더를 데려간 부모들이 부자일 거라고 기대했는지 모르겠다. 에스더가 산다는 동네는 공단지역에서도 더 들어간 작은 마을이었다. 그뿐 아니라 우리를 마중 나온 에스더의 아빠는 너무 나이가 들어 보였고 평범했다. 모든 것이 나의 기대와는 조금씩, 아니 많이 어긋나고 있었다. 속상했다. 그를 따라가면서 만약 조금이라도 에스더에게 좋은 환경이 아니면 당장 에스더를 안고 와야겠다는 생각도 했다. 아마도 나는 아이를 입양하는 아프리카 가족이라면 큰 부자거나 특별한 사람이어야 한다고 생각했던 것 같다.

오래되고 조용한 단독주택가 사이 커다란 나무 앞에 그의 집이 있었다. 집에 들어가니, 거실 가득 가족과 친척들이 기다리고 있었다. 아기를 보러 나이바샤와 리무르에서 온 이모와 삼촌들도 있었고 외할머니도 있었다. 에스더는 이유식을 먹는 중이었다. 내가 "에스더!" 하고 부르자

이유식을 먹던 아기는 고개를 반짝 들었다. 준이가 작은 소리로 한 번 더 "에스더~!" 하고 부르자 에스더는 단번에 준이 쪽을 보았다. 그러고 는 언제나처럼 안아달라고 두 팔을 내밀었다.

에스더에게는 스물네 살 큰오빠, 스물두 살 언니, 스무 살 막내 오빠 가 있었다. 막내가 대학을 갈 때가 되자 가족들은 새로운 가족이 필요 하다 생각했다고 한다. 그리고 호프 하우스를 찾았는데 에스더가 한눈 에 들어와 그날로 에스더를 막내딸로 정하고 수속을 밟아 가족이 된 거 라고 했다. 에스더 덕분에 집안에 웃음꽃이 피고 활기가 돌고 이전보다 더 행복해졌다고 엄마인 미리엄이 웃었다. 미리엄은 우리를 위해 정성스 런 점심을 준비했고 우리는 오랜만에 모인 가족처럼 함께 식사를 하고 사진을 찍었다. 에스더와 약속한 시간이 순식간에 지나갔다. 이제 집에 돌아갈 시간. 대문 앞에서 미리엄은 나를 깊이 안아주었다. 그리고 속 삭였다.

"우리는 에스더로 인해 맺어진 사람들이에요. 또다른 가족이라 생각 해요."

"미리엄, 에스더에게 좋은 엄마가 되어주어 너무 고마워요."

돌아가는 우리를 향해 에스더 가족은 오래오래 손을 흔들어주었다. 먼지가 뽀얗게 이는 마을을 돌아나오며 윤이와 준이가 말했다.

"엄마, 에스더가 영아원에 있을 때보다 훨씬 행복해 보여요. 아주 다 행이에요."

돌아오는 내내 나는 속으로 생각했다. 고마워요, 미리엄. 그리고 부러 워요.

병따개 만드는
코마스

코마스. 마지막 약속인데도 그는 많이 늦었다. 약속시간보다 한 시간이 지나도 그는 나타나지 않았다.

"가고 있어요. 곧 도착해요."

전화기 너머로 그는 당당하게 말했지만 결국 만나기로 했던 시간보다 두 시간이 지나서야 땀을 뻘뻘 흘리며 나타났다. 그는 내가 주문한 병따개를 만들어 가지고 시내까지 걸어왔다고 했다. 검은 에보니Ebony나무에 사자, 치타, 코끼리를 새긴 병따개 서른 개, 그것이 내 마지막 주문이었다.

기콤바에서 남은 나무들을 가지고 동물 모양의 병따개를 만드는 그는 캄바족이다. 언젠가 내가 그곳에 갔을 때 그는 아주 진지한 얼굴로 나에게 말을 걸었다.

"마담, 내 작품도 한번 볼래요?"

나는 그를 따라갔다. 그는 작은 공방 앞 공터에 앉아 손잡이 부분에 동물 모양을 깎아넣은 병따개를 만들고 있었다. 검은 에보니나무로 만든 병따개는 참 '아프리카'다웠다. 하나하나 손으로 깎다보니 모양은 모두 달랐고 마감은 거칠었다. 그래도 아주 근사했다.

"내가 스무 개를 살게요."

그는 놀란 표정을 지었다. 그리고 말했다.

"아직 그렇게 많이 못 만들었어요. 하지만 며칠만 시간을 주면 만들 수 있어요."

그렇게 나는 그의 단골이 됐다. 부피도 작고 아프리카를 상징하는 동물 모양이라 인기가 좋았다. 케냐로 여행왔던 가족들이나 친구들도 그 병따개를 선물로 준비해 갔다. 물론 나도 돌아오기 전 그에게 병따개를 주문했다. 이제 곧 떠난다는 말도 했다. 일주일 뒤 우리는 시내의 이민국 앞에서 만나기로 했다. 하지만 그는 두 시간이나 늦게 나타났다. 버스비가 없었는지 아니면 아침까지도 다 만들지 못했는지는 묻지 않았다.

사실 그와 약속을 하면서 나는 마음속으로 그가 제시간에 오지 않을 것이라는 것을 알고 있었다. 약속시간에 늦을 만한 이유는 무수히 많으니까. 아프리카에선 누구도 시간을 지키지 않으니까. 이젠 약속시간이 지나도 애태우지 않는다. 그냥 기다리는 동안 다운타운을 걷는 케냐인을 한번 더 보면 그만이다.

그는 땀에 흠뻑 젖은 모습으로 나타났다. 신문지에 싸가지고 온 병따개를 받아들었다. 하나하나 정성스럽게 나무를 깎아 작품을 만들었을 코마스의 모습을 상상하니 고마웠다. 아마도 이게 마지막 주문이 될 것 같다고 이제 곧 케냐를 떠난다고 말했다. 그러자 그는 내게 물었다.

"마담, 언제 다시 올 건가요?"

"글쎄. 언젠가 오겠지."

하지만 그때가 언제일지 알 수 없으므로 나는 그에게 어떤 약속도 할 수 없었다. 그는 내게 코끼리 코 모양의 병따개 하나를 내밀었다. 신제품인데 나를 위한 선물이라고 했다. 코마스……. 땀에 전 그의 손을 잡았다. 그리고 그동안 고마웠다고 말했다. 그도 내게 친구로서 처음이자 마지막 인사를 했다.

"신이 항상 함께할 거예요. 잘 가요. 친구."

그녀들이 웃는다
:사시니 커피 농장

케냐를 떠나기 사흘 전, 마지막으로 커피 농장에 갔다. 사시니 커피 농장Sasini Coffee Farm은 케냐에 머무는 동안, 가장 신나게, 가장 설레게, 가장 자주 찾아갔던 곳이다. 농장에 들어서니 커피 피커coffee picker들이 먼저 손을 흔들었다. 나는 안다. 그녀들에게 나는 어떤 의미인지. 나의 등장은 인화된 사진이 온다는 반가움이고 어쩌면 또다른 사진을 찍을 수 있을지 모른다는 기대였다. 종일 아기를 데리고 커피를 따던 어린 엄마가 유독 반갑게 손을 흔들며 나를 불렀다. 아마도 아기 사진을 한 장 찍고 싶었던 모양이다. 하지만 내가 가까이 가자 아기는 기겁을 하고 울어대기 시작했다. 음중구. 하얀 사람. 검은 얼굴만 보았던 아이들, 특히 아기들은 하얀 얼굴을 무서워한다. 세상에서 가장 무서운 일을 당한 듯 아기가 운다. 진땀을 흘리며 우는 아기를 보며 저멀리 둘러앉아 쉬고 있었던 피커들이 까르르 웃었다. 겨우겨우 아기를 달랜 어린 엄마는 수줍게, 또 아쉬운 얼굴로 아기를 업었다.

케냐 여인들은 모성애가 강하다고 한다. 케냐의 오랜 전통상 아내를 얻을 때 남자는 아내의 집에 소나 염소 같은 대가를 지불해야 한다. 그럴 만한 돈이 없으면 당연히 아내를 얻기가 힘들다. 그래서인지 케냐의 남자들은 결혼 전 애인이 임신을 했다는 말을 들으면 열에 아홉은 줄행랑이란다. 그래도 여자들은 아이는 '신이 주신 선물'이라며 혼자서 아이를 낳아 키운다. 커피 농장이나 액세서리 공장, 차밭에 가면 대부분 여자들이 일을 하고 있는데 그녀들의 등뒤나 나무 밑에는 아기들이 있다. 아빠 없이 엄마가 혼자 키우는 아이들이다.

커피 피커도 대부분 여자들이다. 촘촘히 박혀 있는 커피체리 중에서

잘 익은 빨간 체리만 따야 한다. 그리고 수확한 커피체리의 무게를 달아 일당을 받는다. 일과가 끝나는 오후 세시까지 손이 보이지 않을 만큼 열심히 커피를 따야 한다. 그녀들은 아기를 등이나 옆구리에 둘러메고도 커피를 딴다. 아기들이 어느 정도 자라면 나무 그늘에 뉘어놓고 커피를 딴다. 그 아기들은 자라서 커피나무 아래서 돌이나 나무조각을 가지고 논다. 그러다 엄마의 커피 자루를 들어주기도 하고 엄마 곁에서 커피를 따기도 한다. 어린 그녀들의 손은 노파의 손보다 더 거칠게 갈라져 있다. 그래도 내가 만난 대부분의 '그녀들'은 늘 웃었다. 유쾌하게 웃었다. 일상은 고단하지만 삶은 축복이었다. 그녀들은 항상 내게 그렇게 말했다. '하루하루가 기적 같다'고.

커피 건조대에 도착했을 때쯤 정문에서 내가 왔다는 연락을 받은 조엘이 달려나왔다. 내가 커피 농장에 갈 때면 언제나 조엘은 반갑게 나와주었다. 친구나 가족을 데려간 적도 있었고 문득 커피나무나 꽃이 보고 싶을 때면 아무때나 달려가곤 했다. 그때마다 반갑게 나와서 커피 농장을 함께 걸어준 사람이 조엘이었다. 그는 케냐의 루이루에 커피 대학에서 커피를 공부했단다. 그가 사시니 농장에서 하는 일은 커피가공 과정의 노동자들을 관리하는 일인 것 같다. 그는 언제나 커피 피커나 건조대, 펄핑 기계들과 일하는 노동자들과 함께했다. 나는 그만큼 커피에 많은 지식을 가지고 있고 열정이 가득한 사람을 보지 못했다. 그는 특히 '케냐AA'에 대한 자부심이 대단했다.

그에게는 윤이와 비슷한 또래의 아들이 하나 있는데 엄마와 함께 그의 고향인 니에리에서 농사를 짓고 있다고 했다. 우리는 가끔 아이에 대해서 이야기했고 윤이와 준이를 데려갔을 땐 마치 큰형님처럼 커피 농장과 가공 공장을 구석구석 보여주기도 했다. 한번은 한국에서 가져온 고래밥과 새우깡 같은 과자를 그의 아들에게 선물로 보낸 적이 있었다.

고향에 그 과자들을 가져갔더니 아이가 너무 기뻐했고 특히 물고기 모양의 과자를 너무 좋아하면서 아껴 먹었다는 얘기를 들려줬다. 언제나 나는 그에게 많은 신세를 지고 있어서 한번은 시내로 같이 나가 레스토랑에서 점심을 대접한 적이 있었다. 대단한 것은 아니었다. 우리는 그날의 스페셜 점심을 먹고 후식으로는 과일 젤리와 망고 주스를 마셨다.

그날로부터 몇 달이 지난 후 그는 수줍게 내게 고백했다. 태어나서 처음으로 그런 식당에서 밥을 먹어보았다고. 너무 좋아서 아들과 아내에게도 자랑했다고 말이다. 나는 꿈에도 그걸 몰랐다. 그는 언제나 당당하고 여유로워 보였기 때문이다. 커피 농장에 갈 때마다 나는 그에게 물었다. "내가 뭐 하나 해주고 갈까? 고마운 마음을 표시하고 싶은데……" 라고 말하면 그는 언제나 농장 노동자들의 아이들이 있는 어린이집에 사탕이나 빵, 과자 같은 걸 사달라고 했다. 아이들이 기분 좋아야 일하는 사람들이 마음 편하다면서. 나중에 보니 그의 그런 배려 때문에 농장의 모든 사람들이 나를 좋아했다. 내가 농장에 가면 그들은 언제나 '친구'가 왔다며 반겨주었다.

그렇게 가족같이 지내던 사람들을 두고 곧 떠나야 했다. 사실 나는 그날 마지막 인사를 하러 간 것이었다. 하지만 나는 그녀들에게 곧 케냐를 떠난다는 말을 할 수가 없었다. 그래서 대신 그녀들에게 물었다.

"내가 뭐 하나 사줄까?"

그녀들은 웃으며 말했다.

"콜라가 먹고 싶어. 시원한 콜라."

의외다. 너무 소박한 바람이다. 나는 신나게 대답했다.

"오케이. 내가 쏠게."

당장 콜라를 사러 가자고 하니 내일 마시겠다고 했다. 내일, 커피를 따고 나서 아주 목이 많이 마르고 배가 고플 때, 그때 먹겠다고……. 나는 농장 안에 있는 작은 구멍가게에 그녀들의 콜라를 맡겨두었다.

"저들이 오면 콜라를 내주세요."

그녀들은 내가 곧 케냐를 떠난다는 것도 모른 채 잘 가라고 인사를 했다. 그냥 일상처럼. 언제나 그랬던 것처럼 세상에서 가장 빛나는 웃음을 내게 선물했다. 그녀들은 꼭 사진을 가지고 다시 오라고 당부했다. 콜라를 잘 마시겠다고도 했다. 돌아오는 길, 뒤돌아 바라보니 커피 농장이 점점 멀어지고 있었다. 케냐의 진짜 얼굴을 만났던 곳이다. 내가 사랑했던 커피 농장이었다. 언제 다시 볼지 몰라 아쉬웠지만 괜찮았다. 힘들고 고된 그녀들이 웃었다. 웃었으니 됐다. 앞으로 살아가는 내내 커피를 마실 때 그녀들의 웃음을 떠올릴 수 있게 되었으니 나도 행복하다.

내게도
이런 날이 오다니

아이들을 학교에 보내고 나면 나는 숲길을 따라 내려와 천장이 높고 창문이 큰 카페로 간다. 창가 옆 자리는 언제나 내 차지다. 나는 케냐 AA를 한 잔 시키고 책을 읽기 시작한다. 한참 책을 읽다보면 창밖에 비가 내리거나 흐렸던 날이 개기 시작한다. 그 어떤 날씨라도 좋았다. 아무것도 바쁘지 않았고 아무것도 나를 재촉하지 않았다. 한 땀 한 땀 흰 천에 수를 놓듯 하루하루 일 분 일 초가 몸에 새겨졌다. 아프리카에서는 시간이 쏜살처럼 날아가지 않고 천천히 제 속도로 흘러가는 듯했다.

어쩌면 '시간이 빠르게 흘러간다'는 것은 우리가 만들어낸 우리 주변의 속도들, 그 속도들을 따라 시간이 가고 하루가 가기 때문이 아닐까? 빛처럼 빠른 인터넷, 빠른 자동차, 빠른 기차, 빠른 컴퓨터…… 그 어느 순간에도 쉼표가 없다. 단 몇 초 안에 무엇이든 '실행'되기 때문에 그 어떤 여유를 가질 틈이 없다. 하지만 이 느리고 느린 아프리카에서는 시간도 그 속도에 맞추어 안단테로 흘러간다.

아프리카 사람들은 하루종일이라도 나무 그늘에 앉아 있을 수 있다. 우리 가족의 첫 운전기사 래니와 두번째 운전기사 에이모스가 그랬고, 아파트의 매니저 조엘이 그랬고, 붉은 흙길에 앉아 있는 사람들이 그랬다. 그냥 나무 그늘에 앉아 있기를 일삼았다. 버스가 내리고 서는 정거장 근처나 라운드 어바웃 주변의 그늘도 언제나 사람들이 가득했다. 물론 대로변에 앉아 있는 사람들은 대부분 일용직이라도 얻기 위해, 즉 일을 기다리며 앉아 있는 것이었다. 하지만 하루종일 앉아서 일이 필요하다는 사람을 기다리면서도 그들은 호기심을 잃지 않았다. 검고 커다란 눈을 꿈뻑이며 시간이 흘러가는 것을 지켜보았다. 지루함이나 느림에 대해서, 그들은 이미 도가 튼 사람들이었다.

나는 달랐다. 무척 지루했다. 느림이 몸에 익지 않아 불편했다. 빠른 것이 편할 리 없는데도 몸에 익은 빠름은 느림을 재촉했다. 하지만 재촉한다고 빨라질 이들이 아니었다. 그럴 날씨가 아니었다. 그냥 나를 놓아야 했다. 툭 하고 마음의 끈을 놓고서 시간이 어디에서 와서 어디로 가는지 물끄러미 바라보아야 했다.

적응될 것 같지 않던 느림이 어느 날 내게도 찾아왔다. 편리와 실용이 과학을 부추겨 가전제품을 만들었듯 느림은 게으름을 부추겨 생활의 패턴을 바꾸었다. 앉으면 눕고 싶고 누우면 자고 싶은 것, 그건 인지상정이고 본성이다. 다 같이 느리게 살자고 작정한 곳에서 나만 빠르고 고달프게 살 이유가 없었다. 느림은 그렇게 몸에 익기 시작했고 나는 한국에서와는 전혀 다른 방법으로 시간을 보냈다.

아프리카에서의 하루는 한국보다 훨씬 길었다. 해가 뜨는 다섯시 반에서 여섯시 정도면 벌써 밖이 웅성거린다. 일곱시가 되면 붉은 흙길은 부지런히 하루를 시작하는 사람들로 가득해진다. 여섯시에 일어나 식사를 준비하고 여섯시 반에 아이들을 깨워 아침을 먹여 일곱시 이십분쯤 집을 나선다. 아이들을 학교까지 데려다주고 나면 아침 여덟시. 그때부터 온전히 나의 시간이 시작된다.

오전에는 대부분 책을 읽거나 다 읽은 책을 다시 노트에 옮겨 적었다. 그리고 남은 시간은 사람들과 하늘과 나무들을 바라보았다. 가끔씩 운동화를 신고 산책을 하며 길가에 핀 꽃들을 헤아리기도 했다. 시간이 부족해 허겁지겁 달려간 적도 없었고 무엇에 쫓겨 식사를 거르지도 않았다. 뜸하게 오는 광역버스를 놓칠까 조바심 내며 횡단보도를 건널 필요는 더더군다나 없었다.

더구나 케냐에 간 지 삼 개월째부턴 가사도우미인 마거릿이 일주일에 엿새 일을 하러 왔다. 간식 준비와 청소, 빨래까지 모두 내 손이 필요없었다. 한국에서는 생각지도 못한 온전한 시간이 내게 생긴 것이다.

완벽한 느림의 공간 속에서는 행동을 할 기회가 적기에 사유할 기회가 훨씬 많았다. 행동은 느려지고 사유는 길어졌다. 읽고 싶었던 책을 세 번이나 다시 읽었고 아무것도 하지 않고 오전 내내 창밖만 바라보는 것도 가능했다. 연달아 해야 할 다른 일이 없기에 언제나 충분한 시간을 가질 수 있었다. 그것이 아프리카였다. 언제나 쫓기듯 달려가던 나에게 이런 날이 오다니……. 이 시간을 천천히 오래오래 곱씹으며 나는 감동했다. 아무리 생각해도 이건 내게 너무 큰 선물이었다. 아프리카 말이다.

세상을
자유롭게 날 거야

준이는 어릴 때부터 혼자 있는 시간을 좋아했다. 소파와 책장 사이의 작은 틈에 앉아 오래도록 책을 읽었고 가만히 엎드려 혼자 중얼거리는 '일인다역 역할놀이'도 참 많이 했다. 준이는 신나게 친구들과 공놀이를 하다가도 일정한 시간이 되면 반드시 집에 들어가고 싶어했다. 다른 아이들은 집에 들어가지 않겠다고 오 분만 십 분만 하면서 떼를 쓰는데 준이는 반대였다. 한참 잘 놀다가도 "엄마, 그만 들어가자" 하며 먼저 놀이를 끝냈다.

여행에서도 마찬가지였다. 미술관에서 좋아하는 그림을 보다가도, 해변에서 수영을 하다가도 어느 정도 시간이 지났다 싶으면 그만 숙소로 돌아가자고 했다. 그게 둘째 준이였다. 너무 차분한 것이 때론 걱정이었고 가끔 노을을 바라보며 '죽음'이나 '소멸'에 대해 물을 땐 가슴이 쓰리도록 아팠다.

케냐에 데려가면서도 준이가 가장 걱정이 되었다. 단순히 적응을 하느냐 못하느냐의 문제가 아니었다. 준이가 환경을 받아들이는 방식 때문이었다. 새로운 공간이나 사람을 자신의 세계에서 다시 재구성할 때까지 준이에게는 시간이 좀 필요했다. 모든 것이 가라앉기를 기다리는 것처럼 새로운 세상을 바라보았다. 그래서 학교에 와 있어달라면 종일 교실 옆에 있어주기도 했고 같이 있고 싶다면 꼭 껴안고 학교 의자에 앉아 있기도 했다. 산책도 참 많이 했다.

그런 준이가 언제부턴가 휘파람을 불기 시작했다. 처음엔 휘휘 바람 빠지는 소리만 내더니 점점 음을 갖춰가고 간단한 노래도 곧잘 불러댔다. 발코니에 서서 노을을 볼 때도, 산책을 하거나 그림을 그릴 때도 어떤 때는 밥을 먹다가도 휘파람을 불었다.

또 어느 날은 수업 시간에 휘파람을 불어서 벌점을 받았다고도 했다. 첫 학기가 지나고 두번째 학기가 되면서 준이는 휘파람 연주자가 됐다. 윤도현의 〈나는 나비〉처럼 어려운 곡도 척척 불었다.

그냥 취미인 줄 알았다. 아니면 버릇이거나. 그런데 세번째 학기가 되고 아이가 친구를 사귀고 친구에 집에 놀러가거나 슬립오버를 하기 시작하면서 휘파람을 부는 일이 점점 줄어들기 시작했다. 밤이나 이른 새벽이나 비 오는 날에도 불던 휘파람 소리가 사라져서 허전하기까지 했다.

그즈음, 준이는 집에서도 가끔 영어를 썼다. 형과 대화를 할 때면 영어를 써서 오히려 한국말로 이야기하라고 충고를 들을 정도였고 내게도 불쑥 영어로 말을 건네기도 했다. 뿐만 아니라 혼자서 중얼거리는 놀이를 할 때도 영어로 했다. 영어로 쓰는 독후감도 점점 문장이 길어졌다.

마지막 학기가 거의 끝날 무렵, 준이는 더이상 휘파람을 불지 않았다. 불어보라고 시켜야 조금 부는 정도였다. 그제야 나는 알았다. 휘파람과 영어의 상관관계를. 준이는 선생님이나 친구들의 말을 알아듣지 못할 때, 하고 싶은 말이 있지만 하지 못할 때, 그래서 조금 외롭거나 무안할 때, 자신을 위로하고 싶을 때 휘파람을 불었던 것이다. 손톱을 물어뜯었던 것처럼 긴장을 없애기 위해서 말이다.

마지막 학기를 마치면서 우리는 더이상 준이의 휘파람을 듣지 못했다. 준이가 불어주던 '날개를 활짝 펴고 세상을 자유롭게 날 거야. 노래하고 춤추는 나는 아름다운 나비'를 더이상 듣지 못하는 것이 아쉬웠지만 이제 아이에게 한 고비가 지나갔음을 느낄 수 있었다.

일곱 살 준이가 세상으로 날아가기 위해 아프리카의 하늘에 수없이 날려보냈던 신호 같은 휘파람 소리. 그 휘파람 소리가 부호처럼 바람에 흩날린다. 준아, 세상을 향해 날아갈 준비 잘되고 있는 거지?

잘 왔다,
아프리카!

아프리카에 와서, 두 아이는 참 많이도 자랐다. 어쩌면 한창 클 나이라서 한국에 두었다 해도 그리 컸을 테지만 몸과 마음이 정말로 많이 자랐다. 아프리카에 사는 동안, 아이들은 무엇이든지 아낄 줄 알게 되었고 어떤 일이든 스스로 하고 감사하고 신나게 즐길 줄 알게 되었다. 어쩌면, 삶의 순간순간을 강렬하게 살아야 한다는 엄마의 메시지를 눈치챘는지도 모르겠다.

지난주 토요일에 있었던 자전거 대회에서 윤이가 우승을 했다. 이기고 지는 것을 떠나 그 시합을 즐거워하고 최선을 다했기에 나와 아이는 기쁨을 느꼈다. 아이가 다른 참가자들보다 한 바퀴나 빨리 결승점을 향해 돌아오자, 같은 학교 아이들은 모두 자기 일처럼 기뻐하고 박수를 보냈다. 결승점을 통과한 아이는, 자전거에서 내려 어린 후배들에게 둘러싸여 축하를 받았다. 그리고 뒤늦게 들어오는 다른 친구들에게 격려의 박수를 쳐주기 위해 응원석으로 돌아갔다. 허리까지 오는 저학년들에 싸여 걸어가는 아들의 뒷모습이 거인만큼이나 커 보였다.

그 아이의 뒷모습을 바라보면서 나는 생각했다. 태어나서부터 얼마나 많은 나라와 지역으로 아이를 끌고 다녔는지, 첫아이라 모든 게 서툴렀던 부모 역할이 얼마나 힘들었는지, 그리고 한국에 돌아와 덜렁거리고 주의가 산만하다 하여 데리고 갔던 정신과 병원. 그리고 병원 대신 아이를 위해 함께 다니던 뒷산과 양로원까지⋯⋯. 지난 육 년의 시간이 아이의 뒤로 펼쳐 지나갔다. 지금 이 시간은 아이에게도 중요한 시간이다. 초등학교 육 년을 마무리하고 새로운 세상으로 들어가는 문턱으로 들어가는 아이. 인생의 한 장을 이제 막 끝내고 새로 시작하는 아이를 바

라보며 나는 생각했다. 떠나올 때는 나를 위한 이유가 더 많았지만 돌아갈 때가 되니 아이에게 좋았던 일이 더 많았다. 아니, 아이가 배운 게 더 많다.

함께해야만 이룰 수 있는 것에 대한 공동체 의식, 약한 이들에 대한 폭넓은 배려, 승패보다는 끝까지 최선을 다해야 한다는 책임감, 친구와는 무엇이든 나눌 수 있다는 우정, 그리고 무엇보다 학교는 즐거운 곳이라는 긍정적인 마음까지. 어쩌면 아프리카는 내가 고민하고 걱정했던 '아이에 대한 모든 질문'에 명쾌한 답과 길을 준 것 같다. 떠나왔다는 그 용기 하나에 아프리카는 내게 큰 박수를 보내준 것인지 모른다. 떠날 때가 되어서 나는 다시 깨닫는다.

"잘 왔다. 무엇보다 아이들과 함께 오길 참 잘했다. 다른 곳도 아니고 아프리카라니⋯⋯."

종업식
그리고 헤어짐

─────

아이들은 만남과 헤어짐의 순리를 알지 못했다. 만남이 언제나 계속될 줄 알기 때문에 헤어지는 순간이 오면 아이들은 자주 울었다. 잠깐의 만남도 그러했는데 이번엔 일 년이다. 더구나 같이 공부하고 같이 뛰어놀고 같이 밥을 먹은 친구들과 선생님과의 이별이다. 나는 케냐에 살면서도 그날을 미리 떠올리며 몇 번이나 목구멍이 아프도록 울음을 참곤 했다.

하지만 아이들은 그랬을 리가 없다. 좋으면 좋은 채로 기쁘면 기쁜 채로 순간을 받아들이는 아이들이기 때문에 일 년 후면 돌아간다는 걸

알고 있으면서도 그게 어떤 것인지 실감하지 못했을 것이다.

종업식 날 아침, 나는 정성스레 아이들에게 교복을 입혔다. 아이들이 좋아했던 옷이었다. 하지만 학교를 떠난 후의 교복이란 바라보는 옷이지 입는 옷이 아닐 터이니 이제 마지막이지 싶었다. 그 생각을 하고 나니 또 눈물이 났다. 아이들에게는 작은 봉투에 사진을 챙겨줬다. 학교를 오가면서 내가 틈틈이 찍은 사진들이었다. 그 속엔 아이들과 선생님 그리고 친구들이 있었다. 아이들과 그들이 언제 다시 만날지 알 수 없지만 살아가는 동안 '최초의 한국인 친구'였던 윤이와 준이를 잊지 말아주기를 하는 내 바람도 있었다. 아이들은 학교를 가는 내내 사진을 여러 번 들여다보았다.

축하의 편지를 읽고 축하의 노래와 연주를 하고 일 년 동안 열심히 공부한 아이들에게는 작은 상도 주어졌다. 윤이와 준이는 상급학년으로 올라가는 영국 국가시험에서 좋은 성적을 얻어 상을 받았다. 가장 잘한 과목은 수학과 과학이었다. 그리고 윤이는 전교생 중 한 명에게 주는 '교장상'을 받았다. 여러 가지 운동경기에 열심히 참여하고 좋은 성적으로 학교를 빛냈다는 칭찬도 함께 들었다.

종업식을 마치고 아이들은 선생님과 친구들에게 작별인사를 했다. 언젠가 꼭 돌아오라고 했고 아이들도 꼭 그러겠다고 했다. 몇 번이나 깊은 포옹을 하고 학교를 한 바퀴 돌아봤다. 아이들이 즐겨 놀았던 나무 위의 통나무집, 보라색 꽃으로 감탄하게 했던 키 큰 자카란다나무, 특히 준이가 잘 타고 놀았던 튜브 그네, 윤이가 아침마다 연습했던 피아노실과 작은 교실들. 정든 그곳을 그렇게 한번 더 바라보고 학교를 떠났다. 그때까지만 해도 우리는 완전히 알지는 못했다. 얼마나 그곳이 그리워질지. 얼마나 그 시절이 행복했었는지 말이다.

다시
짐을 싸다

다시 짐을 싸는 날이 돌아왔다. 이번엔 한국으로 돌아가기 위해서다. 케냐에 올 땐 한국에 두고 와야 하는 것들이 많아 힘들었지만 다행히 떠날 땐 주고 갈 것이 많아 고민이 되었다.

우리는 가져갈 것과 주고 갈 것을 먼저 분류했다. 우리에게 아프리카식 식사를 만들어주고 살림을 해주던 마거릿에게는 아이들이 입을 옷과 신발, 그녀가 갖고 싶어했던 나의 그릇들을 남겼고 아파트 관리인인 사무엘에게는 컵과 차 그리고 장갑을 챙겼다. 매니저인 조엘에게는 딸에게 줄 크레용과 연필, 노트를 주었고 의료봉사를 갈 때 빈민가에 가져갈 옷가지와 수건, 보온밥통은 따로 챙겼다. 다 읽은 한국 책은 윤이와 준이의 한국 친구들에게, 학교생활을 찍은 사진과 한국의 풍경을 담은 엽서는 아프리카 친구들에게 한 장씩 주었다.

차가 팔리고 짐을 나눠주고 가구가 나가고 집이 비어가자 아이들은 케냐를 떠난다는 것을 실감했다. 그것은 친구들과의 이별이기도 했다. 아이들은 정든 곳을 떠날 날이 다가오는 것을 하루하루 안타까워했다. 친하게 지내던 케냐 친구들은 두 아이를 초대해 하룻밤을 같이 지냈고 이메일 주소를 주고받았다.

우리는 마지막 몇 번 남은 노을을 보기 위해 저녁마다 발코니에 서서 노을을 지켜보았고 매일매일 산책을 했다. 아이들이 케냐를 떠난다는 슬픔을 달랠 수 있었던 가장 큰 힘은 아빠를 만난다는 것뿐이었다. 아이들은 방문 앞에 '아빠를 만나기 백 일 전'이라는 숫자표를 만들어 하루하루 빗금을 그었었다. 그렇게 기다리던 혹은 아쉽던 나날이 지나고 케냐를 떠나기 하루 전날이 되었다. 가깝게 지내던 이들과 마지막 저녁

을 먹었고 일찍 잠자리에 들었다. 한국으로 돌아가는 비행기는 저녁 여섯시였다.

아침을 먹고 혼자 천천히 걸어 사흘 전 이사한 킬레레슈와에 갔다. 산책하던 길들과 이웃들을 마지막으로 눈여겨보았고 몇 번 걸음을 멈춰 길가의 꽃들에 눈을 맞췄다. 아름다운 시간이었다. 하루하루 살아 있다는 것이 간절했고 순간순간이 고마운 일 년이었다. 하루도 허투루 살지 않으려고 간절하게 살아온 일 년이었다. 아이들은 힘든 적응기를 넘기고 케냐라는 땅에 정착할 수 있었고 그만큼 성장했다.

나에게도 일 년은 소중했다. 어쩌면 살아온 만큼 남아 있는 살아갈 날들을 다시 계획할 수 있었고 삶의 지표를 다시 한번 확인하고 정비하기에 참 좋은 시간이었다. 무엇보다 긴 휴식으로 삶의 에너지가 충만했고 아프리카의 뜨거운 땅에서 받은 기운으로 마음까지 든든했다.

킬레레슈와의 옛집에 도착하니 집 앞의 붉은 길에서 노점을 하는 제인과 에드워드가 인사를 한다. 도로 공사가 시작되긴 했지만 아직도 사람들은 공사장을 피해가며 지름길을 오가고 있고 제인과 에드워드도 장사를 하고 있다. 하지만 그리 오래할 수 있진 못할 것 같다. 제인에게 오늘이 마지막날이라 알려주니 양배추를 썰던 손을 털고 나를 꼭 안아준다.

"신이 항상 너와 함께할 거야. 친절하게 대해줘서 고마워."

"너와 친구가 될 수 있어서 나도 즐거웠어. 잘 지내."

조금 후 사시니 커피 농장에서 아침에 볶은 커피가 도착했다. 특별히 나를 위해 조엘이 미디엄으로 로스팅해서 보내온 것이었다. 커피를 받고 조엘에게 마지막 전화를 했다. 조엘은 한국에 갔다가 빨리 돌아오라는 말을 여러 번 반복했다. 그리고 조이가 도착했다. 차에서 내리는 조이의 눈은 이미 조금 붉어져 있다. 그녀의 고향집에 다녀온 후 우리는 참 가까운 사이가 되었다. 드립 커피를 좋아하게 된 그녀를 위해 나는 자주 커피를 만들어주었고 좋은 산책로가 있거나 예쁜 가게가 새로 생기면 조이는 나를 불러내곤 했었다. 엄마와 딸 정도로 나이 차이가 났지만 우리는 친구처럼 참 잘 지냈다. 그녀가 내게 커다란 박스를 하나 건네주었다.

"꽃을 좋아하는 너를 위해 준비한 거야. 빨리 다시 돌아와. 너는 내 친구고 한국인 딸이야."

상자 안에는 커다란 붉은 꽃이 한가득이었다. 나를 꼭 껴안는 그녀 품에서 나는 조금 울었다. 그리고 마지막 점심식사를 하는 식탁 위에 그 꽃을 올려놓고 수십 번 바라보았다. 일 년이 꽃처럼 피었었다. 몰랐던 세상을 알았고 느꼈고 함께했고 또 사랑했다.

우리는 그날 저녁 여섯시, 처음 우리가 도착했던 조모 케냐타 공항을 통과해 케냐를 떠났다. 다시 한국에 돌아오는 데는 그리 오래 걸리지 않았다.

마지막 인사

"잘 돌아왔어요"라고 말하면 정말 돌아와버린 것 같아
정말 아프리카에서 멀리 떨어져온 것만 같아
돌아왔다는 소식을 아직도 전하지 못했어요.
나는 아직도 떠나오고 있는 중이고
돌아오는 중이고
그래서 아직 아프리카에서 완전히 떠난 것은 아니라고
스스로에게 위로하고 싶었던 것인지도 모릅니다.

떠나오던 날,
커다란 붉은 꽃을 들고 와 내게 안겨주었던 당신과
잘 볶은 케냐AA를 들고 왔던 당신과
"신이 항상 너를 지켜줄 거야"라며 나를 안아주었던 당신과
마지막 밥을 같이 먹어주었던 당신과
붉은 흙길에 서서 오랫동안 손 흔들어주던 당신들에게
나는 차마 잘 도착했다는 말을 못하고 있지요.
당신들로부터 수천 킬로미터 떨어진 곳,
당신들이 한 번도 보지 못한 곳,
하지만 언젠가 한번 꼭 와보고 싶다던 나라, 나는 이곳에 있어요.
아직도 창을 열면 붉은 흙길과 커다란 나무와
검은 당신들이 보일 것 같아
아무것도 못하고 며칠을 보내고 있지만
이제, 말할게요.
잘 도착했어요. 무사히 잘 왔어요.

아프리카 친구가 내 손을 잡고 물었어.

"언제 다시 올 거야?"

잠시 망설이다 나는 솔직히 대답했어.

"글쎄, 아직 구체적인 계획이 없는걸."

내 대답에 아프리카 친구는 실망한 얼굴로 다시 말하더군.

"곧 올 거라고 말해줘. 날짜는 모르지만 곧 온다구."

그리고 내 손을 꼭 움켜쥐었어.

훗날에야 알았지.

그것이 '아프리카식 헤어지는 법'이라는 걸 말이야.

에 필 로 그
그리고 돌아와서

한국에 돌아와서 우리는 한동안 아프리카 얘기는 꺼내지 않았습니다. 하늘 저편을 물들이는 노을에도 눈길 주지 않았고 파란 하늘에도 애써 무관심했습니다. 매일같이 굴려보던 지구본도 더이상 돌려보지 않았습니다. 그냥 넓고 커다란 아파트 단지가 좋다며 산책을 했고 병에 걸릴 걱정 없이 아무 음식이나 맛나게 사 먹었습니다. "일 년이 정말 짧구나!"라는 인사를 받을 때에만 돌아왔음을 실감했습니다. 그렇게 며칠이 지나고 장마가 시작됐습니다. 비가, 장대 같은 비가 매일매일 내렸습니다. 윤이와 준이 그리고 저는 어느새 창가에 서서 비를 바라봤습니다. 한없이 그 비를 바라보다가 준이가 말했습니다.

"이 비를 몽땅 아프리카로 가져가면 좋겠네."

"그러게, 아프리카에 비가 와야 하는데……."

윤이도 한숨을 쉬며 말했습니다. 사실 저 역시 비를 보는 내내 여기가 아프리카라면 좋겠다고 생각하고 있었답니다. 마음이 애달퍼졌습니다. 빗물이 후드득후드득 떨어지며 가슴을 쿡쿡 찔렀습니다. 비는 아프리카에서의 날들을 불러냈고 비가 그립고 소중한 그들을 떠오르게 해 마음이 아팠습니다. 비를 가져가지 못해서 아프고 그들로부터 떠나왔다는 것도 아팠습니다. 아이들도 마찬가지였지요. 우리는 더이상 말을 잇지 않았습니다. 그저 아프리카에서 우리가 그랬던 것처럼 비가 반가워 창가를 떠나지 않고 서 있었습니다.

그래요. 케냐의 우리 집이었다면 저기 저 아래로 붉은 빗물이 흘러가고 작은 '킬레레슈와 호수'도 만들었겠지요. 비를 피하지 않는 아프리카인이 느긋하게 비를 맞으며 걸어가고 있을 거고요.

"아, 비냄새 좋다!" 하면서 우리는 비가 더, 조금 더 오기를 바라고 있었을 거예요. 그때 큰아이가 고백했습니다.

"엄마, 가슴 이 부분이 뻥 뚫린 것 같아. 고향을 두고 온 것 같기도 하고."

우리는 가슴 한 부분을 아프리카에 두고 온 거지요. 또다른 고향이 생긴 거예요. 아프리카를 그리워하는 만큼, 아이들도 그만큼 자란 거지요.

"꼭 아프리카여야 하나요?"

당신은 다시 묻습니다. 저는 이렇게 말하고 싶어요. 꼭 아프리카가 아니라도 어디든 좋습니다. 당신과 아이가 환호할 수 있는 곳이라면, 자유로울 수 있는 곳이라면 어디든 좋지요. 물론 아무데도 가지 않아도 괜찮습니다. 그냥 한번 생각해보는 거예요. 과도한 경쟁 따위에 휘말리지 않고 일상이나 피곤에 찌들지 않고, 아이와 내가 진짜 좋아하는 것을 찾아보는 겁니다. 어쩌면 시간을 준다는 표현이 더 맞을지 모릅니다. 시간을 주는 거지요. 쉼표를 주는 거지요. 내 안에서, 아이 안에서 어떤 소리가 들려 우리를 다시 춤추게 할 때까지. 그곳이 제겐 아프리카였습니다. 마치 반드시 돌아갈 고향 같은 곳이었지요.

Jima
Lake Abaya
Bor
Mongalla
Lake Turkana
Moyale
KENYA
Lake Kyoga
Lake Victoria
Nairobi
Pate
Voi
Malindi
Mt. Kilimanjaro 19,340'
Mombas
Moshi
Pemba
Tanga
Tabora
Dodoma
Zanziba
TANZANIA
Dar es
Morogoro

Live in Kenya

못다한 작은 이야기

살 아 보 기   전 에 는   몰 랐 던   것 들

#1 케냐에서는 아직도 닭이 최고의 선물이다. 마당과 골목 어귀를 뛰어다니는 씩씩한 닭은 여러모로 쓸모가 많다. 아침마다 가족들을 깨워주거나 달걀도 준다. 그뿐 아니다. 반갑고 고마운 사람에게 마음을 표시할 때도 닭을 싸준다. 정말 너무너무 고맙거나 반가울 때.

#2 나이바샤 호수에서 세 번이나 만난 소년 모세. 소년이 몰고 다니는 염소와 양은 정확히 62마리란다. 아침이면 소년은 염소와 양을 세어 풀을 찾아 걷는다. 그리고 풀을 만나면 종일 염소와 양을 풀어놓고 함께 논다. 그리고 집으로 돌아갈 땐 다시 한 마리씩 세어본단다. 소년이 내게 뿌듯한 얼굴로 말한다. 100까지도 셀 수 있다고.

#3 마운틴 킬리만자로의 만년설과 코끼리를 실컷 볼 수 있는 암보셀리 국립공원. 아이들은 이 풍경 속에 있는 것만으로도 입을 다물지 못한다. 그러니 엄마가 할 일은 그저 기다려주는 것, 충분히 바라보고 마음에 품을 수 있을 때까지 시간을 주는 것이다.

#4 케냐 동쪽의 섬 라무. 자동차 대신 당나귀가 다니는 곳이다. 당나귀들은 천천히 걷고 천천히 움직인다. 깡마른 몸으로 짐을 많이도 싣는다. 그래도 불평하지 않는다. 꼭 아프리카 사람들 같다.

#5 다운타운의 시티 마켓 옆에는 과일과 꽃가게들이 줄지어 있다. 점심시간이 되면 과일가게 앞엔 양복과 양장을 입은 신사숙녀들이 앉아 과일을 한 접시씩 먹는다. 바나나, 망고, 파파야, 파인애플……. 알록달록 색색의 과일들이 이들의 점심이란다. 가격은 한 접시에 50실링(한화 750원)!

#6 라무 섬의 작은 상점에서 만난 멋쟁이 스와힐리 패션. 바나나 줄기를 엮어 만든 바구니는 케냐인들의 생필품이다. 크기에 따라 시장 가방도 되고 야채나 곡식 자루도 된다.

#7 케냐에는 두 번의 우기가 있다. 3월에서 5월이 대우기, 10월 중순에서 12월까지가 소우기다. 우기가 찾아오면 아침저녁으로 비가 잦다. 번개도 자주 치고 빗줄기가 굵은 폭우가 내려 집 앞의 웅덩이가 금세 호수로 변해버린다. 그러면 아프리카인들은 그곳에 멈춰서서 신발도 닦고 자전거나 오토바이도 닦는다. 이들에게 물은 귀한 것이니까.

#8 골목 어귀에서 '음메에에에~' 하는 소 울음소리가 들린다. 이상해서 창문을 열어보니 작은 트럭에서 나는 소리다. 사람들은 통을 들고 줄을 서서 무언가를 사기 위해 기다린다. 바로 우유다. 목장에서 직접 나와 우유를 파는 것이다. 상점보다 저렴하고 신선해서 단골이 많다.

#9 커피의 원산지는 에티오피아. 케냐 북부와 국경을 마주대고 있다. 하지만 케냐가 커피를 재배한 것은 에티오피아인들이 커피를 마시기 시작한 지 거의 천 년이 흐른 뒤다. 커피가 잘 자라는 고도와 기후, 토양이 잘 맞는데다 노동력이 값싸고 풍부했기 때문에 스웨덴인들이 '식민 재배'의 형태로 들여온 것이다. 나이로비의 사시니 커피 농장엔 1957년에 심은 커피나무 뿌리에 새로운 품종을 접붙여 좋은 열매를 맺고 있었다.

#10 케냐에서 자라는 커피가 바로 '케냐 AA'. 'AA'는 커피의 등급이다. 가장 크고 무겁고 수분이 적당한 커피콩은 케냐AA가 되고 그다음은 AB, B, C, D, E, F까지 있다. 가격이 비싼 등급으로 통보리처럼 동글동글한 피베리(PB)도 있다. 케냐의 주요 외화 수입은 1위가 관광, 2위가 커피와 차, 그리고 3위가 꽃이다.

#11 11월이 되면 나이로비를 온통 뒤덮는 자카란다. 보라색 꽃이 눈물나도록 아름답다. 꽃 하나하나를 들여다보면 작은 나팔처럼 생겼다. 자카란다는 꽃이 먼저 핀 다음, 잎이 천천히 핀다.

#12 허름한 양철 지붕 아래 알록달록한 문에는 하얀 커튼이 드리워져 있고 그 위에 또박또박 써 있는 글씨는 'HOTEL'. 먹고살기 바쁠 텐데 뭔 호텔이 이리 많을까? 어느 날 우리 집 첫번째 운전기사인 래니가 호텔에 잠깐 들르자고 했다. 너무 놀라 심장이 벌렁벌렁. 호텔엔 왜 가냐고 물으니 배가 고프단다. 알고 보니 케냐인들에게 호텔은 따뜻한 밀크티와 감자튀김 같은 간단한 간식을 먹는 곳. 잊지 마세요. 케냐에서 누가 그런 호텔에 가자고 해도 절대 이상한 눈으로 보면 안 된다는 것!

#13 케냐 여기저기를 다니다보면 끝없이 펼쳐진 차밭이나 커피밭을 만난다. 건기만 되면 많은 사람들이 굶어 죽는데 농사가 가능한 넓은 땅에 차와 커피를 심다니. 그것도 케냐인들을 위한 게 아닌 인도나 영국인 주인을 위한 농사란다. 저 드넓은 차밭이 옥수수나 감자밭으로 변해야 할 텐데……. 처음엔 푸르른 풍경이 아름다워 보였는데 아프리카에 살수록 마음 아픈 풍경이 되었다.

#14 케냐 곳곳에는 작은 구멍가게들이 많다. 담장 중간에 문을 내고 가게를 차린 곳이 있는가 하면 돌 위에 나무 몇 개를 얹어 노상에 차린 가게도 많다. 그 정도의 형편도 되지 않으면 그냥 좌판을 벌이기도 한다. 가게들은 작지만 빵, 밀가루, 양배추, 계란, 사탕, 소금, 설탕, 성냥 등 없는 것 빼고는 다 있는 그야말로 만물상이다.

#15 밀가루에 소금과 물을 넣어 반죽한 차파티는 케냐인의 주식이다. 반죽을 동그랗게 말아뒀다가 숙성을 시킨 다음, 밀대로 밀어서 동그랗게 만든다. 이때 밀대가 닿는 면에 기름을 살짝 발라주면 나중에 패스트리처럼 한 겹 한 겹 찢어지는 차파티를 만들 수 있다. 케냐에서 솜씨 좋은 주부를 판단하는 기준은 바로 차파티 굽는 솜씨란다.

#16 나이로비의 길가 어디에나 옥수수를 구워 파는 장수들을 볼 수 있다. 구운 옥수수를 먹는 방법이 있다. 숯불 위에서 노릇노릇 구운 옥수수에 먼저 레몬을 살짝 바르고 그 위에 '삘리삘리'라는 고춧가루와 소금이 섞인 것을 살짝 뿌린다. 첫맛은 새콤하면서도 짭조름하고 끝맛은 약간 매콤하다. 그런데 오래 씹으면 씹을수록 구수한 옥수수의 향기가 입안 가득 퍼진다.

#17 케냐의 커피와 차는 국가에서 전매하여 판매하는 품목이다. 예전에 우리가 담배와 인삼을 그렇게 했던 것처럼. 이곳은 케냐 커피의 가격이 정해지는 옥션 현장이다. 매주 화요일 오전, 세계의 딜러들이 모여 경매를 시작한다. 이들의 손에 의해 케냐 AA 커피값이 정해진다.

#18 나이바샤 호수. 하마와 플라밍고로 유명한 호수다. 나이로비에서 차로 한 시간 반쯤 떨어져 있고 가는 길엔 그레이트 리프트 벨리를 볼 수 있다. 호수 옆의 헬스게이트 국립공원에서는 자유롭게 뛰노는 얼룩말과 기린을 볼 수 있다. 시간과 노력, 비용 대비 가장 즐거운 곳이기도 하다.

#19 케냐에 살면서 가장 호사를 누린 것은 '꽃 사치'를 부린 것이었다. 큰길가 어디서라도 쉽게 꽃을 살 수 있었고 가격 또한 미안할 만큼 저렴했다. 유럽에서 팔리는 장미의 60%는 케냐에서 생산된 것이란다. 케냐에서 자란 건강한 꽃들은 딱 여섯 시간 만에 유럽으로 날아가 그들의 아침을 열어준다.

#20 케냐인들에게 '차이'는 휴식이고 밥이다. 우유와 물을 반반씩 섞어 끓인 후 차를 넣어 우려낸 다음 설탕을 듬뿍 탄다. 달콤하면서도 알싸한 차이는 힘든 노동을 달래주는 휴식이고 허기진 배를 든든하게 해주는 밥이다. 거기다 케냐식 도넛인 만다지를 곁들이면 금상첨화다.

#21 케냐인들은 지루한 것을 무지하게 잘 참는 사람들. 하루종일이라도 나무 그늘에 앉아 있을 수 있다. 운 좋게 지나가는 사람이 있으면 사람도 보고 새들도 보고 나뭇잎이 흔들리는 것도 보고……. 그냥 하루종일 앉아 있다. 마치 시간이 흐르는 것을 똑똑히 지켜보기라도 하겠다는 것처럼.

#22 케냐인들의 부엌은 간단하다. 돌멩이 세 개만 있으면 어디서든지 주방이 완성된다. 숯이나 나무를 이용해 차파티를 굽고 차이를 끓인다.

#23 케냐의 기념품을 살 수 있는 '마사이마켓'에는 두 종류의 가격이 있다. 하나는 관광객용, 다른 하나는 거주자용. 너무 비싸다 싶으면 한번 말해보시라. "안녕, 친구! 난 관광객이 아니야. 나이로비에 산다고." 그러면 놀랍게도 가격은 반으로 뚝 떨어진다.

#24 케냐 아이들은 우리의 곧은 머리카락을 신기해한다. 윤과 준을 데리고 마사이족 학교에 처음 방문했을 때, 마사이 아이들은 동양인 아이를 가까이서 보고 싶어 몰려들었다. 어떤 아이는 머리카락을 살짝 당겨도 보고 슬쩍 볼을 대보는 아이도 있었다. 가장 용감한 아이는 준이의 팔뚝을 만져보았다. 아이의 눈에 호기심이 가득했다.

<u>#25</u> 나이로비 기차역에 가면 만날 수 있는 에드워드. 그는 '기차 박사'다. 언제 만들어진 기차인지 어느 나라에서 들여온 기차인지, 기차에 대해선 무엇을 물어도 척척 대답한다. 대합실의 작은 전시 공간엔 그가 모은 기차들의 사진과 포스터 그리고 엽서가 있다. 누군가 조금이라도 기차에 관심을 가지면 그는 반짝이는 눈으로 기차의 역사를 이야기해준다. 그는 종일 기차역에 머무르며 오고가는 기차와 떠나는 사람들을 바라본다. 그러느라 그는 정작 아무데도 가지 못한다고 했다.

<u>#26</u> 케냐인들이 명절이나 집안에 큰 행사가 있을 때 빼놓지 않는 음식은 바로 '야마 초마'라 불리는 염소 숯불구이다. 소금과 허브를 뿌려 구운 염소고기를 손으로 잘 발라, 옥수수 가루로 백설기처럼 만든 우갈리와 함께 꼭꼭 눌러서 먹는다. 여기에 토마토와 양파, 고추를 곁들인 샐러드를 곁들이면 그야말로 금상첨화, 맛이 정말 일품이다.

<u>#27</u> 음중구. 케냐의 아이들은 우리를 보면 음중구라고 부른다. 그리고 소리 맞춰 노래하듯이 인사를 한다. "하우 아 유? 하우 아 유?" 나이로비의 아이들도 그러고 저 멀리 키수무의 아이들도 똑같은 박자로 인사를 한다. 왜 그런지 물으니 학교에서 영어를 배울 때 그렇게 노래처럼 억양을 가르친단다. "하우 아 유?"라는 인사에 "무수리"라고 스와힐리어로 대답해주면 아이들은 놀란 눈을 하고는 깔깔 웃는다. 제 나라말로 인사를 해주는 음중구가 신기하기 때문이다.

<u>#28</u> 케냐 커피는 일 년에 두 번 수확을 한다. 6월에서 7월경의 수확은 소수확기, 11월에서 12월 말까지는 대수확기라 부른다. 소우기가 시작되면 내년에 열매가 될 커피꽃들이 피고 얼마 후 꽃이 지고 작은 커피 열매가 핀의 머리처럼 작게 모양을 갖추어가면 대수확기가 시작된다. 이맘때쯤이면 커피 농장은 이른 아침부터 피커들로 활기가 넘친다.

<u>#29</u> 니에리의 높은 언덕, 그 사이사이의 계곡들마다 푸른 커피나무들이 경사를 지탱하며 자라고 있다. 이른 새벽의 니에리에 부는 바람은 케냐AA처럼 묵직하면서도 산뜻한 커피향이다. 니에리의 바람, 하늘, 흙, 햇살, 물, 모두 처음 세상에 왔을 때 그대로라 어느 것 하나 깨끗하지 않은 것이 없다. 사람의 손길은 오로지 커피를 수확할 때만 닿는다. 나와 조이는 헤어질 때 작은 꿈을 갖게 되었다. 그녀의 고향 마을과 한국의 한 마을이 서로 친구가 되어 커피를 공정무역하는 것이다.

아이가
말했다

잘 왔다
아프리카

ⓒ 양희 2013

| **1판 1쇄 발행** 2013년 4월 30일
| **1판 3쇄 발행** 2014년 3월 17일

| **글** 양희
| **사진** 양희 허욱 이병률

| **편 집** 김지향 이희숙 | **편집보조** 박선주 | **교정교열** 이남경 | **모니터링** 이희연
| **디자인** 김이정 백주영 | **일러스트** 조에스더 | **사진편집** 오철만 | **손글씨** 김지향
| **마케팅** 방미연 정유선 오혜림 | **온라인마케팅** 김희숙 김상만 한수진 이천희
| **제 작** 강신은 김동욱 임현식

| **펴낸이** 이병률
| **펴 낸 곳** 📷
| **출판등록** 2009년 5월 26일 제406-2009-000034호

| **주 소** 413-120 경기도 파주시 회동길 210
| **전자우편** dal@munhak.com
| **전화번호** 031-955-2666(편집) | 031-955-2688(마케팅) | **팩스** 031-955-8855

ISBN 978-89-93928-60-0 03810

• 이 도서의 국립중앙도서관 출판시도서목록(CIP)은 e-CIP홈페이지(http://www.nl.go.kr/ecip)와
 국가자료공동목록시스템(http://www.nl.go.kr/kolisnet)에서 이용하실 수 있습니다.
 (CIP제어번호: CIP2013003386)